Jennifer Roberson

Ein Gobelin mit Löwen

Achter Roman
des Cheysuli-Zyklus

Deutsche Erstausgabe

WILHELM HEYNE VERLAG
MÜNCHEN

HEYNE SCIENCE FICTION & FANTASY
Band 06/5878

Titel der Originalausgabe
A TAPESTRY OF LIONS
Teil 1
Übersetzung aus dem Amerikanischen von
Karin König
Das Umschlagbild malte Attila Boros
Die Karte auf Seite 6/7 zeichnete Erhard Ringer

Umwelthinweis:
Dieses Buch wurde auf
chlor- und säurefreiem Papier gedruckt.

Redaktion: Joern Rauser

Erstausgabe 1997 bei DAW BOOKS, Inc., New York

Printed in Germany 1997
Umschlaggestaltung: Atelier Ingrid Schütz, München
Technische Betreuung: M. Spinola
Satz: Schaber Satz- und Datentechnik, Wels
Druck und Bindung: Presse-Druck, Augsburg

ISBN 3-453-12683-1

Dieser Roman ist
den Lesern gewidmet.

Leijhana tu'sai.

Ozean von Thule
algaard
Atvia
Andemir
Rondule
Kilore
Homana
Erinn
Mujhara
Lestra
Idrianischer Ozean
Solinde
Hondarth
N
Kristallinsel

Bortall
Rheghed
Falia
Ellas
Die Einöden
Tessalay
Meer von Septre
Nona
Caledon

Die Chroniken der Cheysuli
Ein Überblick

DIE PROPHEZEIUNG DER ERSTGEBORENEN

»Eines Tages wird ein Mann allen Blutes vier kriegführende Reiche und zwei magische Völker in Frieden vereinen.«

Ursprünglich hatte ein Volk von Gestaltwandlern, die als die Cheysuli, Abkömmlinge der Erstgeborenen, Homanas Urvolk, bekannt waren, den Löwenthron inne, aber die zunehmende Unruhe von seiten der Homaner, die keine magischen Kräfte besaßen und die Cheysuli daher fürchteten, drohte das Reich auseinanderzureißen. Das königliche Herrschergeschlecht der Cheysuli gab den Löwenthron freiwillig auf, damit die Homaner Homana regieren konnten, und vermied so einen alles umfassenden Vernichtungskrieg.

Die Stämme zogen sich ganz aus der homanischen Gesellschaft zurück – bis auf die verbliebene und bindende Überlieferung, daß jeder homanische König, Mujhar genannt, einen Cheysuligefolgsmann als Leibwächter und Ratsmitglied zur Begleitung haben muß, der dem Dienst am Thron und dem Schutz des Mujhar geweiht ist, bis die Prophezeiung erfüllt ist und die Erstgeborenen wieder regieren.

Diese Überlieferung wurde fast vier Jahrhunderte lang ohne Zwischenfall beibehalten, bis Lindir, die einzige Tochter Shaines des Mujhar, ihrem zukünftigen Bräutigam den Laufpaß gab, um mit Hale, dem Cheysuligefolgsmann ihres Vaters, durchzubrennen. Da der sitzengelassene Bräutigam der Erbe eines benachbarten Königs, Bellam von Solinde, war und die Heirat nach Jahren eines blutigen Krieges ein Bündnis besiegeln sollte, hatte diese Handlungsweise tragische Folgen. Shaine sponn ein Netz aus Lügen, um seinen verbohrten Stolz zu behaupten und legte somit den Grundstein für die Vernichtung eines Volkes.

Als erklärte Magier und Dämonen, dem Niedergang des homanischen Throns verschrieben, wurden die Cheysuli, kurz gesagt, Geächtete und zur sofortigen Tötung verurteilt, wenn sie innerhalb homanischer Grenzen aufgefunden wurden.

Der erste Band *Shapechangers* beginnt die ›Chroniken der Cheysuli‹ mit der Geschichte von Alix, der Tochter Lindirs, der einstigen Prinzessin von Homana, und von Hale, dem einstigen Cheysuligefolgsmann Shaines. Alix ist von ungeahnter Bedeutung, da sie das Alte Blut der Erstgeborenen in sich trägt, welches ihr die Fähigkeit verleiht, mit allen *Lirs* in Verbindung zu treten und gezielt jede Tiergestalt anzunehmen. Aber Alix wird von einem Homaner aufgezogen und weiß nichts von ihren Fähigkeiten, bis sie von Finn, einem Cheysulikrieger, dem Sohn Hales und seiner Cheysulifrau – und damit Alix' Halbbruder – entführt wird. Mit ihr wird auch Carillon, Prinz von Homana, verschleppt. Alix erfährt von der wahren Macht ihrer Gaben und der Beschaffenheit der Prophezeiung, die alle Cheysuli beherrscht, und heiratet schließlich einen Krieger, Duncan, dem sie einen Sohn, Donal, gebärt und weit später auch eine Tochter, Bronwyn. Aber der innere Zwist Homanas schwächt ihre Abwehr. Bellam von Solinde erobert Homana mit seinem magischen Gehilfen, Tynstar dem Ihlini, und nimmt den Löwenthron ein.

In *Das Lied von Homana* kehrt Carillon aus einem fünfjährigen Exil zurück und begegnet der schwierigen Aufgabe, ein Heer zu erheben, das Bellam überwältigen soll. Er wird von Finn begleitet, der die Rolle des

Gefolgsmanns eingenommen hat. Mit Hilfe der Cheysulimagie und seiner eigenen persönlichen Macht kann Carillon sein Reich zurückgewinnen und die Cheysuli wieder in ihre Heimat eingliedern, indem er die von seinem Onkel, Shaine, Alix' Großvater, begonnene Verfolgung beendet. Er heiratet Bellams Tochter, um den Frieden zwischen den Ländern zu besiegeln, aber Electra hat ihr Schicksal bereits mit Tynstar dem Ihlini verbunden und arbeitet gegen ihren homanischen Ehemann. Carillons Unvermögen, einen Sohn zu zeugen, zwingt ihn, seine einzige Tochter, Aislinn, mit Donal, Alix' Sohn zu verloben, den er zum Prinzen von Homana ernennt. Diese öffentliche Billigung eines Cheysulikriegers ist der erste Schritt zur alleinigen Wiederinbesitznahme des Löwenthrons durch die Cheysuli, die von der Prophezeiung gefordert wird, und legt die Saat für Unruhen im Land.

Legacy of the Sword erzählt von Donals allmählicher Übernahme der Macht in Homana und seiner persönlichen Annahme seiner Rolle in der Prophezeiung. Denn den Bräuchen der Stämme gemäß steht es einem Krieger frei, sowohl eine Ehefrau als auch eine Gespielin zu haben, und Donal hat schon eine Cheysulifamilie gegründet, obwohl er eines Tages Carillons Tochter heiraten muß, um sein Recht auf den Löwenthron zu behaupten. Mit seiner Cheysuligespielin hat er zwei Kinder, Ian und Isolde. Mit Aislinn, Carillons Tochter, zeugt er schließlich einen Sohn, der sein Erbe werden wird. Aber die Ehe steht von Anfang an unter keinem guten Stern. Zusätzlich zu den durch die zweite Familie verursachten Schwierigkeiten, steht Donals Frau auch unter dem magischen Einfluß ihrer Mutter, Electra, Tynstars Gespielin. Die Probleme werden durch den Sohn Tynstars und Electras, Strahan, noch verstärkt, der die Macht seines Vaters in vollem Umfang geerbt hat. Nach Carillons Tod erbt Donal den Löwenthron und ernennt seinen ehelichen Sohn, Niall, zum

Nachfolger. Um die Prophezeiung aber voranzutreiben, verheiratet er seine Schwester, Bronwyn, mit Alaric von Atvia, dem Herrn eines Inselkönigreichs. Bronwyn wird später versehentlich von Alaric getötet, während sie *Lir*gestalt angenommen hat, lebt aber noch lange genug, um einer Tochter, Gisella, das Leben zu schenken, die jedoch wahnsinnig ist.

In *Track of the White Wolf* stellt Donals Sohn Niall vor, als jungen Mann, der zwischen zwei Welten gefangen ist. Die Homaner, die die Cheysulimacht und deren Absichten fürchten, mißtrauen ihm und richten ihre Unzufriedenheit auf ihn. Die Cheysuli betrachten ihn als ›Ungeweihten‹, weil sich Niall noch nicht mit einem Tier verbunden hat, obwohl er das dafür übliche Alter weit überschritten hat. So ist er ein *lirloser* Mann, ein Krieger ohne Macht, und für einen solchen Mann ist bei den Stämmen kein Platz. Sein Gefolgsmann ist sein Cheysulihalbbruder, der ganz ›geweiht‹ ist, und Ians Fähigkeiten tragen noch zu Nialls Unterlegenheitsgefühlen bei.

Niall soll seine halb atvianische Cousine Gisella heiraten, verliebt sich aber in die Prinzessin eines benachbarten Königreichs, Deirdre von Erinn. Durch seine *Lir*losigkeit, und weil Gisella unter dem Einfluß von Tynstars Ihlinitochter Lillith steht, wird Niall ein Opfer der Magie. Schließlich verbindet er sich mit seinem *Lir* und nimmt damit das ganze Maß der Cheysulimacht an, bezahlt aber mit einem Auge dafür. Seine Heirat mit Gisella ist wenig glücklich, doch werden zweimal Zwillinge geboren – Brennan und Hart, Corin und Keely –, so daß Niall die Gelegenheit bekommt, durch bindende Verlobungen seinen Einflußbereich auszudehnen. Er verbannt Gisella nach Atvia, nachdem er einen Ihliniplan vereiteln konnte, mit dem sie zu tun hatte, und richtet sich sein Leben dann mit seiner Gespielin, Deirdre von Erinn, ein, die bereits seine uneheliche Tochter Maeve geboren hat.

A Pride of Princes erzählt die Geschichte jedes der drei Söhne Nialls. Brennan, der Älteste, wird Homana erben und wurde mit Aileen, Deirdres Nichte, verlobt, um der Prophezeiung eine ihr bisher noch nicht zugängliche Blutlinie zuzuführen. Brennans Zwilling, Hart, ist Prinz von Solinde, ein zwanghafter Spieler, dessen Sucht zu einem tragischen Unfall führt, in den alle drei Söhne Nialls verwickelt sind. Hart wird daraufhin ein Jahr lang nach Solinde, der rebellische jüngste Sohn, Corin, nach Atvia verbannt. Brennan wird durch eine List dazu gebracht, ein Kind mit einer Ihlini-Cheysulifrau zu zeugen. Hart verliert durch einen solindischen Plan eine Hand und fast sein Leben. Corin verliebt sich in Erinn in Brennans Braut, Aileen, bevor er nach Atvia geht. Einer nach dem anderen werden die Prinzen von Strahan, Tynstars Sohn, gefangen genommen, der Nialls Söhne in Marionettenkönige zu verwandeln beabsichtigt, damit er mit ihrer Hilfe regieren kann. Allen dreien gelingt die Flucht, aber erst nachdem jeder von ihnen gezwungen wurde, seine besonderen Stärken und Schwächen zu erkennen.

Für Keely, die Schwester von Nialls Söhnen, liegen die Dinge anders. In *Daughter of the Lion* wird sie selbst durch ein Zusammenspiel von Staatskunst, übler Magie und ihren eigenen unbeständigen Gefühlen vereinnahmt. Von Kindheit an in männlichen Betätigungen wie der Handhabung von Waffen geübt, zieht Keely die Freiheit der eigenen Entscheidung und des Lebensstils vor, und da beides durch die unmittelbar bevorstehende Ankunft ihres Verlobten, Sean von Erinn, bedroht wird, ist sie bemüht, sich in einer von Männern regierten Welt ihr Selbstwertgefühl zu bewahren. Daher ist sie zur Auflehnung bereit, als ein willensstarker, mächtiger erinnischer Straßenräuber – vielleicht sogar ein Mörder – in ihr Leben tritt.

Aber Keelys Kämpfe werden noch zehnfach verstärkt, als Strahan sie zu seinem nächsten Ziel auswählt. Getäuscht, gefangen und auf der Kristallinsel festgehalten, wird Keely durch Magie zu einer Verbindung mit dem Ihlini gezwungen, deren Ergebnis eine Schwangerschaft ist. Aber bevor das Kind geboren werden kann, entkommt Keely mit Hilfe des Ihlinibarden, Taliesin. Auf ihrem Heimweg trifft sie den Mann, der als ihr Verlobter betrachtet wird, und erkennt, daß sie nicht nur das ungewollte Kind loswerden, sondern auch entscheiden muß, mit welchem Mann sie leben will – dem Dieb oder dem Prinzen –, um eine wahrhaft der Prophezeiung dienende Cheysuli zu sein.

Flight of the Raven ist die Geschichte von Aidan, des einzigen Sohnes von Brennan und Aileen. In der Kindheit von Alpträumen heimgesucht, wächst Aidan zu einem Erwachsenen heran, der davon überzeugt ist, letztlich doch nicht für den Löwenthron bestimmt zu sein, sondern einen anderen Weg einschlagen zu müssen. Dieser Weg wird noch sichtbarer, als er zu einem Besuch bei seinen Verwandten in Solinde und Erinn aufbricht, um eine Braut für sich zu suchen. Es wird sehr schnell deutlich, daß Aidan von den Cheysuligöttern auserwählt wurde, die Suche nach den, bestimmte Mujhars symbolisierenden, goldenen Kettengliedern zu vollenden. Während dieser Suche wird Aidan zum Ziel Lochiels des Ihlini, Strahans Sohn.

Von ihrer beiderseitigen erinnischen Gabe des *Kivarna* gebunden, heiraten Aidan und Shona von Erinn. Das Kind aus dieser Verbindung wird die Cheysuli einen Schritt näher an die Vollendung der Prophezeiung heranbringen und bedeutet daher für Lochiel eine ernsthafte Bedrohung. Der Ihlini greift den Stammeskeep an, tötet Shona und schneidet ihr das Kind aus dem Leib. Aidan, der dabei ernsthaft verletzt wird, überlebt als Opfer der Epilepsie. Während seiner ›Anfälle‹ prophezeit er die Ankunft Cynrics, des Erstgeborenen. Um sein geraubtes Kind zurückzubekommen, überwindet Aidan seine Schwäche und stellt sich Lochiel in Valgaard selbst entgegen, wo er seinen Sohn zurückgewinnt. Aber Aidan erkennt, daß er nicht für Thron und Titel bestimmt ist. Er entsagt seinem Rang, übergibt seinen Sohn, Kellin, der Obhut Aileens und Brennans und läßt sich als *Shar Tahl* auf der Kristallinsel nieder, wo er der Ankunft des Erstgeborenen den Weg bereiten will.

Prolog

Auf Stoff gewebt, sich von einer rötlichen Wand abhebend, im frühen Licht aus Gold gebadet: Löwen. Mujhars, Cheysuli und Homaner. Und die Schöpfung der Welt, in der der Junge und sein Großonkel lebten.

»Magie«, erklärte der Junge feierlich und dabei in ernsthafterem Ton als die meisten anderen Achtjährigen. Aber anderseits entdecken die meisten achtjährigen Jungen innerhalb der Wände ihres Hauses auch nicht die Magie.

Der alte Mann stimmte ihm ohne das Zögern jener zu, die zweifelten oder zweifeln wollten, weil sie die Macht der Magie fürchteten. Magie war ihm nicht fremder als dem Jungen, in dessen Blut sie ebenso lebte wie in seinem und in dem anderer Cheysuli.

»Frauenmagie«, sagte er, »mit Kopf und Händen heraufbeschworen.« Seine eigene langfingrige linke Hand, die einst äußerst geschickt gewesen war, jetzt aber nur noch aus steifen Knochen unter runzliger, gelblicher Haut bestand, zog das vielfältige Muster des großen, bestickten Wandteppichs nach, der hinter dem Löwenthron hing. »Siehst du, Kellin? Dies ist Shaine, den die Homaner deinen Urahnen nennen würden, während er bei den Cheysuli *Hosa'ana* hieße.«

Es war Morgen, und sie befanden sich in der Großen Halle eben jenes Shaine. Gebrochenes Licht fiel durch die Buntglasfenster, ließ die Halle in allen Farben erstrahlen und beleuchtete die gewaltige Weite des uralten Bauwerks, das bereits lange, bevor Kellin – oder Ian – geboren worden waren, hundert Könige beherbergt hatte.

Der Junge, den die Unermeßlichkeit der Geschichte und die Üppigkeit der mit Stichbalken ausgestatteten Halle, sowie ihr vielfältiger Prunk nicht schreckte, nickte eifrig und ein wenig ungeduldig. Seine schwarzen Augenbrauen waren in einem für sein Alter ungewöhnlichen Stirnrunzeln zusammengezogen, als wisse Kellin, der Prinz von Homana, genau, wer Shaine war, ohne ihn aber für wichtig zu erachten.

Ian lächelte. *Und er kann ihn vielleicht auch nicht für wichtig halten. Seine Geschichte ist jünger, und seine Jugend beschäftigt sich mit dem Jetzt und nicht mit den alten Mujhars der Vergangenheit.*

»Wer ist das?« Ein für die unausgebildete Stämmigkeit der Jugend zu schlanker Finger – er hatte trotz der anderen Häuser, die sein Blut verdickten, Cheysulihände – legte sich auf einen gestickten Löwen, der durch die geschickten Hände einer Frau fast lebendig wirkte. »Ist *das* mein Vater?«

»Nein.« Das hagere, ledrig gerunzelte Gesicht des alten Mannes gab seine Gedanken und Gefühle nicht preis, während er auf die schlecht verhüllte Hoffnung im Tonfall des Jungen antwortete. »Nein, Kellin. Dieser Wandteppich wurde fertiggestellt, bevor dein Vater geboren wurde. Er hört hier auf... siehst du?« Er berührte das Gewebe. »Mit deinem Großvater.«

Ein abgeknabberter Fingernagel mit schwarzem Rand wurde gebieterisch in staubige Fäden gebohrt, deren einst leuchtende Farben durch die Zeit und das Sonnenlicht ausgebleicht waren. »Aber mein Vater sollte hier sein. *Irgendwo.*«

Sein Gesicht nahm plötzlich einen zornigen, nicht mehr hoffnungsvollen Ausdruck an, schien nicht mehr wie unbearbeiteter Ton, sondern zeigte die angespannte Anmaßung eines jungen Kriegers, wie er zu dem alten Mann aufsah, der genauer als der Junge wußte, was es bedeutete, ein Krieger zu sein. Er hatte sogar *wahrhaftig* an einem richtigen Krieg teilgenommen und war nicht nur das geistige Gebilde veralteter Erzählungen.

Ian lächelte, und neue Runzeln ersetzten die alten zwischen dem dichten Vorhang seines schneeweißen Haars. »Und er wäre auch hier, wenn Deirdre und ihre Frauen nicht zu lange gebraucht hätten, um den Gobelin mit Löwen fertigzustellen. Vielleicht wird eines Tages eine andere Frau einen neuen Wandteppich beginnen und dich und deinen Vater und *deinen* Erben darin verewigen.«

»Mujhars«, sagte Kellin nachdenklich. »Sie alle waren Mujhars.« Er betrachtete erneut den großen Wandteppich, der die Wand hinter dem Podest ausfüllte, richtete seinen nüchternen Blick darauf. Er sprach die Namen leise murmelnd aus, während er mit dem Finger von einem Löwen zum anderen wanderte: »Shaine, Carillon, Donal, Niall, Brennan ...« Der Junge brach jäh ab und nahm seinen Finger von der Stickarbeit. »Aber mein Vater ist kein Mujhar und wird es auch niemals sein.« Er sah den alten Mann angespannt an, als wollte er ihn herausfordern, ohne zu wissen, wie er es tun sollte. »Er *wird* es niemals sein.«

Seine Worte brachten Ian nicht aus der Fassung, der diesen Gedanken seit mehreren Jahren schon auf die eine oder andere Art hatte aussprechen hören. Die Bedeutung war dieselbe, wenn er auch jeweils anders ausgedrückt wurde: Kellin sehnte sich verzweifelt nach seinem Vater, Aidan, dem er noch niemals begegnet war. »Nein«, stimmte Ian ihm zu. »Du bist nach Brennan der nächste Mujhar ... Und sie haben dir erklärt warum.«

Der Junge nickte. »Weil er fortgegangen ist.« Es sollte sachlich klingen, aber dies gelang ihm nicht. Tränen schimmerten unerwartet in den klaren grünen Augen und vertrieben den früheren Zorn. »Er ist *davon*gelaufen!«

Ian spannte sich an. *Das mußte eines Tages kommen.*

Jetzt werde ich es klären. »Nein.« Er streckte die Hand aus, umfaßte Kellins schmale Schulter und drückte sie leicht, als er das unterdrückte, leichte Zittern spürte. »Kellin – wer hat etwas so Ungeheuerliches gesagt? Es ist nicht wahr, wie du sehr wohl weißt ... Dein Vater ist vor nichts davongelaufen, sondern *zu* seinem *Tahlmorra* geeilt ...«

»Sie haben gesagt ...« Kellins Lippen wurden weiß, während er sie fest zusammenpreßte. »Sie haben gesagt, er sei fortgegangen, weil er mich *haßte*.«

»*Wer* hat das gesagt?«

Kellin biß sich auf die Unterlippe. »Sie haben gesagt, ich wäre nicht der Sohn, den er gewollt hatte.«

»Kellin ...«

Er unterdrückte nur mühsam einen Klagelaut. »Was habe ich getan, daß er mich so *haßt?*«

»Dein *Jehan* haßt dich nicht.«

»Warum ist er dann nicht *hier?* Warum kann er nicht kommen? Warum kann ich nicht *dorthin* gehen?« Die grünen Augen brannten wild. »Habe ich etwas falsch gemacht?«

»Nein. Nein, Kellin – du hast nichts falsch gemacht.«

Das schmale Gesicht war sehr blaß. »Manchmal denke ich, ich muß ein schlechter Sohn sein.«

»*Keinesfalls*, Kellin ...«

»Warum dann?« fragte der Junge verzweifelt. »Warum kann er dann nicht kommen?«

In der Tat: warum? fragte sich auch Ian. Er konnte dem Jungen gar nicht vorwerfen, daß er aussprach, was sie sich alle fragten – aber Aidan war unnachgiebig. Der Junge sollte nicht zu ihm kommen, bevor er gerufen wurde. Und Aidan würde ihn auch nicht besuchen, es sei denn, die Götter zeigten ihm, daß der richtige Zeitpunkt gekommen wäre. *Aber wird jemals der richtige Zeitpunkt kommen?*

Er sah den Jungen an, der sich so sehr bemühte, seine Qual nicht preiszugeben, den brennenden

Schmerz zu verbergen. *Homana-Mujhar beginnt, auch den Grünschnäbeln Fesseln anzulegen.*

Die Kraft schwand. Ian wollte sich aufs Podest setzen, damit er auf gleicher Höhe mit dem Jungen wäre, um die Dinge von gleich zu gleich zu erörtern, aber er war alt, steif und müde. Es würde sich als schwierig erweisen, sich wieder zu erheben. Er wollte so vieles sagen, daß kaum etwas davon eine Möglichkeit bekommen konnte, gesagt zu *werden.* Statt dessen griff er auf eine einfache Weisheit zurück. »Ich glaube, du hast letzthin zuviel Zeit mit den Schloßjungen verbracht. Du solltest darum bitten, zum Stammeskeep gehen zu dürfen. Die Jungen dort wissen es besser.«

Das genügte nicht. Es war überhaupt keine ausreichende Antwort. Ian bedauerte seine Worte sofort, als er Kellins Gesichtsausdruck sah.

»Großvater sagt, ich darf nicht hingehen. Er sagt, ich soll *hier*bleiben –, doch er will mir nicht sagen warum. Aber ich habe gehört… Ich habe einen der Diener sagen hören…« Er brach ab.

»Was?« fragte Ian sanft. »Was haben die Diener gesagt?«

»Daß… daß der Mujhar sogar im Stammeskeep um meine Sicherheit fürchtet. Daß Lochiel vielleicht wieder dorthin kommen könnte, da er schon einmal dort gewesen ist –, und wenn er wüßte, daß *ich* dort wäre…« Kellin zuckte die Achseln. »Ich muß hierbehalten werden.«

Dann ist es kein Wunder, daß er den Schloßjungen zuhört. Ian seufzte und versuchte zu lächeln. »Es wird immer Jungen geben, die dich mit Worten verletzen wollen. Du bist ein Prinz –, sie sind es nicht. Das ist Groll, Kellin. Du darfst ihren Worten über deinen *Jehan* nicht trauen. Keiner von ihnen weiß, was er ist.«

Kellins Stimme klang matt und auch äußerst lustlos. Der Versuch, den Schmerz zu verbergen, steigerte seine Bitterkeit nur noch. »Sie sagen, er wäre ein Feigling gewesen. Und krank. Und *Anfällen* unterworfen.«

Alles das, und noch mehr … Er hat noch Jahre vor sich, bevor es aufhören wird, wenn überhaupt etwas davon aufhören wird. Es wird vielleicht zu einer Waffe, die zuerst den Prinzen und dann den Mujhar quälen und antreiben wird. Ian spürte, wie sich seine Brust verengte. Es war ein kalter Winter gewesen, der kälteste Winter seit langem, soweit er sich erinnern konnte, und er hatte ihm hart zugesetzt. Er hatte einen Husten bekommen, der auch im Verlauf des Frühjahrs noch nicht vollständig ausgeheilt war.

Er atmete sorgsam und maßvoll ein, wollte die Worte hinauszögern, die ihm als Tadel für den kleinsten Jungen dienen sollten, der eines Tages der Größte sein würde, zumindest was den Rang betraf, wenn auch vielleicht nicht von der Körpergröße her. »Er ist ein *Shar Tahl*, Kellin, kein Wahnsinniger. Jene, die das behaupten, sind unwissend und Cheysulibräuchen gegenüber ohne Achtung.« Innerlich schalt er sich, weil er einem kleinen, beeindruckbaren Jungen gegenüber so unverhüllt über die Homaner sprach, aber Ian sah keinen Grund zu lügen. Unwissen war Unwissen, ungeachtet seines Ursprungs im Volk. Er wußte auch um seinen Anteil am Eigensinn der Cheysuli. »Wir haben viele Male erklärt, warum er zur Kristallinsel gegangen ist.«

»Kann er nicht wenigstens zu *Besuch* kommen? Mehr will ich ja gar nicht. Nur einen Besuch.« Das Kinn, das jetzt schon auf Unnachgiebigkeit – später im Erwachsenenalter – hindeutete, wirkte jetzt nicht weniger entschlossen. »Oder könnte ich nicht *dorthin* gehen? Wäre ich bei *ihm* nicht sicher?«

Ian hustete und drückte eine Hand fest gegen sein unter dem Cheysuliwams verborgenes, eingesunkenes Brustbein, als wollte er seine Lungen zwingen, sich seinem Willen zu fügen. »Ein *Shar Tahl* ist nicht wie jeder andere, Kellin. Er dient den Göttern … Man kann von ihm nicht erwarten, sich nach den Launen und Wünschen anderer zu richten.« Ian wußte, daß das die schlichte Wahrheit war, aber er bezweifelte, daß sie genug Gewicht aufbot, den Schmerz eines Jungen zu zerschlagen. »Er muß weder vor dem Mujhar noch vor dem Stammesführer Rechenschaft ablegen, sondern nur vor den Göttern selbst. Wenn du deinen *Jehan* sehen sollst, wird er nach dir schicken.«

»Das ist nicht gerecht«, platzte Kellin mit neuerlicher Bitterkeit heraus. »Jedermann sonst hat einen Vater!«

»Es hat *nicht* jedermann sonst einen Vater.« Ian wußte von mehreren Jungen in Homana-Mujhar und im Stammeskeep, die nur noch einen – oder gar keinen Elternteil mehr – besaßen. »*Jehans* und *Jehanas* sterben und lassen Kinder zurück.«

»Meine Mutter ist gestorben.« Sein Gesicht verkrampfte sich kurz. »Sie haben gesagt, ich hätte sie getötet.«

»Nein …« Nein, Kellin hatte Shona nicht getötet. Lochiel hatte es getan. Aber der Junge hörte nicht mehr zu.

»*Sie* ist tot …, aber mein Vater *lebt!* Kann er nicht kommen?«

Der Husten löste sich von Ians Willen und erschütterte Lungen und Kehle. Er wollte dem Jungen, dem Urenkel seines schon lange verstorbenen Bruders so gern antworten, doch er bekam nicht mehr genug Luft. »… Kellin …«

Endlich wurde der Junge hellhörig. *»Su'fali?«* Ian war etliche Generationen weiter von Kellin entfernt als ein Onkel, aber dies war der Cheysulibegriff, der anstatt eines schwierigeren, mehrere Generationen beinhaltenden Begriffs stets verwendet wurde. »Bist du noch immer krank?«

»Der Winter zieht sich hin.« Er grinste flüchtig. »Der Biß des Löwen …«

»Der Löwe beißt *dich?*« Kellins Augen wurden riesengroß. Er nahm dieses Bild offensichtlich wörtlich.

»Nein.« Ian beugte sich vor und versuchte, den Schmerz vor dem Jungen verbergen. Es fühlte sich an, als hätte ihm jemand ein glühendes Brandzeichen tief in die Brust gestoßen. »Komm ... hilf mir, mich hinzusetzen ...«

»Nicht dorthin, nicht auf den *Löwen* ...« Kellin ergriff einen zitternden Arm. »Ich werde nicht zulassen, daß er dich beißt, *Su'fali.*«

Das Lachen geriet zu einem Keuchen. »Kellin ...«

Aber der Junge plapperte weiter über den Schutz eines Cheysulikriegers, der dem von *Lirs*, oder der Gestaltwandlerkunst oder der Erdmagie Ungeweihten bei weitem überlegen war, und führte Ian zur ersten Stufe des Podests. Die Polsterung des Throns würde die Härte des alten Holzes mildern, aber die kurze Erwähnung des Löwen hatte sich gewiß schon in Kellins Geist eingebrannt. Der Junge würde sich jetzt nicht auf dem Thron niederlassen, und Ian hatte nicht die Kraft, ihn von seinem Irrglauben abzubringen.

»Hier, *Su'fali.*« Das schmale, reizvolle Gesicht war wieder zu dem eines Kriegers geworden – wild und entschlossen. Der Junge warf einen scharfen Blick über die Schulter, als wollte er die Bestie abwehren.

»Kellin ...« Aber es schmerzte ungeheuer, durch den Schmerz in seiner Brust zu sprechen. Sein linker Arm fühlte sich müde und schwach an. Das Atmen fiel ihm schwer. *Lir ...* Es klang dringend. Ian rief Tasha durch die Verbindung aus seinen Räumen herbei, wo sie auf seinem Bett in einem Strahl der Frühlingssonne gedöst hatte. *Verzeih mir, daß ich dich wecke ...*

Aber der Rotluchs war sofort hellwach und bereits in Bewegung, antwortete auf das, was sie deutlicher spürte als hörte.

Und mehr ... Ian ließ sich mit Hilfe des Jungen auf der obersten Stufe des Podests nieder und bemühte sich, das Gesicht nicht zu verziehen. Er sagte atemlos: »Kellin ... hol deinen Großvater.«

Der Junge war ganz Cheysuli, bis auf die etwas hellere Haut und die weit geöffneten erinnischen Augen: die Augen der verstorbenen Deirdre, die den Wandteppich vor Jahrzehnten für ihren Ehemann, Niall, Ians Halbbruder, begonnen hatte ... *so grün wie Aileens Augen ...* Aileen, die Königin von Homana, die Großmutter des Jungen und Schwester von Sean von Erinn, der mit Keely, der Mutter von Kellins verstorbener Mutter, verheiratet war. *Es sind jetzt so viele Blutlinien zusammengeführt worden. Haben wir die Götter und die Prophezeiung zufriedengestellt?*

Die Haut von Kellins Cheysuligesicht war angespannt und unter dem dichten schwarzen Haar homanisch blaß. *»Su'fali ...«*

Ian deutete mit einem zitternden Finger auf die wuchtigen Silbertüren, die am entgegengesetzten Ende der Großen Halle dumpf schimmerten. »Tu mir den Gefallen, Kellin ...«

Und während der Junge, laut auf todbringende Löwen schimpfend, davoneilte, bat der sterbende Cheysulikrieger seinen Rotluchs, sich zu beeilen.

Teil I

Kapitel Eins

Sommerjahrmarkt«, flüsterte Kellin in seinem Schlafraum und prüfte damit den Klang des Wortes und seinen tieferen Sinn. Dann jubelnd: »*Sommer*jahrmarkt!«

Er öffnete schwungvoll den Deckel einer Kleidertruhe und entnahm ihr Samt- und Brokatkleidungsstücke, die er aber zugunsten zwangloserer Lederkleidung beiseite warf. Er wollte sich angemessen, aber ohne homanische Anmaßung, die er ablehnte, vorstellen und statt dessen die Würde eines Cheysuli an den Tag legen.

Sommerjahrmarkt. Dieses Jahr sollte er hingehen. Im letzten Jahr war es ihm als Strafe sowohl für sein eigensinniges Beharren auf seinem Recht, als auch für das Vergehen, das er noch *immer* für keines hielt, verboten worden. Sein Großvater, seine Großmutter und alle Schloßdiener hatten es falsch verstanden. Sie hatten es *alle* falsch verstanden, jeder einzelne, ungeachtet des Ranges, der Geburt oder der Herkunft.

Ian hätte es richtig verstanden, aber Kellins *Harani* war seit zwei Jahren tot. Und *wegen* seines Todes – und der Art, wie er gestorben war –, hatte Kellin vernichten wollen, was er als weitere Bedrohung derer ansah, die er liebte.

Niemand verstand. Aber seine Gedanken eilten schon wieder weit voraus, verdrängten die schmerzlichen Erinnerungen an die unglückliche Zeit, während er der Truhe eine angemessene Cheysulikleidung entnahm: ein weich gegerbtes, rostrotes Wams mit passender Hose, ein mit Onyx und bearbeitetem Gold zu schließender Gürtel und weiche Stiefel mit Sohlen, die vielleicht für einen laubbedeckten Waldboden gedacht waren, nicht aber für die harten Steine der Stadt.

»... ob sie noch passen ...?« Kellin zog einen Stiefel an und erkannte, daß er nicht mehr paßte, was bedeutete, daß dies auch für den anderen Stiefel galt, was wiederum bedeutete, daß er erneut gewachsen war und Aileens Näherinnen wahrscheinlich um neue homanische Kleidung bemühen mußte ... Er verzog das Gesicht. Er mochte diese Prozedur überhaupt nicht. Vielleicht konnte er die lederne Kleidung der Cheysuli anlegen und neue homanische Stiefel dazu tragen – oder wäre das Frevel?

Er schlüpfte aus der homanischen Tunika und der Hose und ersetzte sie durch die von ihm bevorzugte Cheysulikleidung, wobei er erkannte, daß auch die Hose zu klein geworden war. Nein, seine Beine waren *länger* geworden, was Kellin erfreute. Er war eine Zeitlang recht klein gewesen, aber es schien, als würde er die fehlende Größe jetzt aufholen. Vielleicht würde ihn nun niemand mehr bloß für einen Achtjährigen halten, sondern würde die Reife erkennen, die sein Alter von inzwischen zehn Jahren mit sich brachte.

Kellin überprüfte seine Kleidung und schloß den Gürtel um die schmalen Hüften. Das frisch gewaschene Haar wellte sich beim Trocknen zu den gewohnten Locken – Kellin versuchte sie sofort glattzustreichen –, und sein Kinn war noch glatt und von dem entstellenden Bewuchs, den die Homaner einen Bart nannten, unverdorben. Ein Bart kennzeichnete einen Mann, der weniger als ein Cheysuli war, wie Kellin es empfand, da den Cheysuli üblicherweise keine Bärte wuchsen, obwohl es bei einigen Cheysuli gemischten Blutes nicht nur geschehen konnte, sondern tatsächlich schon geschehen *war*. Es hieß, daß Corin im fernen Atvia einen Bart trug, wie auch Kellins eigener erinnischer Großvater, Sean, aber *er* würde das niemals tun. Kellin würde sich niemals einer Art verschreiben, die das Erbe eines Mannes hinter dem Bewuchs auf seinem Gesicht verbarg.

Kellin überprüfte sein haarloses Kinn, ließ dann einen Finger über eine weichhäutige Wange und seine Nase gleiten und erkundete die Wölbung des noch unausgereiften Stirnknochens über seinen Augen. Jedermann *behauptete*, er sei, bis auf seine Augen – und die Haut, die eine Färbung zwischen Bronze und der hellen Haut der Homaner angenommen hatte –, ein wahrer Cheysuli. Obwohl er im Sommer braun genug wurde, um als wahrhafter Cheysuli zu gelten, konnte er doch seine Augenfarbe nicht verleugnen. Und seine Gebete in der Kindheit, daß die Götter sie austauschen möchten, waren schließlich von einer zunehmenden Entschlossenheit, über die falsche Augenfarbe hinwegzusehen und sich auf andere Dinge, wie die Fähigkeiten eines Kriegers, die er fleißig einübte, um seinem Erbe keine Schande zu bereiten, überwogen worden. Und er war ohnehin *nicht* nur ein Cheysuli. Hatten sie ihm nicht alle wiederholt gesagt, daß er eine Mischung aus fast allen vorhandenen Blutlinien in sich trug – oder zumindest aus allen *wichtigen* – und daß nur er die Prophezeiung der Erstgeborenen ihrer Erfüllung einen Schritt näherbringen konnte?

Sie hatten es gesagt. Kellin verstand. Er war ein Cheysuli, aber auch Homaner, Solinder, Atvianer und Erinnier. Er wurde gebraucht. Er war wichtig. Er war *notwendig*.

Aber manchmal fragte er sich, ob er, Kellin, nicht *so* sehr gebraucht wurde wie vielmehr sein Blut. Wenn er sich schnitt und das Blut floß – würde sie das zufriedenstellen und ihn dann ganz unwichtig werden lassen?

Kellin verzog bei diesem Gedanken das Gesicht. »Manchmal behandeln sie mich wie Gareths preisgekrönten Hengst ... Ich glaube, er vergißt noch, was es bedeutet, ein *Pferd* zu sein, so wie sie ihn alle behandeln ...« Aber Kellin verbannte diesen Gedanken wieder. Sein Spiegelbild in der polierten Silberplatte an der Wand sah ihn an, während sich die grünen Augen von Bronze zu dunklem Haselnußbraun verwandelten. Die Vertrautheit seiner Gesichtszüge verschwamm durch seine Phantasie für kurze Zeit, und er wurde ein anderer Junge, ein fremder Junge, mit ganz anderen, eines Tages erst wirksam werdenden Kräften.

»Ihlini«, flüsterte Kellin. »Wie seid ihr *wirklich?* Seht ihr wie Dämonen aus?«

»Das halte ich für unwahrscheinlich«, sagte eine Stimme vom Eingang her: Rogan, sein Lehrer. »Ich glaube, daß sie wahrscheinlich eher dir und mir ähneln als schrecklichen Geistern aus der Unterwelt. Ihr habt die Geschichten über Strahan und Lochiel gehört. Sie sehen wie jeder andere aus.«

Kellin konnte Rogans verzerrtes Spiegelbild in der polierten Silberplatte sehen. »Könntet *Ihr* ein Ihlini sein?«

»Sicher«, erwiderte Rogan. »Ich bin ein böser Magier, der von Lochiel selbst hierhergesandt wurde, um Euch gefangenzunehmen und nach Valgaard zu entführen, wo Ihr zweifellos gefoltert und geschlagen und dann Asar-Suti, dem Sucher, übergeben werdet ...«

Kellin ging, entsprechend erschüttert, darauf ein: »... dem Gott der Unterwelt, der die Dunkelheit erschaffen hat und darin lebt, und ...«

»... der sich in den verderblichen Rauch seiner getöteten Opfer kleidet«, beendete Rogan den Satz.

Kellin grinste freudig. Es war ein altes Spiel. »Großvater würde mich beschützen.«

»Ja, das würde er tun. Dafür ist ein Mujhar da. Er würde niemals zulassen, daß jemand – ob Magier oder nicht – seinen Lieblingsenkel entführt.«

»Ich bin sein *einziger* Enkel.«

»Und daher um so wertvoller.« Rogans Spiegelbild seufzte. »Ich weiß, es war sehr schwer für Euch, so viele Jahre lang in Homana-Mujhar eingeschlossen zu bleiben, aber es war notwendig. Ihr wißt warum.«

Kellin wußte warum, aber er verstand es nicht ganz. Strafen hatten ihn schon zwei Jahre lang vom Sommerjahrmarkt ferngehalten, aber es war noch weitaus mehr daran. Er hatte Mujhara oder auch den Stammeskeep *niemals* so ungehindert und ohne Schutz aufsuchen können wie andere.

Kellin wandte sich von der polierten Silberplatte ab und sah Rogan an. Der Homaner war sehr groß und dünn und neigte, so wie jetzt, zu einer gebeugten Haltung, wenn er müde war. Sein bereits ergrauendes braunes Haar war vom kürzlichen Waschen noch feucht, und er trug seine, wie Kellin sie nannte, ›mittelmäßige‹ Kleidung. Sie war nicht so einfach wie seine üblichen dunklen Kleidungsstücke, aber auch nicht so edel wie jene, die er trug, wenn er zum Familienessen in die Große Halle gebeten wurde, was gelegentlich vorkam. Jetzt hatte er eine schlichte schwarze Hose und eine graue Stofftunika über einem Leinenhemd mit einem Bronzegürtel angelegt.

»Warum?« platzte Kellin heraus. »Warum lassen sie mich *jetzt* gehen? Ich habe einige der Diener darüber reden hören. Sie sagen, Großvater und Großmutter hätten zuviel Angst, mich hinausgehen lassen.«

Die Falten in Rogans Gesicht vertieften sich ein wenig. »Selbst sie begreifen, daß sie Euch nicht ewig halten können. Es muß Euch gestattet sein, Euch der Außenwelt zu stellen, sonst werdet Ihr für Eure Aufgabe nicht befähigt sein. Also haben sie beschlossen, daß Ihr dieses Jahr hingehen dürft, da sich Euer Verhalten gebessert hat – und weil es an der Zeit ist. Ich werde Dienst tun …, aber es werden auch Wächter dabei sein.«

Kellin nickte. Es waren immer Wächter dabei. »Weil ich Aidans einziger Sohn und der einzige Erbe bin.« Er verstand es nicht ganz. »Weil … weil es keine Bedrohung mehr gäbe, wenn Lochiel mich tötete.« Er hob das Kinn an. »So heißt es in den Höfen und Küchen.«

Rogan senkte den Blick. »Ihr achtet viel zu sehr auf Geschwätz –, aber das ist vermutlich immer so. Ja, Ihr bedeutet eine Bedrohung für die Ihlini. Und darum werdet Ihr so gut bewacht. Da hier so viele Cheysuli sind, kann Lochiels Magie Euch nicht erreichen, und daher werdet Ihr so angebunden –, aber es *gibt* andere Möglichkeiten, Möglichkeiten wie, zum Beispiel, ein habgieriger Koch, der Ihlinigold begehrt...« Aber dann winkte Rogan heftig ab. »Genug von diesem düsteren Gerede. Es werden, wie immer, Wächter dabei sein, aber Euer Großvater hat beschlossen, Euch diese geringe Freiheit zu gewähren.«

Der Besuch des Sommerjahrmarkts bedeutete mehr als eine kleine Freiheit. Er bedeutete Erfrischung. Kellin vergaß alle Gerüchte und alles Geschwätz. Er deutete grinsend auf die von Rogans Gürtel herabhängende Geldbörse. Sein Großvater hatte Rogan für den Jahrmarkt Geld gegeben. »Können wir gehen? Jetzt?«

»Wir können gehen. Jetzt.«

»Dann setzt Euer Jahrmarktsgesicht auf«, befahl Kellin streng. Rogan war ein einfacher, stiller Mann Mitte Vierzig, der nur selten lachte, aber Kellin hatte stets ruhige, beständige Herzlichkeit von dem Homaner erfahren. Er genoß es, Rogan aus seinen schwermütigen Stimmungen herauszulocken, und heute war kein Tag für traurige Gesichter. »Mit dieser düsteren Miene werdet Ihr die Damen vertreiben.«

»Was hat mein Gesicht mit den Damen zu tun?« fragte Rogan mißtrauisch.

»Es ist Jahrmarkt«, erklärte Kellin. »Deshalb wird jedermann glücklicher sein als gewöhnlich. Selbst *Ihr* werdet die Damen anziehen ..., wenn Ihr diesen düsteren Gesichtsausdruck ablegt.«

»Ich mache kein düsteres Gesicht, und was wißt Ihr überhaupt über Damen?«

»Genug«, sagte Kellin leichthin und schritt aus dem Raum.

Rogan folgte ihm. »Wieviel ist genug, mein junger Herr?«

»*Ihr* wißt es.« Kellin blieb im Gang stehen. »Ich habe Melora gehört. Sie sprach mit Belinda, die sagte, es wäre lange her, seit Ihr eine gute Frau in Eurem Bett gehabt hättet.« Rogans Gesicht rötete sich augenblicklich. Es war das erste Mal, daß eine von Kellins Bemerkungen eine solch persönliche Regung hervorrief, und der Junge war begeistert. »Stimmt das?«

Der Mann rieb sich verdrießlich die Kopfhaut. »Ja, nun, vielleicht. Hätte ich gewußt, daß sich Melora und Belinda solche Gedanken darum machen, hätte ich sie vielleicht um einen Rat gebeten, wie man etwas daran ändern könnte.« Er beobachtete seinen Schützling genau. »Wieviel wißt Ihr über Männer und Frauen?«

»Oh, alles. Ich weiß alles darüber.« Kellin lief den Gang entlang weiter, und Rogan paßte seine längeren Schritte denen des Jungen an. »Ich hatte gehofft, während des Jahrmarkts eine Frau zu finden.«

Eine große Hand legte sich auf Kellins Schulter und hielt ihn auf. »Mylord«, sagte Rogan förmlich, »wärt Ihr so freundlich, Eurem unwissenden Lehrer genau zu erklären, wovon Ihr sprecht?«

»Wenn Ihr wissen wollt, wieviel ich weiß«, begann Kellin, »dann sage ich: Ich *weiß*. Ich habe im letzten Jahr alles darüber erfahren. Und jetzt würde ich es gern selbst versuchen.«

»Mit zehn Jahren?« murmelte Rogan – an sich selbst wie an Kellin gewandt.

»Wie alt wart *Ihr?*«

Rogan dachte nach. »Es heißt, daß Cheysuli schnell erwachsen werden, und es gibt Geschichten über Euren Großvater und seine Brüder ...«

Kellin grinste. »Dies wird vielleicht der beste aller Sommerjahrmärkte.«

»Sicherlich besser als derjenige im letzten Jahr.« Die unterschwellige Belustigung schwand aus Rogans Tonfall. »Ihr erinnert Euch doch, warum Euch die Erlaubnis hinzugehen verweigert wurde.«

Kellin zuckte gleichgültig die Achseln. »Es war eine Strafe.«

»Und warum wurdet Ihr bestraft?«

Kellin seufzte. Es sah Rogan sehr ähnlich, ihn an einem freien Tag zu belehren und an frühere Erfahrungen zu erinnern. »Weil ich den Wandteppich angezündet habe.«

»Und im Jahr davor?«

»Da habe ich den Löwen in Stücke zu zerhacken versucht.« Kellin nickte nüchtern. »Ich mußte es tun, Rogan. Der Löwe hat Ian getötet.«

»Kellin ...«

»Er wurde lebendig und hat ihn gebissen. Das hat mein *Harani* gesagt.«

Rogan blieb geduldig. »Und warum hast du den Wandteppich zu verbrennen versucht?«

»Weil *er* auch aus Löwen besteht. Ihr wißt es.« Kellin preßte den Mund zusammen. Keiner von ihnen verstand dies, auch nicht, wenn er es erklärte. »Ich muß alle Löwen töten, bevor sie mich töten.«

Der Sommer war Kellins liebste Jahreszeit – und der Jahrmarkt der beste Teil davon. Obwohl es niemals sengend heiß war, erwärmte sich Homana während des Mittsommers dennoch erheblich, und die Freiheit, die jedermann empfand, spiegelte sich in der guten Laune der Menschen, in den Gewohnheiten und auch in ihrer Kleidung wider. Leder- und Fellkleidung und rauhe Winterstoffe wurden verpackt und durch Leinen, Batist und Seide ersetzt, es sei denn, man blieb in seinen Gewohnheiten zu allen Zeiten ganz Cheysuli, wie Kellin es war, der Wams und Hose trug, wann immer es ihm möglich war. Jedermann legte eine dem Sommerjahrmarkt angemessene Kleidung an, meist hell gefärbt und bestickt, und drängte auf die Straßen hinaus, um die Jahreszeit zu feiern.

Türen standen offen, und Familien versammelten sich vor den Häusern, tauschten Neuigkeiten und Geschichten aus und teilten Nahrung und Getränke miteinander. Auf dem Marktplatz stellten sich mujharische Händler und fremde Kaufleute auf, um ihre Waren feilzubieten. Die Straßen waren von der Musik des Lachens, der Scherze, der Trommeln, der Flöten und Lauten und dem Klingen des Geldes erfüllt. Die Luft trug die Aromen von Gewürzen und Zuckerwerk, sowie den scharfen Geruch von gebratenem Schweine- und Hammelfleisch und verschiedenen anderen Lekkerbissen heran.

»Wurst!« rief Kellin. Dann verbesserte er sich, denn er wollte sich bemühen, das richtige fremde Wort zu erlernen: »*Suhoqla!* Beeilt Euch, Rogan!«

Kellins Nase führte ihn zu den Wagen am äußersten Rand des Marktplatzes, die auffallend weit vom schlimmsten Durcheinander auf dem Platz selbst entfernt standen. Hier hatte sich bereits eine kleine Menschenmenge versammelt – Homaner, die einander heimlich mit den Ellenbogen anstießen und murmelnd bissige Sprüche über die Fremden und ihre sonderbare Art abgaben. Daß andere Händler genauso seltsam waren, schien ihnen nicht in den Sinn zu kommen. *Diese* Fremden wurden hier selten gesehen und wirkten daher um so auffälliger.

Kellin kümmerte es nicht, daß sie Fremde waren, außer daß ihre Fremdheit *Suhoqla* versprach, die er liebte, sowie andere, ebenso verlockende Dinge.

Rogans Stimme klang streng. »Ein wenig langsamer, wenn ich bitten darf – nicht durch die Menge davonschießen. Ihr macht es den Wächtern schwer, in solch bevölkerten Straßen mit Euch mitzuhalten. Und wenn wir die Wächter verlieren, müssen wir sofort zum Palast zurückkehren. Wollt Ihr das riskieren?«

Kellin sah sich um. Da waren die Wächter: vier Männer der mujharischen Wache, persönlich ausgewählt, den Prinzen von Homana zu beschützen. Sie erschienen sonst in ihrem Verhalten und ihrer Kleidung unauffällig, aber jetzt trugen sie die karmesinroten Wappenröcke ihrer Wache, die sie als das kennzeichnen sollten, was sie waren: Leibwächter des Jungen, der die Zukunft der Cheysuli – und Homanas selbst – in sich trug.

»Aber es ist doch *Suhoqla* … Ihr wißt, wie sehr ich sie mag, Rogan.«

»In der Tat, Ihr habt es oft genug wiederholt.«

»Und ich hatte sie fast zwei Jahre lang nicht!«

»Dann eßt um Himmels willen jetzt einige. Ich bitte Euch nur, Euch daran zu erinnern, daß ich fast vier Jahrzehnte älter bin als Ihr. Alte Männer können mit kleinen …« – er verbesserte sich mitten im Satz – »… jungen Männern nicht mithalten.«

Kellin sah grinsend zu ihm hoch. »Ein so großer Mann wie Ihr braucht nur seine riesigen Beine auszustrecken und ist schon in Ellas.«

Rogan lächelte. »Das habe ich schon oft gehört.« Er schaute auf den Wagen hinter Kellin. »Also soll es *Suhoqla* sein. Obwohl ich nicht verstehen kann, wie Euer Magen das verträgt.« Er schüttelte verzweifelt den Kopf. »Ihr werdet keinen Magen mehr haben, wenn Ihr in mein hohes Alter kommt.«

»Ich mache mir keine Sorgen um meinen Magen, sondern um meinen Mund.« Kellin bahnte sich seinen Weg jetzt langsamer durch die Menge, während Rogan und die Wachhunde ihm dichtauf folgten. »Bis sie in meinen Magen gelangen, sind sie nicht mehr so scharf.«

»Aha. Nun, da sind wir.«

Da war er. Kellin betrachtete die drei Frauen, die um

die schalenförmige Bratfläche knieten. Sie hatten eine Höhlung in den Sand gegraben, den Boden mit erhitzten Steinen ausgelegt und dann eine Tonplatte darübergelegt. Die gedrehten Wurstketten wurden langsam in ihrem eigenen Saft gekocht und nahmen Würzöl in sich auf.

Die Frauen hatten schwarze Haare und schwarze Augen, und ihre Haut war von der Farbe alten Elfenbeins. Zwei von ihnen schienen kaum mehr als alte Weiber zu sein, aber die dritte wirkte weitaus jünger. Die schrägstehenden Augen in ihrem ovalen Gesicht blickten fröhlich und neugierig drein, während sie einen schnellen, abschätzenden Blick über die Menge warf. Aber nur selten schaute sie jemandem in die Augen. Sie und ihre Begleiterinnen trugen schlichte dunkle Gewänder und aus Knochen gefertigten Schmuck – Halsketten, Ohrringe und Armbänder. Die alten Frauen trugen Kopftücher. Die Jüngste hatte ihr Haar auf dem Hinterkopf hochgebunden, von wo aus es in einer Reihe fester Zöpfe den Rücken hinabhing. Zwei gelbe Federn tanzten in einem der Zöpfe, wenn sie sich bewegte.

»Die Steppen sind ein rauher Ort«, murmelte Rogan. »Man kann es an ihren Gesichtern erkennen.«

»Nicht an *ihrem*«, erklärte Kellin.

»Sie ist jung«, erwiderte Rogan traurig. »Sie wird den anderen schon bald ähneln.«

Kellin wollte das nur ungern glauben, aber sein Essen war ihm jetzt wichtiger, als sich mit der vergänglichen Jugend einer Frau zu beschäftigen. »Bitte kauft mir welche, Rogan.«

Rogan fischte entgegenkommend eine Münze aus der ihm vom Mujhar übergebenen Geldbörse und gab sie einer der alten Frauen. Daraufhin spießte die junge Frau zwei der Würste auf einen zugespitzten Stock auf und hielt ihn Kellin hin. »Ah«, sagte Rogan, während er sich umsah. »Es sind also nicht nur die Frauen, die so viele Leute anziehen... Kellin, siehst du den Krieger?«

Während Kellin vorsichtig die Wärme der gewürzten Würste prüfte, spähte er an den Frauen vorbei zu dem Mann, auf den Rogan zeigte – und vergaß seine *Suhoqla* fast augenblicklich. Steppenkrieger zeigten sich in Mujhara nur selten, sie zogen es gewöhnlich vor, ihre Frauen vom Wagen aus zu beobachten. Dieser hatte den Brauch geändert und zeigte sich wahrhaftig.

Der Krieger war fast nackt, trug nur einen kurzen Lederlendenschurz, eine große Anzahl Messer und Narben. Er war nicht groß, aber sehr muskulös. Das schwarze Haar war zurückgenommen und geölt, und ein gerader Pony verlief über seine Stirn. An einem Nasenflügel trug er Knochenschmuck. Wulstige, schwarze Zwillingsnarben teilten beide Wangen und standen wic Seile aus der glatten Haut hervor.

Kellin konnte die Narben am Körper des Kriegers nicht alle zählen. Aufgrund der Anzahl und der Muster, die sie bildeten, begann er sich zu fragen, ob sie für Steppenkrieger vielleicht etwas wie Ehrenabzeichen und Beweise der Männlichkeit bedeuteten – wie das *Lir*gold bei den Cheysuli.

Drei verschieden lange Messer waren um die Taille des Kriegers gegürtet, und er trug zwei weitere an seinem rechten Unterarm und um den Hals. Letzteres hing in einer Scheide von einem schmalen Lederband herab, und sein grünliches Heft schimmerte seltsam im Sonnenlicht des homanischen Sommers. Der Krieger stand mit gespreizten Beinen und gefalteten Armen da und war jenen gegenüber, die ihn anstarrten und Bemerkungen machten, scheinbar taub und blind, aber Kellin erkannte sofort, daß der Steppenbewohner bereit war, die Frauen – vielleicht vor allem die junge Frau? – unbedingt zu verteidigen.

Kellin sah zu seinem Lehrer auf. »Homana hat niemals gegen die Steppen gekämpft, nicht wahr?«

Rogan seufzte. »Ich sehe, daß Ihr Euch Eurer Geschichte erinnert. Nein, Kellin, Homana hat niemals gegen die Steppen gekämpft. Homana hat nichts mit den Steppen zu tun. Es bestehen keine Verträge, keine Bündnisse – überhaupt nichts. Einige wenige Krieger und Frauen kommen gelegentlich zum Sommerjahrmarkt, und das ist alles.«

»Aber … ich erinnere mich an *etwas* …«

»Das spricht für Euren Lerneifer«, bemerkte Rogan sachlich. »Ihr denkt wahrscheinlich an jenen Eurer Vorfahren, der aus Homana verbannt wurde, in den Dienst Caledons eintrat und gegen die Grenzräuber der Steppen kämpfte.«

»Carillon.« Kellin nickte. »Und an Finn, seinen Gefolgsmann.« Er grinste. »Ich bin mit beiden verwandt.«

»So ist es.« Rogan betrachtete erneut den narbenübersäten Krieger. »Ein hervorragender Gegner, aber andererseits war Carillon selbst auch ein fähiger Soldat …«

»… und Finn war ein Cheysuli.« Kellins Stimme klang bestimmt. Mehr mußte nicht gesagt werden.

»Ja.« Rogan fügte sich. »Finn war tatsächlich ein Cheysuli.«

Kellin sah den Steppenkrieger unverwandt an. Die vergessene *Suhoqla* tropfte Würzöl auf die Vorderseite seines Wamses. Es kam ihm in den Sinn, den Krieger die Überlegenheit der Cheysuli eingestehen zu lassen, die sichtliche Erhabenheit erkennen zu lassen. Er wünschte sich sehr, daß die Wildheit des narbenübersäten Mannes neben der Macht seines eigenen Volkes – Männer und einige Frauen, die willentlich die Gestalt von Tieren annehmen konnten – zur Bedeutungslosigkeit verblaßte. Es war ihm wichtig, daß der Mann gezwungen würde, ihn anzusehen, ihn zu *sehen*, zu erkennen, daß er ein Cheysuli war, wie Finn, der Steppenräuber schon vor hundert Jahren bekämpft hatte.

Schließlich geruhten die schwarzen schrägstehenden

Augen in seine Richtung zu blicken. Kellin reckte herausfordernd das Kinn. »Ich bin ein Cheysuli.«

Rogan brummte. »Ich bezweifle, daß er Homanisch spricht.«

»Woher weiß er dann, was andere sagen?«

Die junge Frau regte sich ein wenig mit gesenktem Blick. »Ich spreche Homanisch.« Ihre Stimme klang sehr weich, und sie sprach die homanischen Worte sehr bemüht aus. »Ich teile Tuqhoc mit, was gesagt wird, und Tuqhoc entscheidet, ob der Sprecher leben soll.«

Kellin sah sie erstaunt an. »*Er* entscheidet!«

»Wenn eine Beleidigung ausgesprochen wird, muß der Sprecher sterben.« Die junge Frau schaute zu dem Krieger, Tuqhoc, dessen Blick seine Ungerührtheit verloren hatte, und sprach in einer fremden Sprache schnell auf ihn ein.

Kellin spürte tollkühnen Mut seine Brust erfüllen, was ihn zu weiterer Herausforderung drängte. »Wird er mich jetzt töten?«

Der Blick der jungen Frau blieb gesenkt. »Ich habe ihm gesagt, daß Ihr den Brauch versteht.«

»Und wenn ich Euch beleidigte?«

»Kellin«, warnte Rogan. »Treibt keine Wortklauberei mit diesen Leuten. Solche Torheit verspricht gefährlich zu werden.«

Die junge Frau blieb sachlich. »Er würde ein Messer wählen, und Ihr würdet sterben.«

Kellin betrachtete die Ansammlung von Messern auf der narbenübersäten Haut. »Welches würde er wählen?«

Sie dachte einen Augenblick ernsthaft darüber nach. »Das Königsmesser. Das, welches um seinen Hals hängt.«

»Das?« Kellin sah es sich an. »Warum?«

Sie lächelte flüchtig. »Ein Königsmesser für einen König – oder den Sohn eines Königs.«

Das kam äußerst unerwartet. Kellin errötete. Jedermann *wußte.* Er brauchte nichts mehr zu erklären. Er hatte solche Erklärungen schon vor Jahren aufgegeben. Aber jetzt hatte die junge Frau die altvertrauten Empfindungen wieder heraufbeschworen, und er suchte nach Worten. »Mein Vater ist kein König.«

»Ihr geht mit Hunden einher.«

»Hunde?« Kellin sah verblüfft zu Rogan hoch. »Er ist mein Lehrer, kein Hund. Er lehrt mich Dinge.«

»Ich versuche es zumindest«, bemerkte Rogan trokken.

Sie blieb von der Ironie unbeeindruckt. »Ich meine sie.« Ihr Blick wanderte zur aufmerksamen mujharischen Wache, die jetzt, da ihr Schützling mit Fremden aus den Steppen sprach, näher herantrat.

Kellin bemerkte den Blick der Frau, sah ihren Gesichtsausdruck und konnte sich vorstellen, was sie dachte. Es wertete ihn ab. In ihren Augen war er ein Junge, der von Hunden bewacht wurde. In seinen Augen war er der Sohn eines Mannes, der seinem Rang und Erbe und dem Samen seiner Lenden entsagt hatte. Kellin verlor in diesem Augenblick seine Eigenart, wurde ihrer durch Fremde beraubt, und das machte ihn wütend.

Er sah den Krieger herausfordernd an. »Zeigt es mir.«

Rogan legte eine Hand auf Kellins Schulter. Die Finger griffen fest zu, drängten ihn umzukehren. »Jetzt ist es genug.«

Kellin sah nur den Krieger an, während er sich dem Griff seines Lehrers entwand. »*Zeigt* es mir.«

Rogans Stimme klang abgehackt. »Kellin, ich sagte, es ist genug.«

Die Wachhunde waren da, *genau* da, so dicht, daß sie sogar die Sonne abschirmten. Aber Kellin achtete nicht auf sie. Er sah die junge Frau an. »Sagt ihm, er soll es mir zeigen. Jetzt!«

Das elfenbeinerne Gesicht erblaßte. »Tuqhoc zeigt niemals etwas – er *tut* es.«

Kellin blinzelte nicht einmal, während die Wachhunde noch näher rückten. Er entzog sich einer Hand: Rogans Hand. »Sagt ihm, was ich gesagt habe.«

Tuqhoc, den der veränderte Tonfall und die veränderte Haltung – und der freimütige Gebrauch seines Namens – sichtlich beunruhigten, stellte barsch eine kurze Frage. Die junge Frau antwortete nur widerwillig. Tuqhoc wiederholte ihre Worte wie ungläubig und lachte dann. Seine Augen zeigten zum ersten Mal eine Regung. Tuqhoc lächelte Kellin an und gab in der Steppensprache eine Erklärung ab.

Rogans Hände legten sich entschlossen auf beide Schultern des Jungen. »Wir gehen. Ich habe Euch gewarnt, Mylord.«

»Nein«, erklärte Kellin. Und an die junge Frau gewandt: »Was hat er gesagt?«

»Tuqhoc sagt, wenn er es Euch zeigt, müßt Ihr sterben.«

»Nur ein Narr verhöhnt einen Steppenkrieger – ich dachte, Ihr wäret klüger.« Rogans Hände zwangen Kellin, sich umzudrehen. »Los. Jetzt.«

Kellin riß sich los. »*Zeigt* es mir!« Rogan brüllte einen Befehl, woraufhin sich die Wachhunde um den Krieger schlossen und ihre Schwerter zogen. Kellin duckte sich um einen Mann herum und schlüpfte zwischen zwei weiteren hindurch. Die dunklen Steppenaugen waren fest und in wilder Herausforderung auf die herannahenden Männer gerichtet. Kellin wollte diese Aufmerksamkeit verzweifelt wieder auf sich lenken. »Zeigt es mir!« rief er.

Tuqhoc wich dem Wächter schnell aus, während er die Herausforderung gleichzeitig annahm. Mit einer schnellen, mühelosen Bewegung riß Tuqhoc das Messer von dem Band an seinem Hals und schleuderte es von sich.

Für Kellin war das Messer alles. Er war sich kaum des Aufschreis der Frau und der rauhen Schmähung des Kriegers bewußt, als die Wachhunde Stahl an Haut preßten.

Rogan griff nach ihm…

Zu spät. Das Messer befand sich bereits in der Luft. Und während Rogan sich drehte, um seinen Schützling zu retten, indem er seinen eigenen Körper als Schild benutzte, trat Kellin flink beiseite. *Für MICH…*

Er sah die Klinge, beobachtete sie, beurteilte ihre Flugbahn, den Winkel, schätzte ihren Weg ab. Dann streckte er die Hand aus und schlug sie zu Boden.

»Bei den Göttern…« Rogan ergriff erneut Kellins Schultern und riß ihn zur Seite. »Habt Ihr überhaupt eine Ahnung…«

Kellin hatte sie. Er hatte nicht anders handeln können. Er starrte den Krieger an, die Steppenfrauen, das Messer auf der Straße. Er wußte genau, was er getan hatte und warum er es getan hatte.

Er wollte seinen Triumph hinausschreien, aber er blieb vernünftig. Er betrachtete die Wachhunde und sah die starre, fast wilde Anspannung ihrer Kiefer und den grimmigen Ausdruck ihrer Gesichter. Aber auch die Anerkennung in ihren Augen, während sie den Steppenbewohner in Stahl einschlossen.

Es stand ihm nicht zu, sich zu weiden. Cheysulikrieger erniedrigten sich nicht durch solch unnötige Zurschaustellung.

Kellin beugte sich herab und hob das Messer auf. Er bemerkte die seltsam grünliche Färbung des Hefts und die glatte Beschaffenheit der Klinge. Er sah Rogan an und dann die junge Frau, die erstaunt dreinblickte.

Kellin forderte: »Sagt Tuqhoc, daß ich ein Cheysuli bin.«

Kapitel Zwei

Rogans Hand schloß sich fester um Kellins Schulter, und er führte ihn trotz seiner weiter andauernden Widerspenstigkeit davon. Kellin war sich bewußt, daß die mujharische Wache mit Tuqhoc und der jungen Frau sprach, daß Rogans ganzer Körper angespannt war, und daß bestürztes Murmeln aus der Menge erklang.

»Wartet...« Er wollte sich erneut Rogans Griff entwinden, um sich Tuqhoc gegenüberzustellen und dessen Eingeständnis in *seinen* Augen zu sehen – wie es auch in den Augen der Frau zu sehen gewesen war –, daß ein Cheysuli, ungeachtet seines Alters und seiner Größe, Achtung verdiente. Aber Rogan ließ keine Bewegung über die von ihm gelenkte hinaus zu. *Versteht er nicht? Erkennt er nicht?*

Der Homaner führte Kellin unbeirrt – und ungemindert fest – von den Wagen fort zu einem ruhigeren, weiter entfernten Winkel des Marktplatzes. Seine Stimme klang tonlos, während er alle Empfindungen aus Angst, daß er zuviel preisgeben könnte, zu zeigen vermied. »Laßt mich Eure Hand sehen.«

Jetzt, da der Augenblick vorüber war und er den Steppenkrieger nicht mehr sehen konnte, erstarb Kellins gehobene Stimmung. Er fühlte sich lustlos und um seinen Sieg betrogen. Er streckte mürrisch die Hand aus und ließ Rogan den Schnitt quer über dem fleischigen Teil dreier Finger, sowie das Blut, das die Handfläche herablief, sehen.

Rogan murmelte mit angespanntem Mund etwas über kindliche Launen. Prompt riß Kellin seine blutende Hand zurück und preßte sie an sein von der

Wurst fleckig gewordenes Wams. Die ungegessene *Suhoqla* in seiner anderen Hand kühlte weiter ab.

Rogan sagte scharf: »Ich werde etwas suchen, womit wir diesen Schnitt verbinden können.«

Das Blut vermischte sich mit Wurstfett, als Kellin seine Finger an das Wams preßte. Die Wunde schmerzte so stark, daß er die Mundwinkel verzog – aber das hätte er nicht zugegeben. Er würde sich nicht verraten. »Laßt es gut sein. Es hat bereits aufgehört zu bluten.« Er ballte die Hand so fest zur Faust, daß die Knöchel weiß wurden, und zeigte sie dann Rogan. »Seht Ihr?«

Der Lehrer schüttelte langsam den Kopf, beachtete aber die Hand kaum noch. Er sah hauptsächlich Kellins Gesicht, als versuchte er ihn einzuschätzen.

Ich werde es ihn nicht merken lassen. Kellin reckte das Kinn empor. »Ich bin ein Krieger. Solche Dinge stören Krieger nicht.«

Rogan schüttelte erneut den Kopf. Etwas brach in seinen Augen auf: eine seltsame, verzerrte Qual. Er atmete geräuschvoll aus. »Während Ihr Euch vollkommen wie ein Krieger benehmen wollt, und es versäumt, Euch daran zu erinnern, daß Ihr immer noch nur ein *Junge* seid, erkenne ich, daß es wohl kaum etwas nützt, Euch darauf aufmerksam zu machen, daß Euch das Messer hätte *töten* können.« Er biß die Zähne zusammen. »Aber ich wette, daß das auch ein Grund war, warum Ihr ihn herausgefordert habt. Doch Ihr solltet wissen, daß solche Torheit ernstliche Folgen haben kann.«

»Aber ich konnte *erkennen* ...«

Rogan unterbrach Kellins Protest. »Wenn Ihr schon nicht an Euch selbst denkt, dann denkt zumindest an mich und die Wächter! Könnt Ihr ahnen, was mit uns geschähe, wenn Ihr zu Schaden kämt?«

Das hatte Kellin nicht bedacht. Er betrachtete Rogan genauer und erkannte die Angst in den Augen seines Lehrers. Scham trieb ihn an. »Nein«, gab er zu. Dann überwanden Besorgnis und das Bedürfnis zu erklären die Scham. »Aber ich wollte unbedingt, daß er hinsah, daß er *erkannte* …«

»Daß er was erkannte? Daß Ihr ein Junge seid, der zu sehr daran gewöhnt ist, seinen Kopf durchzusetzen?«

»Daß ich ein Cheysuli bin.« Kellin preßte den Schnitt an seiner Hand noch fester zu. »Ich will, daß sie es *alle* wissen. Sie müssen es wissen – sie müssen verstehen, daß ich nicht *er* bin …«

»Kellin …«

»Versteht Ihr nicht? Ich muß beweisen, daß ich ein *wahrer* Mann bin, kein Feigling, daß ich der Pflicht und meinem Volk nicht den Rücken kehren werde und … und …« er schluckte schmerzlich und beendete seine Erklärung dann schnell und unbeholfen »… auch allen Söhnen nicht, die *ich* vielleicht zeugen werde.«

Rogans Mund entspannte sich. Kurz darauf spannte er sich wieder an, und seine Kiefermuskeln traten kurz hervor. Er sagte ruhig: »Versprecht mir, *niemals* wieder etwas so Gedankenloses zu tun.«

Kellin, der sich jetzt sehr klein fühlte, nickte nur, machte aber dann doch noch einen letzten Versuch zu erklären. »Ich habe Tuqhocs Augen beobachtet. Ich wußte, wann er das Messer werfen und wie er es tun würde, und auch, wie das Messer fliegen würde. Ich mußte nur die Hand ausstrecken, und das Messer war *da.*« Er zuckte unsicher die Achseln, als er den zurückhaltenden Ausdruck in Rogans Augen sah. »Ich wußte es einfach. Ich habe es *erkannt.*« Er betrachtete verlegen seine erkaltete Wurst, als Rogan ihn noch eindringlicher ansah. Kellin streckte den Stock mit der *Suhoqla* aus. »Wollt Ihr sie?«

Der Homaner verzog das Gesicht. »Ich kann den abscheulichen Geschmack solcher Nahrungsmittel nicht ausstehen. *Ihr* wolltet sie – also eßt sie auch.«

Aber Kellin war der Appetit inzwischen vergangen.

»Sie ist kalt.« Er sah sich um, erspähte einen kleinen Hund und näherte sich ihm, um ihm die Wurst anzubieten. Der Mischling beschnupperte das Fleisch, rümpfte die Nase, nieste und machte sich dann eilig davon.

»*Das* sagt einiges über Euren Geschmack«, bemerkte Rogan trocken. Er zog sein Messer, schnitt ein Stück vom Saum seiner Tunika ab, winkte einen vorbeigehenden Wasserverkäufer heran und kaufte einen Becher. Dann tauchte er den Stoff in das Wasser und begann, Kellins Schnitt zu reinigen. »Bei den Göttern, die Königin wird mir deshalb die Haut abziehen... Ihr seid voller Fett und Blut.«

Rogans Behandlung schmerzte. Da Kellin nicht mehr hungrig war, warf er die *Suhoqla* fort. Er biß sich auf die Lippen, als die Wachhunde herankamen und ihre Plätze wieder einnahmen, obwohl der Abstand zwischen ihnen und ihrem Schützling jetzt erheblich geringer war.

Die Demütigung ließ sein Gesicht erglühen. Er dachte, daß Krieger es wohl nicht so ohne weiteres zuließen, daß man sie öffentlich verarztete. »Ich will den Markt sehen.«

Rogan wickelte den Stoff um Kellins Finger und Handfläche und verknotete ihn dann. »Wir *befinden* uns auf dem Markt. Schaut Euch um, und Ihr werdet ihn sehen.« Er zog den Knoten fester. »So. Das wird genügen, bis wir zum Palast zurückkehren.«

Kellins Gedanken weilten nicht länger bei dem schmerzenden Schnitt oder dem Behelfsverband. Als ein kleiner Junge vorbeiging und in homanischem Singsang rief: »Ein Wahrsager!«, runzelte er die Stirn.

»Nein«, sagte Rogan prompt.

»Aber *Rogan* ...«

»Solche Dinge sind Geldverschwendung.« Rogan zuckte die Achseln. »Ihr seid ein Cheysuli. Ihr kennt Euer *Tahlmorra* bereits.«

»Aber Ihr kennt Eures noch nicht.« Kellin legte seine verbundene Hand erwartungsvoll grinsend auf Rogans Arm. »Wollt Ihr nicht erfahren, ob Ihr Euer Bett mit Melora oder Belinda teilen werdet?«

Rogan hustete lachend und warf einen Seitenblick auf die Wächter. »Kein einfacher Wahrsager kann *das* vorhersagen. Frauen tun, was sie wollen. Sie vertrauen nicht auf das Schicksal.«

Kellin zog seinen Lehrer in die Richtung, in die der vorbeigehende Junge gezeigt hatte. »Laßt uns hingehen, Rogan. Dieser Junge sagt, der Wahrsager könnte prophezeien, was aus mir wird.«

»Dieser Junge ist der Gehilfe eines Schaustellers. Er sagt, was man ihm vorschreibt, und der Wahrsager sagt wiederum das, was zu sagen er *bezahlt* wird.«

»*Ro*-gan!«

Rogan seufzte. »Wenn Ihr es so gern wollt…«

»Ja!« Kellin zog ihn weiter, bis sie vor einem Zelt standen, das schief an einer Mauer lehnte. Eine schwarze Katze – eine kleinere Ausgabe von Sleeta, dem *Lir* des Mujhar – lag vor dem Eingang ausgestreckt auf einem fadenscheinigen Teppich und leckte sich müßig eine Pfote. Neben ihr hatte sich ein erst halb ausgewachsener, rehfarbener Hund zusammengerollt, der kaum ein Augenlid anhob. Das Zelt selbst war klein und seine einst prächtigen Farben schienen nur noch verblaßtes Gold auf Hellbraun, so daß es farblich mit der Mauer verschmolz. »Mein Großvater hat Euch für solche Dinge Geld gegeben«, erinnerte Kellin seinen Lehrer. »Er wird es sicher nicht als unnütz ausgegeben ansehen, wenn wir Vergnügen dabei hatten!«

Ergrauende Augenbrauen wölbten sich. »Ein vernünftiger Standpunkt. Das beherrscht Ihr, wenn auch nicht Eure Geschichte.« Rogan bedeutete den Wächtern, ihnen ins Zelt voranzugehen.

»Nein!« rief Kellin.

»Sie müssen mitgehen, Kellin. Der Mujhar hat es befohlen. So wie Ihr den Steppenkrieger herausgefordert habt, sollte ich Euch eigentlich ohnehin *augenblicklich* nach Hause bringen.«

Kellin lenkte sofort ein. »Sie können *hier* warten.« Seine Geste umfaßte den Teppich und den Eingang. »Aber sie sollen nicht mit ins Zelt kommen. Glück ist eine vertrauliche Angelegenheit.«

»Ich kann nicht zulassen, daß der Prinz von ...«

»Keine Titel!« rief Kellin. »Wie soll mir der Wahrsager sonst die Wahrheit sagen? Wenn er weiß, wer ich bin, ist das Spiel verdorben.«

»Zumindest gebt Ihr zu, daß es *tatsächlich* nur ein Spiel ist, wofür ich den Göttern danke. Ihr seid wenigstens nicht vollkommen leichtgläubig. Aber Regeln sind Regeln. Der Mujhar ist mein Herr, nicht Ihr.« Rogan beorderte einen der Wächter ins Zelt. »Er wird nachsehen, ob es sicher ist.«

Kellin wartete ungeduldig, bis der Wächter wieder herauskam. Als der Mann nickte, ließ Rogan ihn und seine Begleiter unmittelbar vor dem Zelt Posten beziehen.

»Jetzt?« fragte Kellin, und als Rogan ebenfalls nickte, schlüpfte er durch den Zelteingang.

Kellin empfand das Innere des Zelts als stickig. Der Geruch eines beißenden, nach Gewürzen riechenden Rauchs stieg ihm in die Nase und ließ seine Augen tränen. Er wischte die Tränen hastig fort, rümpfte bei dem Geruch die Nase, ähnlich wie es der Hund wegen der *Suhoqla* getan hatte, und spähte blinzelnd durch den faserigen Dunst. Ein dünner, aber dunkler Vorhang, der mit den Schatten verschmolz, verbarg einen Teil des Zeltes. Kellin und Rogan standen in einem winzigen Raum, der einem in einem Schloß aufgewachsenen Jungen als Vorraum erscheinen mußte, obwohl die Mauern aus Stoff bestanden statt aus Steinen.

Rogan beugte sich leicht herab und legte Kellin eine

Hand auf die Schulter, während er leise sprach. »Ihr müßt daran denken, daß er für *Geld* arbeitet, Kellin. Vertraut seinen Worten nicht.«

Kellin runzelte die Stirn. »Verderbt es mir nicht.«

»Ich möchte Euch nur vorwarnen, daß das, was er sagt ...«

»*Verderbt* es mir nicht!«

Der dünne Vorhang teilte sich. Der Wahrsager war ein schwer zu beschreibender, farbloser Fremder mit unbestimmten Gesichtszügen, der ausgebeulte, safrangelbe Pantalons und drei Seidenwesten über einer einfachen Tunika trug: eine blaue, eine rote und eine hellgrüne. »Vergebt einem alten Mann sein Laster: Ich rauche *Husath*, was sich in Gegenwart von Gästen nicht schickt, es sei denn, sie teilen dieses Laster.« Er trat hinter dem Vorhang hervor und trug den süß-sauren Duft mit heran. »Ich glaube nicht, daß Ihr es teilt.«

»Was ist es?« Kellin war begeistert.

Rogan regte sich leicht. »Es ist tatsächlich ein Laster. Es setzt einem Mann Träume in den Kopf.«

Kellin zuckte die Achseln. »Träume sind nicht so schlimm. Ich träume jede Nacht.«

»*Husath*träume sind etwas anderes. Sie können gefährlich werden, wenn sie einen Mann vergessen lassen zu essen oder zu trinken.« Rogan betrachtete den Alten genau. »Der Junge möchte, daß Ihr ihm weissagt, nicht mehr. Ihr solltet bei ihm keine Neugier auf etwas erwecken, das sich als gefährlich erweisen könnte.«

»Natürlich.« Der Mann lächelte und deutete auf einen Teppich, der auf dem Boden ausgebreitet lag. »Macht es Euch bequem, und ich werde Eure Zukunft mit Euch teilen, und auch ein wenig Eurer Vergangenheit.«

»Er ist gerade erst zehn Jahre alt. Seine Vergangenheit ist kurz«, sagte Rogan nüchtern. »Es sollte nicht lange dauern.«

»Es wird so lange dauern, wie es dauern muß.« Der

Wahrsager deutete erneut auf den Teppich. »Ich verspreche Euch, daß ich Euch nicht täuschen werde, daß kein *Husath* im Spiel ist und ich keinen Unsinn erzähle, sondern nur die Wahrheit.«

Kellin wandte sich um und sah zu Rogan auf. »Ihr zuerst.«

Die Brauen wölbten sich erneut. »Wir kamen wegen *Euch.*«

»Ihr *zuerst.*«

Rogan überlegte und gab dann nach. Er setzte sich dem Wahrsager gegenüber auf den Teppich. »Also dann, dem Jungen zuliebe.«

»Und nicht Euch selbst zuliebe?« Die Zähne des Wahrsagers waren gelb verfärbt. »Gebt mir Eure Hände.«

Kellin sank auf die Knie und wartete ungeduldig. »Macht schon, Rogan. Gebt Ihm Eure Hände.«

Rogan fügte sich mit einem kleinen spöttischen Lächeln. Der Wahrsager betrachtete die Hände des Lehrers eine Weile, untersuchte die winzigen Windungen und Narben in seiner Haut, die Länge der Finger, die Form der Nägel, die Farbe der Haut. Dann verschränkte er seine Finger mit Rogans, hielt sie leicht fest und begann beständig vor sich hinzumurmeln, als rufe er die Götter an.

»Keine Täuschungen«, erinnerte Rogan ihn.

»Schsch«, sagte Kellin. »Stört die Magie nicht.«

»Dies ist keine Magie, Kellin … es ist nur Unterhaltung.«

Aber der Tonfall des Wahrsagers hatte sich geändert, als er sie unterbrach. Seine Stimme verfiel in einen tiefen, singsangähnlichen Rhythmus, der Kellins Nackenhaare sich aufrichten ließ: *»Allein inmitten vieler, sogar jener, die Ihr liebt … abgesondert und einsam, von Kummer vereinnahmt. Sie lebt in Euch, wenn sie tot ist, und Ihr lebt durch sie. Ihr seht ihr Gesicht im Schlafen und im Wachen, sehnt Euch nach der Liebe, die sie nicht mehr geben kann.*

Ihr lebt in der Vergangenheit von Königen und Königinnen und jenen, die vor Euch gegangen sind, aber Ihr bringt es selbst zu etwas. Eure Vergangenheit ist Eure Gegenwart und wird Eure Zukunft sein, bis Ihr die Macht heraufbeschwört, ihr wieder Leben einzuhauchen. Angeboten und verschmäht, wird es erneut angeboten. Und es wird wieder verschmäht und ein drittes Mal angeboten, bis Ihr Euch, indem Ihr es schließlich annehmt, von dem Elend dessen befreit, was Euch verloren ist, und dann in dem Elend dessen lebt, was Ihr getan habt. Ihr werdet in dem Wissen dessen sterben, was Ihr getan habt und warum, und den Preis für Eure Belohnung kennen. Ihr werdet benutzen und im Gegenzug benutzt werden. Und Ihr werdet schließlich fallengelassen werden, wenn Ihr nicht mehr von Nutzen seid.«

Rogan riß seine Hände mit einem erstickten, undeutlichen Protestlaut zurück. Kellin sah seinen Lehrer erstaunt an. Was er sah, machte ihm angst. Rogans Gesicht war aschfarben und leblos, und seine Augen schwammen in Tränen.

»Rogan?« Eine Vorahnung ergriff ihn bis auf die Knochen und ließ seine Haut eiskalt werden. *»Rogan!«*

Aber Rogan antwortete nicht. Er saß auf dem Teppich und starrte ins Nichts, während ihm Tränen übers Gesicht liefen.

»Eine harte Wahrheit«, sagte der Wahrsager ruhig, während er *Husath*rauch ausstieß. »Ich verspreche kein Glück.«

»Rogan ...«, begann Kellin, und dann streckte der Wahrsager die Hand aus und ergriff *seine* Hände, hielt seine Finger gefangen, und Kellin fehlten die Worte.

Dieses Mal mußten keine Götter angerufen werden. Die Worte strömten aus dem Mund des Fremden, als könne er sie nicht aufhalten. *»Er ist das Schwert«*, flüsterte die zischelnde Stimme. *»Das Schwert und der Bogen und das Messer. Er ist die Waffe jeden Mannes, der ihn zum Bösen benutzt, und die Stärke jeden Mannes, der ihn zum Guten benutzt. Ein Kind der*

Dunkelheit, ein Kind des Lichts, ebenbürtig mit seinesgleichen, bis das Blut wieder eins wird. Er ist Cynric, er ist Cynric: das Schwert und der Bogen und das Messer, und alle Menschen werden ihn böse nennen, bis das Blut wieder ganz gemischt ist.«

Die Stimme hielt inne. Kellin sah den Mann an, bemühte sich um eine Antwort, irgendeine Antwort, aber dann erklang die Stimme wieder.

»Der Löwe wird mit der Hexe schlafen. Aus der Dunkelheit wird Licht hervorgehen. Aus dem Tod: Leben. Aus dem Alten: das Neue. Der Löwe wird mit der Hexe schlafen, und das hexengeborene Kind wird regieren, was der Löwe verschlingen muß. Der Löwe wird das Haus Homana und alle seine Kinder verschlingen, damit das neugeborene Kind den Thron einnehmen und sich selbst als Herr von alledem verstehen kann.«

Ein Schaudern erschütterte Kellin von Kopf bis Fuß, und dann schrie er auf und riß seine Hände ebenfalls zurück. »Der Löwe!« schrie er. »Der Löwe *wird* mich verschlingen!«

Er richtete sich in dem Augenblick fahrig auf, als der Wächter das Segeltuch mit dem Stahl zerteilte, um ins Zelt zu kommen. Er sah ihre Gesichter, sah ihre Anspannung. Er sah Rogans tränenüberströmtes, ihm zugewandtes Gesicht. Rogans Mund bewegte sich, aber Kellin hörte nichts. Einer der Wächter legte die Hand auf die starre Schulter des Prinzen, aber Kellin spürte es nicht.

Der Löwe. Der LÖWE.

Er erkannte in diesem Augenblick, daß sie unvorbereitet waren, genau wie der Steppenkrieger unvorbereitet gewesen war. *Niemand* verstand. Überhaupt niemand erkannte in ihm den, der er war. Sie sahen nur einen Jungen, den verlassenen Sohn, und beurteilten ihn als nichtswürdig.

Bin ich nicht nichtswürdig?

Aber der Löwe begehrte ihn.

Er hielt den Atem an. *Würde der Löwe einen nichtswürdigen Jungen fressen wollen?*

Vielleicht *war* er nichtswürdig, und diese Tatsache war allein der Grund, warum der Löwe ihn vielleicht fressen wollte.

Um Homana vor einem nichtswürdigen Mujhar zu retten.

Kellin entriß sich mit einem Schrei der Hand des Wächters und lief blindlings aus dem Zelt. Er achtete nicht auf die Rufe der mujharischen Wache und den plötzlichen Aufschrei seines Lehrers. Er riß sich von allem los, sogar von dem Zelt, und erkämpfte sich seinen Weg aus fahlen Schatten ins helle Tageslicht.

»Löwe ...«, platzte Kellin heraus und schoß durch die Menge, während der Mann hinter ihm herlief.

Laufen ...

Er lief.

Wohin ...?

Er wußte es nicht.

Fort von dem Löwen ...

Fort.

... ich will nicht, daß der Löwe mich frißt ... Er stolperte, fiel mit dem Gesicht nach unten und schlug mit dem Kinn so fest auf einen Pflasterstein auf, daß er sich auf die Lippe biß. Blut füllte seinen Mund. Kellin spie aus, richtete sich taumelnd auf Hände und Füße auf und preßte dann einen Handrücken gegen seine Unterlippe, um die Blutung zu stoppen. Auch die Hand blutete. Rogans Verband hatte sich gelöst. Die Verletzungen in seiner Handfläche und an seinem Mund schmerzten.

Es stinkt ... Das stimmte. Er war mit voller Wucht in einer Pfütze Pferdeurin gelandet. Sein Wams war damit durchtränkt. Die Knie seiner Hose, die ebenfalls mit den Pflastersteinen in Berührung gekommen war, zeigten die verräterische Verfärbung und Feuchtigkeit zerdrückten Pferdekots.

Kellin erhob sich mühsam und entsetzt. Er war *schmutzig*. Nicht nur der Kot, sondern auch Dreck, Fett und Blut beschwerten seine Lederkleidung. Und er hatte irgendwo auf seiner hastigen Flucht vor dem Löwen seinen Gürtel verloren. Niemand, der ihn jetzt sähe, könnte sein Erbe oder Haus erraten.

»Rogan?« Er wandte sich um, dachte an seinen Lehrer anstatt an den Löwen. Er erinnerte sich der Worte des Wahrsagers und an Rogans Miene. Und die Wachhunde – wo waren sie? Hatte er alle zurückgelassen? *Wo bin …*

Jemand lachte. »Armer Junge«, sagte die Stimme einer Frau, »hast du dir deine ganze Sommerjahrmarktskleidung verdorben?«

Er sah sie bestürzt an. Sie war blond und hübsch, aber für ihr Alter zu stark und ungeschickt geschminkt. Die blauen Augen sprühten vor Lachen. Es zeigte ihre schiefen Zähne.

Kellin starrte beschämt zu Boden. *Ich will nicht hier sein. Ich will NACH HAUSE.*

»Wie hübsch du errötest. Genauso wie ich es früher konnte.« Ihre Röcke raschelten leise. »Komm her.«

Kellin schaute widerwillig mit verengten Augen auf und bemerkte die auffälligen Farben ihrer Röcke. Eine Hand winkte ihn heran. Er beachtete es nicht, wollte ihr den Rücken kehren, die Frau zurücklassen, aber inzwischen war das Lachen verstummt, und sie machte ein mitfühlenderes Gesicht.

»Komm«, sagte sie. »Das ist anderen auch schon passiert.«

Sie war nicht seine Großmutter, die ihn in die Arme nahm, wenn er den Trost einer Frau brauchte, aber sie *war* eine Frau, und sie sprach jetzt sehr freundlich. Dieses Mal folgte er ihr, als sie ihn heranwinkte. Sie legte eine Hand unter sein blutbeschmiertes Kinn und zwang ihn, ihr ins Gesicht zu sehen. Da er ihr jetzt näher war, konnte er erkennen, daß sie noch älter war, als er geglaubt hatte. Ihr Haar war nicht wirklich blond, wie er entdeckte, als er die Haarwurzeln sah, und ein zarter schwarzer Flaum verunstaltete ihre Oberlippe.

Die Frau lachte wieder. »Erröte nicht *ganz* so oft, Junge. Sonst muß ich glauben, du hättest noch niemals eine Hure gesehen.«

Er staunte. »Ihr seid eine Gespielin?«

»Eine *Ge*…« Sie brach mit erhobenen Augenbrauen ab. »Ist das die unverfälschte Ausdrucksweise des Adels?« Sie beugte sich näher zu ihm und hüllte ihn in einen starken, moschusartigen Geruch. »Oder bist du wie ich: ein sehr guter Schauspieler?«

Sie ist DOCH nicht wie Großmutter. Kellin zog an seinem schmutzigen Wams und wischte sich dann wieder über die aufgebissene Lippe. Sie beobachtete ihn dabei mit einem weniger verletzenden Lächeln und nahm schließlich ihre Hand von seinem Kinn, was ihn sehr erleichterte. »Lady …«

»Nein, das nicht. Das niemals.« Ihre Hand wanderte zu seinem Haar und verweilte dort träge. Ihre Berührung erinnerte ihn jetzt *nicht mehr im geringsten* an die seiner Großmutter. »Warum haben Jungen und Männer dichteres Haar und längere Wimpern?« fragte die Frau. »Die Götter haben dich wahrhaft gesegnet, mein grünäugiger kleiner Mann.« Die andere Hand berührte seine Hose. »Und wie klein *sind* wir in wirklich wichtigen Dingen?«

Kellin wußte vor Verlegenheit fast nicht mehr ein noch aus. »Ich … ich muß gehen.«

»Nicht so schnell, ich bitte dich.« Sie äffte die vornehme Sprache hochgeborener Homaner nach. »Wir kennen einander noch kaum.«

»Ich habe kein Geld.« Soviel wußte Kellin – er hatte die Pferdeburschen über Huren sprechen hören. Rogan hatte viel Geld, aber er bezweifelte, daß es dem Mujhar gefallen würde, wenn sie es für Frauen ausgäben.

Die Hure lachte. »Nun, was hast du *dann?* Jugend. Geist. Hübsche Augen und ein noch hübscheres Gesicht – Frauen werden für dich töten, wenn du erst erwachsen bist.« Ihr Blick wurde ernster. »Männer würden jetzt schon für dich töten.« Sie lächelte nicht mehr. »Und du besitzt Unschuld, die jedermann im *Midden* verloren hat. Wenn ich etwas davon wiederbekommen könnte, es zurück*stehlen* könnte, irgendwie …«

Kellin trat einen Schritt zurück. Ihre Hand schloß sich um sein schmutziges Wams. Sie schien nicht zu bemerken, daß ihre Hand so auch schmutzig wurde. »Ich muß gehen«, sagte er wieder.

»Nein«, antwortete sie angespannt. »Nein. Bleib noch ein wenig. Teile deine Jugend und Unschuld mit mir …«

Kellin entwand sich ihr. Als er loslief, hörte er sie fluchen.

Als Kellin noch einmal hinfiel, gelang es ihm, Urin und Kot zu meiden. Statt dessen landete er nach seinem Zusammenstoß mit einer Frau, die einen Korb bei sich trug, auf harten Pflastersteinen. Er befürchtete zuerst, sie wäre vielleicht auch eine Hure, aber sie sah nicht danach aus und sprach auch nicht so. Sie war zornig, ja, weil er ihren Korb ausgekippt hatte. Und dann schrie sie etwas von einem Dieb …

»Nein!« rief Kellin und dachte, er könnte es ihr erklären und alles wieder in Ordnung bringen – der Prinz von Homana ein *Dieb?* –, aber die Frau schrie weiter und achtete nicht auf sein Leugnen. Dann sah er die Männer, große Männer, auf sich zueilen.

Er lief wieder los, wurde dann aber eingefangen. Der Mann ergriff ihn an einem Arm und hob ihn in die Luft, so daß seine Stiefelspitzen die Pflastersteine kaum mehr berührten. »Gib auf, Junge. Kein Treten und Beißen mehr.«

Kellin wand sich in dem festen Griff. Es mißfiel ihm sehr, wie ein Stück Wild an einem Handgelenk zu hängen. »Ich bin kein Junge. Ich bin ein *Prinz* …«

»Und ich bin der Mujhar von Homana.« Der Mann wartete, bis Kellin aufhörte zu kämpfen. »Sind wir jetzt fertig?«

»Laßt mich *los!*«

»Nicht ehe ich dich gefesselt habe.«

Kellin erstarrte. »Gefesselt!«

»Ich und meine Freunde haben geschworen, den Pöbel während des Sommerjahrmarkts aus den Straßen fernzuhalten«, erklärte der große Mann. »Das umfaßt auch das Aufgreifen aller kleinen Diebe, die sich an unschuldige Leute heranpirschen.«

»Ich bin kein Dieb, Ihr *Ku'reshtin* …«

Die große Hand schloß sich fester um sein Handgelenk. »Ein unmißverständlicher Tonfall für einen Jungen.«

»Ich bin der Prinz von Homana!«

Der Mann seufzte. Er war sehr groß und rothaarig. Und er blieb von Kellins Protest offensichtlich unbeeindruckt. »Spar dir deinen Atem, Junge. Es bedeutet für dich nur eine Nacht unter einem anständigen Dach, anstatt in irgendeiner Gasse oder einem Hauseingang. Und du wirst zu essen bekommen, also beklage dich nicht so lauthals, wenn es dir besser gehen wird als sonst.«

»Aber ich bin …« Kellin brach erstaunt ab, als der Mann ihm ein Seil zuerst um das eine Handgelenk und dann um das andere schlang. Ob Prinz oder nicht – er wurde so fest angebunden wie ein Jagdvogel. »Wartet!«

Der Mann nickte geduldig. »Nun komm, und ich werde dafür sorgen, daß du eine anständige Mahlzeit und einen Schlafplatz bekommst. Ich werde dich gleich morgen früh wieder freilassen, wenn jemand dich holen kommt.«

Kellin stieß sofort eine wütende Drohung aus. »Wenn ich einen *Lir* hätte …«

»Was? Du bist auch noch Cheysuli?« Der Riese lachte, wenn auch nicht unfreundlich. »Nun, das glaube ich nicht. Ich habe noch niemals einen Cheysuli mit grünen Augen gesehen und auch nicht mit so *völlig* verschmutzter Lederkleidung.«

Kapitel Drei

Kellin kannte Mujhara nicht gut. Tatsächlich wußte er wenig mehr über die Stadt, die er eines Tages regieren würde, als von ihren geschichtlichen Verwicklungen, über die Rogan so oft sprach. Und selbst darüber fehlten ihm Einzelheiten, weil er nicht sehr gut zugehört hatte. Er wollte etwas weitaus Aufregenderes tun, als seine Zeit damit zu verbringen, über die Vergangenheit zu sprechen. Die Zukunft fesselte ihn mehr, auch wenn Rogan ihm immer wieder erklärte, daß die Vergangenheit diese Zukunft beeinflußte und daß ein Mensch, der aus der Vergangenheit lernte, zukünftige Schwierigkeiten oft vermeiden konnte.

Da sich Kellin stets in zahlreicher Begleitung befand, wenn er Homana-Mujhar verließ, hatte er sich daran gewöhnt, sich von anderen führen zu lassen. Auf sich allein gestellt, wäre er im Handumdrehen verloren gewesen, so wie er auch jetzt verloren war. Der große rothaarige Mann führte ihn wie einen angeleinten Hund durch gewundene Gassen und Straßen und wandte sich hierhin und dorthin, bis Kellin nicht einmal mehr sagen konnte, in welche Richtung sie gingen.

Er spürte, wie er vor Scham errötete, während man ihn unerbittlich weiterführte. *Seht mich nicht an …* Aber sie sahen ihn an, all die Leute, die Menschenmenge vom Sommerjahrmarkt, die die Straßen und Gassen verstopfte. Kellin dachte zuerst, sie würden ihm helfen, wenn er sie ansprach, ihnen zurief, wer er war und sie um Hilfe bat. Aber als er es zum ersten Mal versuchte, lachte ein Mann über ihn und nannte ihn einen Narren, weil er dachte, sie würden eine solche Lüge glauben. Würde der Prinz von Homana Pferdepisse auf seinem Wams herumtragen?

Seht mich nicht an. Aber sie sahen ihn an. Und Kellin starb innerlich einen kleinen stillen Tod, seine Würde starb. *Ich will nur nach Hause.*

»Hier«, sagte sein Gefangenenwärter. »Du wirst die Nacht dort drinnen verbringen.« Der Riese öffnete eine Tür, schob Kellin hinein und reichte die ›Leine‹ dann einem anderen Mann mit braunem Haar, braunen Augen und fehlenden Zähnen. »Er hat einer Frau einen Korb mit Bändern zu stehlen versucht.«

»Nein!« schrie Kellin. »Das habe ich *nicht* getan. Ich bin auf sie gefallen, mehr nicht, und habe ihr den Korb dabei aus den Händen geschlagen. Was sollte ich mit Bändern anfangen?«

Der Mann mit den Zahnlücken grinste. »Sie verkaufen, wahrscheinlich. Mit Gewinn, da du erstmal nichts dafür bezahlt hast.«

Kellin war außer sich vor Zorn. »Ich habe ihre Bänder nicht gestohlen!«

»Er hatte keine Gelegenheit dazu«, lachte der Rothaarige. »Sie hat mit ihrem Geschrei dafür gesorgt.«

Kellin richtete sich auf und zog Kraft aus seiner verletzten Würde – zu einer überlegenen Haltung, um dieser unerträglichen Lage ein Ende zu bereiten. Er erklärte einfach: »Ich bin der Prinz von Homana.«

Er erwartete Entschuldigungen und Respekt und bekam keines von beidem. Die Männer wechselten belustigte Blicke. Der zahnlückige Homaner nickte. »Er ist ein genauso guter Lügner, wie er ein Dieb ist. Nur daß das *hier* nicht so gut ankommt.«

Kellins Mut geriet ins Wanken. Er unterstützte ihn mit verzweifelter Herablassung. »Ich bin mit meinem Lehrer und vier Wächtern – vier Männer der *mujharischen Wache* – zum Sommerjahrmarkt gekommen.« Er hoffte, es würde einen angemessenen Eindruck machen, wenn er die persönliche Begleitung seines Großvaters erwähnte. »Geht und fragt *sie*. Sie werden es Euch bestätigen.«

»Wildgänsejagd«, sagte der Rothaarige. »Zeitverschwendung.«

Die Verzweiflung überwog fast den verletzten Stolz. »Geht und *fragt*«, wies Kellin die Männer an. »Geht nach Homana-Mujhar. Mein Großvater wird Euch die Wahrheit sagen.«

»Dein Großvater. Der Mujhar?« Der Zahnlückige lachte und warf dem Riesen einen heiteren Blick zu.

Kellin wünschte sich verzweifelt, seine berechtigten Ansprüche beweisen zu können. Aber seine Lederkleidung war dreckverschmiert, seine Unterlippe angeschwollen und sein Gesicht sah zweifellos ebenfalls schmutzig aus. »Meine Stiefel«, sagte er scharf und streckte einen Fuß vor. »Hätte ein Dieb wohl solche Stiefel?«

Der Rothaarige grinste. »Wenn er sie gestohlen hätte.«

»Aber sie *passen*. Gestohlene Stiefel würden nicht passen.«

Der Zahnlückige seufzte. »Genug geplappert, Balg. Dir wird nichts passieren. Du mußt nur hierbleiben, bis dich jemand holt.«

»Aber niemand weiß, wo ich bin! Wie kann dann jemand kommen?«

»Wenn du der Prinz von Homana bist, werden sie es erfahren.« Die Augen des Riesen funkelten. »Hältst du mich für einen Narren? Du hast *meine* Augen, Junge, eindeutig Homanischgrün, nicht das Gelb eines Cheysuli. Wenn du dich das nächste Mal als Königskind ausgeben willst, solltest du es dir vorher besser anders überlegen.«

Kellin starrte den Mann an. »Meine Großmutter ist Erinnierin und hat genauso rotes Haar wie Ihr! Ich habe *ihre* Augen …«

»Deine Großmutter – und deine Mutter obendrein –

waren wahrscheinlich Straßenhuren, Balg … Kein Geplapper mehr. Geh dort hinein. Wir sollen dir nichts tun, sondern dich nur *hierbehalten*.« Der rothaarige Riese schob Kellin durch eine weitere Tür, woraufhin Zahnlücke sie verschloß. Kellin war wenig höflich auf ein schmales Bett, das in diesem winzigen, stickigen Raum stand, geschubst worden, bevor man die Tür verschloß.

Einen Augenblick lang blieb Kellin schockiert und vor Ungläubigkeit sprachlos ausgebreitet auf dem Bett liegen. Dann erkannte er, daß man ihm das Seil von den Handgelenken genommen hatte. Er rappelte sich hoch und hämmerte gegen die Tür.

»Sie werden sie nicht öffnen. Sie werden es nicht tun.«

Kellin fuhr herum, da er den Jungen in der Ecke jetzt erst bemerkte. Der Raum war schlecht beleuchtet, nur durch einige wenige Öffnungen hoch oben in den Mauern. Der Junge lehnte mit der Sorglosigkeit eines ständigen Gesetzesverächters nachlässig an der Wand. Sein Gesicht war schmal, schmutzig und voller Quetschungen. Das glatte blonde Haar hing ihm in die Augen, aber sein Grinsen blieb von Kellins sichtlicher Überraschung unbeeindruckt.

»Bankert«, sagte der Junge heiter und beantwortete somit die unausgesprochene Frage.

Kellin wurde wieder vom Schmerz in seiner Hand geplagt. Er erkannte stirnrunzelnd, daß die Schnitte voller Dreck waren. Er wischte die Hand an seinem Wams ab, erreichte dadurch aber nur, daß es noch stärker schmerzte. Er fragte: »Was ist das für ein Name?«

»Es ist kein Name. Ich habe keinen Namen. So rufen sie mich, *wenn* sie mich rufen.« Der Junge fuhr sich mit der Hand durchs Haar. Seine Augen blickten weitaus kritischer drein, als es für sein Alter passend gewesen wäre. »Gute Lederkleidung – unter dem Schmutz … Und gute Stiefel. Du bist kein Dieb, oder?«

Kellin spie auf die Schnitte und wischte die Hand noch einmal an seinem Wams ab. »Sag *ihnen* das.«

Bankert grinste. »Sie werden nicht zuhören. Sie wollen nur die Kupfermünzen.«

»Die Kupfermünzen?«

»Eine Kupfermünze pro Kopf für jeden gefangenen Dieb.«

Kellin runzelte die Stirn und ließ von seiner wunden Hand ab. »Wer bezahlt die Münzen?«

Bankert zuckte die Achseln. »Leute. Sie haben die Nase voll davon, ihre Geldbörsen gestohlen und ihre Taschen durchsucht zu bekommen.« Er machte eine Geste. »Ein paar von ihnen haben eine Art Sammlung veranstaltet... Sie zahlen für jeden während des Sommerjahrmarkts gefangenen Dieb eine Kupfermünze. Dadurch werden die Straßen von uns sauber gehalten, verstehst du, und *sie* können umhergehen, ohne um ihre Geldbörsen und Taschen zu fürchten.« Bankert grinste. »Aber wenn du gut genug bist, erwischt dich niemand.«

»Du *wurdest* erwischt.«

»Ich konnte damit nicht schnell genug laufen.« Bankert streckte einen angeschwollenen, verfärbten Fuß mit einem aufgedunsenen Knöchel aus. »Wenn du kein Dieb bist – warum bist du dann hier?«

Kellin verzog das Gesicht. »Ich bin davongelaufen. Sie dachten, ich hätte das getan, weil ich gestohlen hatte.«

»Lauf in Mujhara niemals davon«, riet ihm der Junge ernst und dachte dann noch einmal über diesen Rat nach. »Es sei denn, du bist ein edler homanischer Herr. Dann wird dich niemand belästigen, gleichgültig, *was* du tust.«

Kellin sah sich um. Bei näherer Betrachtung wirkte der Raum auch nicht besser als nach dem ersten Eindruck. Es war ein kleiner Kerker, in dem nur sie beide sich befanden. »Heute verdienen sie nicht so viele Kupfermünzen.«

Bankert zuckte die Achseln. »Der andere Raum ist voll. Sie bringen nur die neuen Gefangenen hier herein. Du bist nach mir der erste.«

Kellin kratzte sich eine Blutkruste vom Kinn. »Wie kommen wir hier heraus?«

»Wir müssen warten, bis jemand die Kupfermünzen für uns bezahlt. Sonst müssen wir bis nach dem Sommerjahrmarkt hierbleiben, weil es dann nicht mehr darauf ankommt.«

»Das sind von jetzt ab noch drei Tage!«

Bankert zuckte die Achseln und untersuchte seinen verletzten Fuß. »Es wird schwer werden, damit zu stehlen.«

Kellin betrachtete den angeschwollenen Fuß und bemerkte die böse Verfärbung und die Striemen, die sich bereits Bankerts Bein hinaufzuziehen begannen. Es war eine weitaus schlimmere Verletzung als die paar Schnitte an seiner Hand. »Das muß behandelt werden.«

Bankerts Mundwinkel sanken herab. »Ärzte kosten Geld.«

Von dem entzündeten Fuß auf schauerliche Weise angezogen, kniete Kellin sich hin, um ihn noch genauer zu betrachten. »Ein Cheysuli könnte es heilen, und er würde nichts kosten.«

Bankert schnaubte.

»Er *könnte* es tun«, beharrte Kellin. »*Ich* könnte es tun, wenn ich einen *Lir* besäße.«

Bankerts Augen weiteten sich. »Willst du damit sagen, du bist *wahrhaftig* ein Cheysuli?«

»Das bin ich. Aber ich kann noch nicht heilen.« Kellin zuckte leicht die Achseln. »Bis ich einen *Lir* habe, bin ich genau wie du.« Die Wunde stank nach beginnender Fäulnis. »Mein Großvater wird dich heilen. Er hat einen *Lir*. Er kann es tun.« *Und er wird auch meine Wunden heilen.*

Bankert brummte. »Wird er herkommen, um die Kupfermünze für dich zu bezahlen?«

Kellin dachte darüber nach. »Nein«, sagte er schließlich und fühlte sich dabei sehr elend. »Ich glaube, Rogan wird es tun, und ich bezweifle, daß ihm das gefallen wird.«

»Nur wenige Leute trennen sich gern von ihrem Geld.«

»Oh, es ist nicht das Geld. Es wird ihm nicht gefallen, *wofür* er es ausgeben muß, und es wird ihm monatelang neue Nahrung gegen mich verschaffen.« Kellin warf einen Blick durch den düsteren Raum. »Er würde sagen, daß ich dies hier verdiene, um mir eine Lehre zu erteilen. Aber es war der *Löwe* ...« Er schaute schnell zu Bankert und brach dann ab.

Der homanische Junge runzelte die Stirn. »Welcher Löwe?«

»Ach, nichts.« Kellin verließ Bankert wieder und zog sich auf ein Bett nahe der Tür zurück. Er preßte die Schulterblätter an die Mauer. »Er wird mich holen kommen.«

»Dieser Lehrer?« Bankert verzog den Mund. »Ich hatte auch einmal einen Lehrer. Er hat mich gelehrt, wie man stiehlt.«

Kellin zuckte die Achseln. »Dann hör doch auf damit.«

»Aufhören.« Bankert sah ihn an. »Glaubst du, das ist so leicht? Glaubst du, ich hätte die Götter um dieses Leben gebeten?«

»Niemand würde darum bitten. Aber warum *bleibst* du dabei?«

»Ich habe keine andere Wahl.« Bankert zupfte an seiner fadenscheinigen Tunika. Sein schmales Gesicht war angespannt, als schmerze ihn sein Bein. »Keine Mutter, kein Vater, keine Verwandten.« Sein Gesichtsausdruck wurde härter. »Ich bin ein Dieb, und noch dazu ein guter Dieb.« Er betrachtete seinen angeschwollenen Knöchel. »Manchmal.«

Kellin nickte. »Dann werde ich Rogan auch die Kupfermünze für dich bezahlen lassen, und du wirst mit mir kommen.«

Bankerts schmutzbeflecktes Gesicht nahm einen spöttischen Ausdruck an. »Mit dir.«

»Nach Homana-Mujhar.«

»Lügner.«

Kellin lachte. »Ein genauso guter Lügner wie ein Dieb.«

Bankert wandte ihm den Rücken zu: eine vielsagende Abweisung.

Da sein Bett der Tür am nächsten stand, erwachte Kellin jedes Mal, wenn während der Nacht ein Neuankömmling in den Raum geschoben wurde. Zunächst war er von der Anzahl der Gefangenen und ihren verschiedenartigen ›Verbrechen‹ angezogen, aber schon bald langweilte er sich nur noch und fühlte sich später sogar erschöpft. Er nickte nicht lange nach einer einfachen, aus Brot und dünner Fleischbrühe bestehenden Mahlzeit ein und schlief mit vielen Unterbrechungen bis zum Morgengrauen.

Zunächst war der Tumult nur entfernt hörbar und kümmerte nur die wenigen kürzlich gefangengesetzten Seelen, die auf baldige Entlassung hofften. Kellin hatte diese Hoffnung fast aufgegeben. Er stellte fest, daß er dem zweifelhaften Bankert gegenüber ständig wiederholte, daß er tatsächlich *war*, was er behauptete, und wurde erst wieder aufmerksamer, als er die Stimme durch die Tür hörte: der rothaarige Mann, der ohne Zweifel ebenso eingeschüchtert wie erstaunt war.

Kellin grinste den jungen Dieb durch die fahle Morgendämmerung an. »Rogan. Ich habe es dir *gesagt*, Bankert.«

Die Tür wurde geöffnet, und ein Mann trat ein. Es war überhaupt nicht Rogan, sondern der Mujhar persönlich, gefolgt von dem Riesen.

Kellin sprang hastig auf. »Großvater! Du?«

Der Riese war sehr blaß. »Mylord, wie konnten wir das wissen? *Wenn* wir es gewußt hätten...«

Kellin wandte sich dem Mann zornerfüllt zu. »Ihr habt es gewußt«, erklärte er. »Ich habe es Euch gesagt. Ihr habt mir einfach nicht *geglaubt.*« Dann sah er seinen Großvater an. »Keiner von ihnen hat mir geglaubt.«

»Was ich auch nicht getan hätte«, sagte Brennan ruhig. Er wölbte bedeutsam eine Augenbraue. »Gehst du neuerdings in der Jauchegrube schwimmen?« Gelbe Augen blitzten kurz auf und nahmen der Frage somit den Stachel. »Oder war es eine völlig *andere* Art *Midden?*«

Da erinnerte sich Kellin an die Worte der Hure, an ihre Erwähnung des Begriffs *Midden,* der eben auch ›Jauchegrube‹ bedeutete. Er errötete. Solche *Schande* vor seinem Großvater! »Mylord Mujhar...« Er brach ab. Ein Teil von ihm war von der Tatsache überwältigt, daß er wieder sicher war, während sich ein anderer Teil gedemütigt fühlte, daß sein Großvater ihn so sehen mußte. »Nein«, sagte er leise und drehte die verschmutzte Lederkleidung in den Fingern. »Ich bin hingefallen... Ich wollte nicht so schmutzig werden.«

»Und sicherlich wolltest du auch nicht so stinken.« Brennan sah ihn unverwandt an. »Bitte erklär mir die Geschichte.«

Kellin betrachtete den Riesen. »Hat *er* sie dir nicht erzählt?«

»Er hat sie mir erzählt. Und der andere Mann auch. Jetzt bist du an der Reihe.«

Er war sich all der anderen Menschen im Raum furchtbar bewußt, aber besonders seines Großvaters, seines großen, starken Cheysuligroßvaters, dessen Würde, Entschlußkraft und Selbstbewußtsein so übermächtig waren, daß sie jedermann sonst – und sicherlich vor allem seinen zehnjährigen Enkel – entmutigten. Der Mujhar *selbst,* nicht Rogan, stand im Eingang, den Sonnenaufgang hinter sich, das *Lir*gold hell schimmernd, Silber im Haar und das strenge Gesicht jetzt noch strenger. Allein der Reichtum an seinen Armen könnte Bankert und seinesgleichen jahrelang am Leben erhalten.

Kellin schlug mit kleiner Stimme vor: »Wir sollten besser allein darüber sprechen.«

»Zweifellos. Aber ich will es hier hören.«

Kellin schluckte schwer. Dann erzählte er seinem Großvater die ganze Geschichte – auch von der Frau.

Brennan lächelte nicht, aber sein Mund entspannte sich. Die Anspannung, deren Kellin sich bis zu diesem Augenblick nicht bewußt gewesen war, wich aus dem Körper des Mujhar. »Und was hast du daraus gelernt?«

Kellin hielt dem Blick seines Großvaters stand. »Daß man in Mujhara nicht davonlaufen darf.«

Nach einer Weile bestürzten Schweigens lachte der Mujhar laut auf und kreuzte die bloßen, gebräunten Arme über der Brust, ohne noch vorzugeben, eine strenge Fassade aufrechtzuerhalten – auch nicht vor den anderen. Kellin sah ihn überrascht an. Was war so belustigend, daß sein Großvater seine Würde ohne zu zögern vor den anderen aufgab?

»Ich hatte etwas vollkommen anderes erwartet«, sagte Brennan schließlich, »aber es ist nichts gegen deine Erklärung einzuwenden. Es ist etwas Wahres daran.« Die Belustigung schwand. »Aber da ist auch noch Rogan.«

Kellins Magen verkrampfte sich. Er nickte und senkte den Blick auf seine Stiefelspitzen. »Rogan«, wiederholte er. »Ich wollte ihm keinen Kummer bereiten.«

»Sage ihm das.«

»Das werde ich.«

»Jetzt.«

Kellin schaute auf und sah Rogan gleich hinter seinem Großvater im Eingang stehen. Das Gesicht des Mannes wirkte hager und grau, seine Augen von versäumtem Schlaf gerötet. Kellin dachte sofort an die zuvor erwähnten Auswirkungen und an Rogans Frage, was aus ihm selbst und der mujharischen Wache würde, wenn Kellin etwas zustieße.

»Ich bin unverletzt«, sagte Kellin schnell und so eindringlich, wie er niemals zuvor geklungen hatte. »Ich bin heil, bis auf meine Lippe, und das habe ich mir zugezogen, als ich hinfiel.«

»Und die Schnitte in deiner Hand. Rogan hat es mir gesagt.« Brennan streckte seine Hand aus. »Laß es mich ansehen.«

Kellin hielt seinem Großvater die Hand hin und ließ ihn die Schnitte untersuchen. »Sie sind schmutzig«, bemerkte der Mujhar. »Sie werden gereinigt werden müssen, wenn wir zurückkehren, aber dann werden sie von selbst heilen.« Seine gelben Augen funkelten wild. »Du mußt erkennen, daß du andere nicht herausfordern darfst, Kellin. Gleichgültig aus welchem Anlaß. Wenn du nicht so schnell gewesen wärst ...«

»Aber ich wußte, daß ich schnell genug sein würde«, beharrte Kellin. Konnten sie es nicht erkennen? »Ich habe ihn beobachtet. Ich habe das Messer gesehen. Ich *wußte*, wie es fliegen würde.«

Brennan verzog die Mundwinkel. »Wir werden ein anderes Mal darüber sprechen. Im Augenblick ermahne ich dich, dir bewußt zu machen, daß du bei einer solch ernsthaften Überschreitung wie dieser andere genauso in Gefahr bringst wie dich selbst.«

Kellin schaute erneut zu Rogan. Er rückte nutzlos sein verdorbenes Wams zurecht. »Es tut mir leid.«

Der Lehrer nickte stumm und von der Anspannung der Nacht anscheinend geschwächt. Oder war der Löwe daran schuld, der jetzt Rogan biß?

»Nun.« Der Mujhar warf einen Blick durch den Raum. »Es war wohl zu erwarten, daß du wie das *Midden* – oder *irgendeine* Jauchegrube – riechst, obwohl du selbst dazu vermutlich nicht weniger beigetragen hast als alle anderen.«

Kellin nickte und kratzte sich die Stiche der Flöhe, die in seinem Bett gewesen und sich dann in seine Kleidung gestohlen hatten.

Brennan betrachtete ihn. »Ich beginne zu glauben, daß du meinem *Rujholli* ähnlicher bist, als ich für möglich gehalten hätte.«

Das erstaunte Kellin, der daran noch niemals gedacht hatte. »Wirklich?«

»Ja. Hart und Corin hätten sich ungefähr aus demselben Grund – oder vielleicht wegen eines noch schlimmeren Vergehens als Diebstahl – in einen solchen Raum einsperren lassen, wenn nicht in einen schlimmeren, und dann darauf gewartet, daß ich sie heraushole.« Er betrachtete seinen Enkel von Kopf bis Fuß. »Bist du nicht noch ein wenig zu jung, um damit anzufangen?«

Kellin blickte wieder beschämt zu Boden. Dann sagte er leise: »Ich hatte nicht erwartet, daß *du* kommen würdest.«

»Hart und Corin haben es erwartet. Und sie hatten recht damit. Ich bin immer gekommen.« Brennan seufzte. »Du hast aber jemanden erwartet.«

»Was sonst?« Kellin war bestürzt. »Du würdest mich doch nicht *hier lassen!*«

Brennan betrachtete ihn nachdenklich. »Ich habe dich hier gelassen. Ich wußte schon gestern abend, wo du warst.«

»Gestern *abend!*« Es war unsinnig. »Du hast mich die ganze Nacht warten lassen?«

Brennan wechselte einen Blick mit Rogan. »In der Hoffnung, daß du einen Nutzen daraus ziehen würdest, obwohl Wächter – und ein Cheysuli – auf der anderen Straßenseite standen.« Seine Augen verengten sich. »Du sagtest, du hättest gelernt, daß man in Mujhara nicht davonlaufen darf… Nun, das ist vermutlich schon etwas.« Seine Stimme klang spöttisch. »Sicherlich mehr als Hart oder Corin gelernt haben.«

»Großvater …«

»Aber ob du etwas gelernt hast, ist nicht das Entscheidende. Deine Großmutter hat mir sehr deutlich gesagt, daß sie meinen Kopf verlangen würde, wenn ich dich nicht *sofort* bei Sonnenaufgang hier herausholte.« Er lächelte. »Wie du siehst, befindet er sich noch immer auf meinen Schultern.«

Kellin nickte, denn er zweifelte weder an der Richtigkeit dieser Aussage noch am heftigen erinnischen Temperament seiner Großmutter.

»Also sind Rogan und ich hergekommen, um dich zu holen, genau wie du es erwartet hast, und werden dich jetzt nach Homana-Mujhar zurückbringen, wo ich persönlich das Bad überwachen werde, um sicherzugehen, daß der darin befindliche Körper *tatsächlich* der meines Enkels sein wird und nicht der irgendeines schmutzigen Straßenbengels, der sich als Prinz von Homana verkleidet hat!«

»Bankert!« rief Kellin und wandte sich um. »Wir müssen ihn mitnehmen!«

»Wen?«

»Bankert. Ihn.« Kellin deutete auf den erstaunten Jungen. »Ich habe ihm gesagt, du würdest die Kupfermünze für ihn bezahlen und ihn mitnehmen – nun, ich sagte, *Rogan* würde es tun …« Kellin warf einen Blick auf seinen Lehrer, »… damit du ihn heilen kannst.«

»Da hast du recht eigenwillig meine Dienste angeboten, nicht wahr?« Aber Brennan durchquerte dennoch den Raum und kniete sich neben den kleinen Dieb. »Wo bist du verletzt? Ah, ich sehe schon. Hier …«

»Nein!« Bankert zog den entzündeten Fuß hastig zurück.

»Du brauchst keine Angst vor mir zu haben«, sagte Brennan ruhig. »Ich werde mir den Fuß nur ansehen. Wenn du Heilung benötigst, kann sie nur in Homana-Mujhar vorgenommen werden.«

»Ich kann nicht *dort* hingehen!«

»Warum nicht?« Brennan untersuchte den entzündeten Biß. »Es sind nur Mauern und ein Dach, mehr nicht… Und du bist darin genauso willkommen wie Kellin.«

»Wirklich?«

»Komm einfach mit. Vertrau mir.«

Kellin sah seinen Großvater durch Bankerts Augen: einen großen, dunklen Krieger mit silbrigem Haar, die gelben Augen klar und fest wie die eines Wolfes, mit der gleichen Wildheit darin, das *Lir*gold um die bloßen Arme und die weiche, schwarz gefärbte Lederkleidung an seinem kräftigen Körper. Er war Kellin gegenüber alt an Jahren, aber das Alter wog bei den Cheysuli nicht schwer. Brennan bewegte sich noch immer mit der Anmut und Leichtigkeit einer Katze.

»Er wird dir nicht weh tun«, erklärte Kellin sachlich. »Er ist mein Großvater.«

Brennan lächelte. »Das höchste Kompliment und eine Bürgschaft für meinen guten Willen.«

Bankerts Augen weiteten sich. »Aber… ich bin ein *Dieb.*«

»Ein gewesener Dieb, wie ich doch hoffe. Komm mit mir nach Homana-Mujhar, und du brauchst niemals wieder zu stehlen.« Der Mujhar grinste. »Außerdem kannst du dort auch vierzig Schichten Schmutz und zehn Jahre Flohbisse loswerden und diesen leeren Bauch füllen.«

»Nein!« rief Bankert, als Brennan ihn aufnehmen wollte. »Ihr werdet Euch meine Flöhe einfangen!«

»Dann sollte auch ich baden.«

»Ich bin zu schwer!«

»Du bist überhaupt nicht schwer.« Brennan wandte sich zur Tür und dem rothaarigen Riesen um. »Ich werde die Kupfermünzen für jedermann in diesem und dem anderen Raum bezahlen. Ihr werdet dafür sorgen, daß sie sofort freigelassen werden. Aber ich habe auch Verständnis für jene, die um ihre Geldbörsen fürchten. Wenn irgendeiner der Gefangenen erneut aufgegriffen wird, muß er bis zum Ende des Sommerjahrmarkts hierbleiben: im Namen des Mujhar.« Er lächelte Kellin kurz an und verfiel dann in die Alte Sprache. »*Tu'halla dei.*« Er warf einen Blick auf die Gesichter mit den offenstehenden Mündern und nahm Bankert dann fester an seine Brust. »Der Wächter wartet mit den Pferden. Du wirst hinter mir reiten.«

»Mylord«, sagte Rogan ruhig, während er seinem Herrn aus dem Raum folgte und Kellin ebenfalls hinausschlüpfte. »Da ist noch die Sache mit dem Wahrsager.«

»Ah.« Brennans Gesicht nahm einen grimmigen Ausdruck an. Er schaute zu Kellin hinab, während er Bankert auf die Straße trug. »Was hat er zu dir gesagt, Kellin?«

Kellin zuckte die Achseln. »Ich konnte nicht alles verstehen. Es waren nur … *Worte.*«

»Wiederhole mir die Worte dennoch.«

Kellin wand sich mit Unbehagen. Er wollte seine Angst vor dem Löwen nicht zugeben. »Cynric.«

Brennans maskenhafter Gesichtsausdruck löste sich und offenbarte den reinen Schrecken darunter. »Cynric? *Das* hat er gesagt?«

»Ein Name.« Kellin runzelte die Stirn. »Und ein Schwert und ein Bogen und ein … Messer?«

»Götter«, flüsterte Brennan. »Nicht mein Enkel *auch* noch.«

Es erschreckte Kellin, seinen Großvater so betroffen zu sehen. »Nicht ich?« fragte er. »Warum sagst du das? Großvater – was *bedeutet* das?«

»Es bedeutet …« Brennans Mund wurde zu einer flachen, dünnen Linie. »Es bedeutet, daß wir deinen Wahrsager aufsuchen werden – der dir gegenüber von Cynric sprach –, bevor wir nach Hause reiten.«

»Warum? Was hat er gemeint?« Verzweiflung breitete sich in Kellin aus. Hatte es mit dem Löwen zu tun? »Was bedeutet ›Cynric‹?«

»›Cynric‹?« Der Mujhar seufzte, während er Bankert einem Wächter übergab und befahl, ihn auf sein eigenes Pferd zu setzen. »Es ist ein Name, Kellin… ein alter, vertrauter Name, den ich seit zehn Jahren nicht mehr gehört habe. Seit dein *Jehan* dich damals zu uns gebracht hat…«

»Bevor er fortging«, platzte Kellin jäh und von Bitterkeit erfüllt heraus. »Bevor er *fortging!*«

»Ja.« Brennan rieb wie abwesend seine plötzlich alt wirkende Gesichtshaut. »Bevor er fortging.« Er sah Rogan an. »Könnt Ihr uns hinführen?«

Rogan schaute ganz kurz zu Kellin, bevor er wieder den Mujhar ansah: eine unausgesprochene Frage, die der Junge sehr wohl bemerkte, obwohl die Erwachsenen glaubten, das sei nicht der Fall. »Mylord, vielleicht wäre es später günstiger.«

»Nein.« Brennan nahm die Zügel in die Hand und wandte sich zu seinem Pferd um. »Nein, ich glaube, *jetzt* ist der richtige Zeitpunkt. Er hat den Namen Kellin gegenüber ausgesprochen, ohne zu wissen, wer er war… oder zumindest macht Ihr mich das glauben…« Er tätschelte Bankerts starren Oberschenkel und schwang sich dann geschickt in den Sattel. »Und selbst *wenn* er wußte, wer Kellin war, kannte er doch auch diesen Namen. Ich will ihn fragen, woher er ihn kennt und warum er ihn jetzt einem zehnjährigen Jungen gegenüber erwähnt hat.«

»Ja.« Rogan schlich wie ein alter Mann zu seinem Pferd. »Natürlich, Mylord, ich kann Euch sofort hinführen. Obwohl ich Euch warnen muß…« Der Lehrer stieg mühsam auf, als schmerzten ihn seine Knochen. »Er raucht *Husath.* Möglicherweise…« Er machte mit einer Hand eine Geste, die sagen sollte, daß ein solcher Mann und seine Dienste möglicherweise gefährlich waren.

Brennans Gesicht wirkte grimmig. »Das hat Aidan niemals getan. Aber er kannte den Namen auch.«

»Großvater?« Kellin stand auf der Straße und sah zu Brennan hoch. Es schien ihm, als hätte Bankert seinen Platz eingenommen. »Ist für mich auch ein Pferd da?«

»Rogans«, sagte sein Großvater. »Damit du ihm noch einmal allein sagen kannst, wie leid es dir tut, daß du ihm solche Sorgen bereitet hast.«

Kellin nickte beschämt. »Ja, Großvater. Das werde ich tun.«

* * *

Die Jahrmarktsbesucher drängten sich noch immer auf den Straßen und machten es einer berittenen Gruppe schwer hindurch zu gelangen. Brennan gab Befehl, daß seine Anwesenheit nicht hinausposaunt werden sollte, da er den Wahrsager unerwartet aufsuchen wollte. Und so *riet* die mujharische Wache den Leuten nur beiseite zu treten, anstatt sie dazu zu zwingen. Der Ritt bis zu dem ausgebleichten, gestreiften Zelt dauerte länger, als Kellin die Strecke in Erinnerung hatte, aber andererseits wußte er auch nicht mehr, wie lange er gelaufen war.

»Hier«, murmelte Rogan.

Die Katze und der Hund waren fort. Fliegen umschwirrten den Eingang. »Mylord.« Einer der Wächter schwang sich von seinem Pferd und dann noch ein weiterer. Kellin beobachtete, wie zwei der Männer in karmesinroten Wappenröcken das Zelt betraten, während die beiden anderen dicht neben dem Mujhar und seinem Erben stehenblieben.

Einer der Männer kam fast augenblicklich mit grimmigem Gesichtsausdruck zurück. »Mylord.«

Brennan schwang ein Bein vorn über den Sattelknauf, um Bankert nicht zu treffen, und glitt aus dem Sattel, während er Rogan die mit Goldbändern versehenen Zügel zuwarf. »Bleibt hier bei Kellin.«

»Großvater!«

Der Mujhar gönnte ihm kaum einen Blick. »Bleib hier, Kellin.«

Kellin platzte heraus: *»Laß dich nicht von dem Löwen fressen!«*

Brennan wandte sich am Zelteingang jäh um. »Was meinst du damit?«

O Götter, jetzt war es zu spät. Er hatte es herausgelassen. Er hatte es *gesagt*. Und sein Großvater würde lachen. Sie *alle* würden lachen …

»Kellin.«

Kellin drängte sich an Rogans Rücken. »Nichts«, flüsterte er.

Rogan regte sich. »Ein Kindermärchen, Mylord. Nichts weiter.«

Nach einem kurzen Augenblick des Zögerns nickte Brennan und betrat dann das Zelt.

Laßt nicht zu, daß der Löwe ihn frißt …

»Kellin.« Rogans sehr sanft klingende Stimme. »Was ist mit diesem Löwen?«

»Nur … der Löwe. Ihr wißt doch. Ich habe es Euch erzählt.«

»Dort drinnen ist kein Löwe.«

»Das könnt Ihr nicht *wissen*. Der Wahrsager hat gesagt …«

»Er hat zuviel gesagt«, erklärte Rogan. »Viel zu viel.«

»Ja, aber … Rogan, da ist wirklich ein Löwe. Der *Löwe* … Er will Homana verschlingen.«

»Mir hat ein Hund in den Knöchel gebissen«, bot Urchin an. »Aber das ist nicht dasselbe, als wenn ein *Löwe* hineingebissen hätte.«

Kellin sah ihn an. »Der Löwe hat meinen *Harani* gebissen, und er ist gestorben.«

Rogan sagte ruhig: »Kellin, ich denke …«

Aber er beendete seinen Satz nicht, weil der Mujhar wieder aus dem Zelt heraus kam. Seine gelben Augen wirkten seltsam wild, während er seinen Enkel ansah. »Kellin, du mußt mir alles erzählen, was der Wahrsager zu dir gesagt hat. Alles.«

»Über Cynric?«

»Alles.« Der Mund des Mujhar verzog sich. »Auch über die Löwen.«

Das beunruhigte Kellin. »Warum? *War* es der Löwe? Hat er den Wahrsager gefressen?«

»Kellin ... *warte* ...«

Aber Kellin glitt vom Pferd und schoß zwischen seinem Großvater und dem Zelteingang hindurch. Er stolperte über einen aufgerollten Teppich unmittelbar hinter dem Eingang, gewann sein Gleichgewicht zurück und blieb dann plötzlich stehen.

Der Wahrsager lag inmitten blutgetränkter Kissen und Teppiche auf dem Rücken. Ein ausgefranstes Loch klaffte dort, wo seine Kehle gewesen war.

Kapitel Vier

Fackeln beleuchteten den Gang. Kellin schlich lautlos hindurch und achtete darauf, kein Geräusch zu verursachen. Er wollte mitten in der Nacht von niemandem entdeckt werden, damit sie ihn nicht wieder ins Bett schicken konnten, bevor seine Aufgabe vollendet war.

Weiter ... Er atmete tief durch, um seine eingefallene Brust zu füllen und umrundete dann die Ecke. Wuchtige Silbertüren spiegelten das Fackellicht so hell wider, daß er fast blinzeln mußte. *Sie müssen sie heute poliert haben.* Aber das war nicht wichtig. Das Wichtige lag vor ihm, in der Großen Halle selbst.

Zehn weitere Schritte, und er war da. Kellin füllte seine Brust erneut mit Luft und lehnte sich dann mit seinem ganzen Gewicht gegen die nächste Tür. *Sie haben auch die Scharniere geölt.* Die Tür sprang lautlos auf und gab noch weiter nach, als er sich fester dagegenlehnte, bis er durch den Spalt in die Dunkelheit der Großen Halle schlüpfen konnte.

Er blieb unmittelbar hinter der Tür stehen und starrte angestrengt in die Dunkelheit. Mondlicht fiel durch die Buntglasfenster und lieferte damit eine zwar nur schwache, aber farbenreiche Beleuchtung. Kellin nutzte sie statt des Fackellichtes, den Blick auf die Bestie gerichtet.

Dort ... Und es war wie immer: Der wilde Löwe kauerte auf dem von Goldadern durchzogenen Marmorpodest, als wollte er angreifen, die Zähne wild gebleckt, das Gold in Maul und Augen schimmernd.

Dort ... Und er *hier*, die Schulterblätter fest an die Silbertüren gepreßt.

Seit Ian gestorben war, war er zweimal hierher gekommen. Zuerst, um den Löwen in Stücke zu hacken, und dann wieder, um den unmittelbar dahinterhängenden Wandteppich anzuzünden, damit der Löwe keine Verbündeten zu Hilfe rufen konnte, um den Mujhar, die Königin und vielleicht auch Kellin selbst zu verschlingen.

Der Wahrsager hat es gesagt … Kellin erschauderte. Er war jetzt ohne Axt gekommen und ohne Fackel, mit der er den Wandteppich hätte anzünden können, sondern allein und unbewaffnet. Und dieses Mal ohne die Absicht, Schaden anzurichten, sondern um zu warnen, um den Löwen *wissen* zu lassen.

Er atmete geräuschvoll ein und machte sich dann auf die lange Reise. Schritt für Schritt ging er an der Feuergrube entlang, bis er das Podest erreicht hatte. Bis er der Bestie gegenüberstand.

Kellin richtete seinen Körper gerade auf, verteilte sein Gewicht, wie er es gelehrt worden war: auf den Fußballen stehend, die Knie leicht gebeugt, die Arme locker an den Seiten herabhängend, damit er, wenn nötig, fliehen oder kämpfen konnte.

»Du«, stieß er hervor. »Löwe.«

Der Thron antwortete nicht. Kellin schluckte schwer und starrte gebannt auf die schattenverhangene Bestie.

»Hörst du mich?« fragte er. Ihm mißfiel die Unsicherheit in seiner Stimme, und er änderte es und steigerte auch die Lautstärke. »Ich bin es: Kellin, der eines Tages Mujhar sein wird. Kellin von Homana.« Er beugte sich leicht vor, um sicherzugehen, daß der Löwe ihn hörte. »Ich bin nicht mehr allein.«

Es erfolgte noch immer keine Antwort.

Kellin benetzte seine Lippen und stieß dann die letzte Warnung aus: »Ich habe einen *Freund*.«

»Kellin?«

Er zuckte zusammen. War das der Löwe? *Nein* … Er fuhr herum. »Bankert!«

Der homanische Junge quetschte sich genauso durch die Türen, wie Kellin es getan hatte. »Warum bist du…« Er brach ab und schaute an Kellin vorbei. »Ist das der Löwenthron?«

Kellin war sich der Bürde des hinter ihm kauernden Löwen sehr bewußt. »Ja.«

Bankert näherte sich steten Schritts und ohne das geringste Humpeln. Die vor einer Woche vom Mujhar selbst vorgenommene Heilung hatte sich als genauso wirkungsvoll wie stets erwiesen. Nachdem Bankert erst das Entsetzen darüber, von legendärer Cheysulimagie berührt worden zu sein, überwunden hatte, hatte er seinen üblichen Verstand wiedergewonnen. »Was tust du hier? Sprichst du mit ihm?«

Kellin hatte bei Bankert nicht das Gefühl, sich verteidigen zu müssen. »Ich warne ihn.«

»Wovor?« Urchin war beim Podest angelangt und strich sich das noch immer glatte, aber jetzt saubere Haar zur Seite. »Antwortet er?«

»Er frißt Menschen.« Kellin warf Bankert einen Blick zu. »Er hat meinen *Su'fali* getötet.«

»Deinen was?«

»*Su'fali.* Onkel – nun, eigentlich Großonkel. Er hat ihn gebissen, und er starb.« Der Schmerz regte sich in seiner Brust. »Vor zwei Jahren.«

»Oh.« Bankert sah den Thron wachsam und gefesselt an. »Du meinst – er erwacht zum Leben?«

Es war schwer zu erklären. Andere hatten ihm gesagt, er solle nicht solchen Unsinn reden, woraufhin er das alles lange in sich verschlossen hatte. Aber jetzt wollte Bankert die Wahrheit wissen. Es war leichter, nichts zu sagen. »Er will als nächstes meinen Großvater.«

»Wirklich?« Nachdem er kurz überlegt hatte, runzelte Bankert die Stirn. »Woher weißt du das?«

»Ich weiß es einfach. Hier drinnen.« Kellin berührte seine Brust. »Und der Wahrsager hat es gesagt. Er hat auch *ihn* gefressen.«

»Rogan hat gesagt …«

»Rogan hat gesagt, was der Mujhar ihm zu sagen aufgetragen hat.« Kellin runzelte die Stirn. »Sie wollen mir nicht glauben. Sie haben mir auch nicht geglaubt, als ich ihnen von Ian erzählt habe, und sie glauben mir jetzt nicht.« Er sah Bankert angespannt an. »Glaubst du mir?«

Bankert blinzelte. »Ich weiß nicht. Er ist aus *Holz* …«

»Es ist der Löwe, und er will Homana verschlingen.« Kellin reckte das Kinn empor. »Ich habe ihm gesagt, daß ich jetzt einen Freund habe, daß ich nicht mehr allein bin.«

Bankert blinzelte erneut. »Du meinst … mich?«

»*Bist* du nicht mein Freund?«

»Nun … ja. Ja, das bin ich, aber … du bist der Prinz von Homana.«

»Auch Prinzen brauchen Freunde.« Kellin versuchte, seine Stimme nicht zu flehentlich klingen zu lassen.

»Aber ich bin nur ein *Küchen*junge.«

»Großvater wird dir einen besseren Platz zuweisen, wenn du einiges gelernt hast«, erklärte Kellin ihm. »Er hat mir gesagt, es wäre das Beste, wenn du dort anfängst und dann aufsteigst, weil dir ein Schloß noch fremd ist.«

»Es ist mir fremd«, bestätigte Bankert. Er betrachtete den Löwen erneut und schaute dann wieder zu Kellin. »Rogan lehrt die anderen Küchenjungen nicht.«

»Nein. Ich habe Großvater darum gebeten, weil ich ihm sagen konnte, daß wir Freunde sind.«

Bankert nickte und sah sich dann in der Großen Halle um. »Dies wird eines Tages dir gehören?«

»Wenn Großvater stirbt.«

»Er ist stark. Er wird noch lange leben.« Urchin warf Kellin einen Seitenblick zu. »Warum ist dein Vater nicht hier? Sollte er nicht der nächste Mujhar sein?«

Kellins Magen schmerzte, wie so oft, wenn jemand seinen Vater erwähnte. »Er hat auf den Thron verzichtet. Er hat seinem Titel *entsagt.*« Sein Rückgrat war starr geworden. Bittere Worte drangen hervor. Er hatte gelernt, es zuerst zu sagen – bevor andere es taten. »Er ist wahnsinnig. Er lebt auf einer Insel und spricht über die Götter.«

Urchin blinzelte. »Die Priester tun das auch immer. Und sie sind nicht wahnsinnig.«

»Mein Vater *sieht* Dinge. Er hat Vorstellungen, Bilder, Ahnungen. Und er hat Anfälle.« Kellin zuckte die Achseln und versuchte zu verbergen, wie sehr es schmerzte. Bankert war sein Freund, aber es gab Dinge, die Kellin nicht teilen konnte. »Großvater sagt, er sei ein *Shar Tahl* – das ist das Wort für Priester in der Alten Sprache –, aber ich sage, er ist etwas anderes. Er ist *mehr*: teils Priester, teils Krieger, teils Wahrsager – und ein vollkommener Narr.«

»Er hat auf *alles* verzichtet?«

Kellin nickte stumm.

»Er hätte Mujhar sein können …« Bankert betrachtete wieder den Löwen erneut. »Er hätte *Mujhar* sein können.«

»Ein Narr«, erklärte Kellin. »Und eines Tages werde ich es ihm sagen. Ich werde zur Kristallinsel gehen, ihn finden und es ihm *sagen.*«

Bankert strahlte ihn an. »Kann ich mit dir gehen?«

Kellin erwiderte sein Lächeln. »Du wirst Hauptmann der Wache sein, Befehlshaber der mujharischen Wache, und ich werde dich überallhin mitnehmen.«

Bankert nickte. »Gut.« Er sah zu dem Löwen auf, betrachtete ihn und trat dann ganz nahe heran. Er warf Kellin einen schelmischen Blick zu. »Ich bin Urchin, Löwe! Ich befehlige im Namen Kellins die mujharische Wache! Und ich sage dir, Löwe, du wirst deine Zähne weder in sein Fleisch schlagen noch königliches Blut vergießen!«

Seine Worte hallten in der Halle wider. Goldene Augen schimmerten schwach.

Kellin sah den Löwen an. »Siehst du? Ich bin nicht mehr allein.«

Die Königin von Homana empfing sie in ihrem Sonnenraum. Kellin konnte erkennen, daß sie ihr beide gefielen. Er hatte ihr Freude gemacht, indem er fleißiger als bisher gelernt hatte und beim Erlernen seiner Pflichten als Prinz von Homana insgesamt weniger verstockt gewesen war. Wenn sie erfreut war, sprühten ihre Augen. Und gerade jetzt spürte er die Wärme doppelt, als sie ihn und Bankert anlächelte. »Rogan sagt, ihr macht beide große Fortschritte.«

Kellin und Bankert wechselten Blicke. Bankert stand steif da, wie er es vor der Königin oder dem Mujhar stets tat, aber sein Lächeln wirkte entspannt und echt. Seit er gewaschen war, sah er selbst für einen Küchenjungen durchaus ansehnlich aus. Die letzten Wochen waren für ihn auf vielerlei Arten von Vorteil gewesen.

»Tatsächlich«, fuhr die Königin fort, »hat er mir erst gestern erzählt, er sei recht beeindruckt von euch beiden. Bankert ist noch etwas ungebildeter als du, Kellin, aber das war zu erwarten. Er hatte bisher keinen richtigen Unterricht.« Ihr Gesichtsausdruck wurde weicher, als sie den größeren Jungen ansah. »Ich möchte dich für deinen Fleiß loben.«

Bankert errötete. »Kellin hilft mir.«

»Aber er lernt selbst«, wandte Kellin schnell ein. »Ich erkläre ihm nur hier und da einmal etwas. Das meiste macht er allein.«

»Ich weiß.« Aileen von Homana hatte im Laufe der Zeit nichts von ihrer Lebhaftigkeit verloren, obwohl ihr Haar von strahlendem Rot zu Rostrot-Silber verblaßt war. Aber sie war noch immer Erinnierin, einem Inselkönigreich geboren, und sie rühmte sich noch immer der Beharrlichkeit und heftigen Freimütigkeit, die fast einen politischen Zwischenfall zwischen ihrem Reich und Homana verursacht hatten, als sie bekannt hatte, den drittgeborenen Sohn Nialls statt des Prinzen zu lieben, den sie heiraten sollte. Corin selbst hatte diesen Zwischenfall abgewendet, indem er sein *Tahlmorra* in Atvia angenommen hatte, und Aileen hatte Brennan dann doch geheiratet. »Er lernt genauso schnell, wie er seine Pflichten in der Küche erfüllt. Es wird nicht lange dauern, bis er dem entwachsen ist und in einen persönlicheren Dienst eintreten kann.«

»Bei mir?« platzte Kellin heraus.

Aileen lachte. »Bald, Kellin… Zuerst muß er eine Sache richtig erlernen. Und dann werden wir sehen, ob er bereit ist, der persönliche Bedienstete des Prinzen von Homana zu werden.«

»Aber er muß es werden«, beharrte Kellin. »Ich will ihn zum Hauptmann der mujharischen Wache machen.«

»So?« Ihre rostroten Brauen wölbten sich. »Ich denke, Harlech könnte seinen Posten vielleicht behalten wollen.«

»Oh, noch nicht *jetzt*.« Kellin winkte ab. »Wenn er älter ist. Wenn ich Mujhar bin.«

Aileen verzog ein wenig den Mund. »Tatsächlich.« Sie sah Bankert an. »Fühlst du dich einem solchen Dienst gewachsen?«

»Noch nicht«, erwiderte Bankert prompt. »Aber… ich werde dem einmal gewachsen sein.« Er warf einen Blick zu Kellin. »Ich will ihn vor dem Löwen beschützen.«

Aileens Lächeln verblaßte. Ihr Blick wanderte an den Jungen vorbei zu dem Mann im Eingang.

»Der Löwe«, wiederholte der Mujhar. Beide Jungen fuhren augenblicklich herum. »Der Löwe ist keine Bedrohung, wie ich schon viele Male erklärt habe. Er ist ein Thron, mehr nicht. Er bedeutet Homana, die Cheysuli und unser *Tahlmorra*, was nicht unwichtig ist…« – er lächelte flüchtig –, »… aber er bietet sicherlich nicht mehr als den staubigen Geruch der Geschichte und das drückende Gewicht der Überlieferung.«

Kellin war zu klug, als daß er widersprochen hätte. Laß sie glauben, was sie wollen. Er *wußte* es besser.

Und Bankert jetzt ebenfalls.

»Ich freue mich übrigens auch«, erklärte der Mujhar. »Rogan hat gute Nachrichten über eure Fortschritte gebracht.« Er schaute kurz zu seiner Frau, teilte ihr schweigend etwas mit und berührte die beiden Jungen dann an der Schulter. »Nun, ihr könnt sicherlich einen besseren Zeitvertreib finden, als euch mit Frauen und ihren Angelegenheiten zu beschäftigen«, sagte er, die Königin anlächelnd, um zu zeigen, daß es nicht spöttisch gemeint war. »Also schlage ich vor, daß ihr euch davonmacht. Rogan hat heute frei und ist in die Stadt gegangen. Vielleicht könntet ihr Harlech aufsuchen und sehen, ob er euch über die Pflichten eines Hauptmanns belehren kann.«

Bankert verbeugte sich schnell und ergeben und folgte Kellin dann aus dem Raum.

»Warte.« Kellin trat eilig an die Wand neben der noch immer geöffneten Tür und ergriff Bankerts Arm. »Hör zu«, flüsterte er.

Bankert machte ein zweifelndes Gesicht. Die blauen Augen zuckten beunruhigt zur Tür. »Aber ...«

Kellin legte seinem Freund eine Hand auf den Mund. Er bewegte kaum die Lippen. »Er will ihr etwas sagen ... etwas, was ich nicht hören soll ...« Kellin brach ab, als sein Großvater zu sprechen begann.

»Es geht um Aidan, nicht wahr?« fragte Aileen drüben angespannt. »Du hast etwas von ihm gehört.«

»Eine Nachricht.« Die Stimme des Mujhar klang seltsam tonlos und gepreßt. Ohne seinen Großvater sehen zu können, hörte Kellin doch die unterschwelligen Empfindungen heraus: Enttäuschung, Ungeduld und pure Verzweiflung. »Aidan sagt: ›Noch nicht.‹«

Kellins Großmutter war nicht annähernd so selbstbeherrscht wie sein Großvater. »Hast du es ihm denn nicht *gesagt*?«

»Doch. So nachdrücklich wie möglich. ›Schick nach deinem Sohn‹, habe ich ihm gesagt. ›Kellin braucht seinen Vater.‹«

»Und?«

»Und er sagt: ›Noch nicht.‹«

Bankert stieß zischend den Atem aus. Kellin bedeutete ihm, leise zu sein.

»Götter«, flüsterte Aileen. »Ist er *tatsächlich* wahnsinnig geworden, wie es heißt?«

»Ich… möchte es nicht glauben. Ich möchte den Gerüchten nicht glauben. Ich möchte sehr gern glauben, *daß* es einen Grund für sein Handeln gibt.«

»Er will sich absondern…«

»Er ist ein *Shar Tahl*, Aileen. Sie sind anders als andere Cheysuli…«

Ihre Stimme klang rauh, als unterdrücke sie Tränen. »In Aidan steckt viel Erinnisches – oder hast du das vergessen?«

»Nein.« Der Mujhar seufzte. »Aidan sagt, er führe andere zu der Erkenntnis, daß die alte Art durch eine neue Art ersetzt werden muß.«

»Aber seinem eigenen Sohn den Vater zu verweigern…«

»Er sagt, er wird nach Kellin schicken, wenn der richtige Zeitpunkt gekommen ist.«

Einen Augenblick herrschte Schweigen. Dann stieß die Königin von Homana einen Fluch aus, der eher eines Soldaten würdig gewesen wäre. »Und wann *wird* der richtige Zeitpunkt gekommen sein? Wenn sein Sohn erwachsen ist und den Löwenthron innehat, auf dem Aidan *selbst* sitzen sollte?«

Der Mujhar antwortete nur sehr erschöpft: »Ich weiß es nicht.«

Die nun folgende Stille wirkte angespannt. Dann

hörte Kellin, wie ein langer, tiefer Seufzer jäh erstickt wurde.

»Aileen, nein ...«

»Warum nicht?« Die Stimme klang belegt, aber auch entschlossen. »Er ist *mein Sohn*, Brennan ... Ich denke, es sollte mir gestattet sein zu weinen, wenn ich weinen will.«

»Aileen ...«

»Ich vermisse ihn«, sagte sie. »Götter, und wie ich ihn vermisse! So viele Jahre ...«

»Shansu, Meijhana ...«

»Es gibt keinen Frieden!« rief sie. »Ich habe ihn in meinem Körper getragen. Du weißt nicht, was das bedeutet.«

»Ich bin auf meine Art auch verbunden ...«

»Mit einer Katze!« sagte sie. »Das ist nicht dasselbe, Brennan. Und selbst wenn es das wäre – du hast Sleeta *hier*. Ich habe nichts. Nichts als Erinnerungen an das Kind, das ich geboren habe, an den Jungen, den ich aufgezogen habe ...« Ihre Stimme klang wieder belegter. »Das ist niemandem gegenüber gerecht. Dir gegenüber nicht, mir gegenüber nicht und sicherlich auch Kellin gegenüber nicht.« Sie hielt inne. »Gibt es keine Möglichkeit, ihn zum Kommen zu *veranlassen?* Ihn zu zwingen?«

»Nein«, sagte Brennan. »Er ist mehr als nur unser Sohn, mehr als ein *Jehan*. Er ist auch ein *Shar Tahl*. Ich werde einen von den Göttern geweihten Mann nicht zwingen, einem sterblichen Verlangen zu dienen. Nicht für mich, nicht für dich ...«

»Für *seinen Sohn?*«

»Nein. Ich werde nicht eingreifen.«

Angespannte Stille, während Kellin sich starr abwandte. Bankert zögerte nur einen Augenblick und eilte dann hinter ihm her. »Kellin ...«

»Du hast es gehört.« Es kostete ihn Mühe, nicht zu schreien. »Du hast *gehört*, was er gesagt hat. Über meinen Vater …« Schmerz erfüllte seine Kehle, die stark anschwoll, bis er würgen oder schreien oder weinen wollte. »Er will mich nicht.«

»Das hat der Mujhar nicht gesagt. Er sagte, dein Vater würde nach dir schicken, wenn der richtige Zeitpunkt gekommen ist.«

Kellin ging starr weiter. »Es wird *niemals* der richtige Zeitpunkt sein!«

»Aber das *weißt* du n…«

»Doch.« Böse. »Er hat dem Thron entsagt, und er hat mir entsagt. Er hat *allem* entsagt!«

»Aber er ist ein Priester. Tun Priester solche Dinge nicht?«

»Nicht *Shar Tahls*. Die meisten von ihnen nicht. Sie haben Söhne, und sie lieben sie.« Kellins Stimme wurde dünner und schwankte dann. Er nahm sich in Selbstbeherrschung mit letzter Kraft zusammen. »Eines Tages werde ich ihn besuchen, ob er mich will oder nicht, und ich werde ihm ins Gesicht sagen, daß er kein Mann ist.«

»Kellin …«

»Ich *werde* es tun.« Kellin blieb stehen und sah Bankert zornig an. »Und du wirst mit mir kommen.«

Er träumte von Göttern und Vätern und Inseln. Von fordernden, ungeduldigen Göttern und von Löwen, die Menschen fraßen. Er erwachte mit einem Schrei, als die Tür aufschwang, und griff nach dem Messer, das stets auf einer Bank neben seinem Bett lag, damit er, wenn es sein mußte, Löwen töten könnte.

»Kellin?« Es war Rogan, der eine abgeschirmte Kerze dabei hatte. »Seid Ihr wach?«

Kellin erwachte stets leicht, da er auf Löwen vorbereitet war. »Ja.« Er richtete sich im Bett auf. »Was ist los?« Sein Herz verkrampfte sich. *Nicht der Löwe …*

Rogans Stimme klang angespannt, als er den Raum betrat und die Tür hinter sich schloß. Er war fest entschlossen, über den Löwen zu sprechen. »Kellin ...« Er trat ans Bett und brachte das Licht mit. Es zeichnete tiefe Linien in sein hageres Gesicht. »Wir müssen über etwas sprechen.«

»Mitten in der Nacht?«

»Ich kann mir keine bessere Zeit vorstellen.« Diese etwas trockene Bemerkung entspannte die Lage ein wenig. Rogan stellte den Kerzenständer neben das Messer auf die Bank und setzte sich dann auf den Rand des großen Himmelbetts. »Mylord, ich weiß, daß Ihr beunruhigt seid. Ich weiß es schon seit einiger Zeit. Bankert kam vorhin zu mir, aber werft es ihm nicht vor. Er macht sich Sorgen um Euch und möchte, daß es Euch gut geht.«

»Bankert?« Kellin war verwirrt.

»Er hat mir gesagt, was ihr beide heute gehört habt, als ihr den Mujhar belauschtet.«

»Oh.« Kellin verspürte nur leichte Reue, die aber dann sofort von der noch frisch erinnerten Verbitterung aufgenommen wurde. »Hat er Euch erzählt ...«

Rogan unterbrach ihn. »Ja. Und nach einigem Nachdenken habe ich beschlossen zu tun, was niemand sonst tun will.« Die Augen des Lehrers waren umschattet und unlesbar. »Ich biete Euch die Gelegenheit, Euren Vater zu besuchen.«

»Meinen ...« Kellin richtete sich jäh noch weiter auf. »Ihr?«

Rogan nickte. Sein Mund war angespannt. »Ich will nicht versuchen, es Euch zu erklären oder Euren Vater zu entschuldigen ... Ich will Euch nur anbieten, Euch zur Kristallinsel zu begleiten, wo Ihr ihn selbst fragen könnt, warum er so handelt, wie er es tut.«

»Mein Vater«, flüsterte Kellin. »*Jehan* ...« Er starrte angestrengt in die Dunkelheit. »Wann?«

»Morgen früh.«

»Wie?«

»Wir werden sagen, wir gingen zum Stammeskeep. Ihr wollt Bankert mit dorthin nehmen, nicht wahr?«

»Ja, aber …«

»Ich werde dem Mujhar sagen, Ihr wolltet Bankert dem Stammeskeep und den Cheysuli vorstellen. Das wird er Euch nicht verweigern. Nur werden wir statt dessen nach Hondarth gehen.«

»Aber … die mujharische Wache. Sie werden es merken.«

»Ich habe den Mujhar überredet, uns ohne Wächter gehen zu lassen. Ihr seid immerhin ein Cheysuli – und ich weiß, wie sehr der Mujhar selber unter enger Beschränkung leidet. Er versteht die Notwendigkeit, Euch mehr Freiheit zu gewähren … Und es hat jetzt schon einige Zeit keine Schwierigkeiten mehr gegeben. Es wäre etwas anderes, wenn der Stammeskeep nicht so nahe wäre.«

»Aber wird er es nicht ahnen? Wird er es nicht herausfinden? Es ist ein zweiwöchiger Ritt bis Hondarth.«

»Es ist nicht ungewöhnlich für einen Cheysulijungen, wenn er, ungeachtet seines Ranges, einige Zeit bei seinem Volk verbringen will.«

Kellin verstand sofort. »Aber wir werden zur Kristallinsel gehen, während er uns im Stammeskeep wähnt!«

Der Lehrer schwieg.

Kellin atmete tief durch. »Ihr werdet ihn benachrichtigen müssen.«

»Von Hondarth aus. Bis dahin wird es zu spät sein, als daß der Mujhar uns noch aufhalten könnte.«

Kellin betrachtete das geliebte Gesicht. »Warum?«

Rogan lächelte gespenstisch. »Weil es an der Zeit ist.«

Kapitel Fünf

Sie brachen früh auf, sehr früh, mit nur einem Laib Brot und einem Krug Apfelwein als Frühstück. Kellin, Bankert und Rogan bildeten eine ungewöhnlich kleine Gruppe, als sie Homana-Mujhar verließen, noch bevor der Mujhar und die Königin auch nur wach waren.

»Wo ist der Stammeskeep?« fragte Bankert.

Kellin warf Rogan einen Blick zu und grinste seinen homanischen Freund dann an. »Wir gehen nicht zum Stammeskeep. Wir gehen zur Kristallinsel. Zu meinem *Jehan.*«

Bankert mußte diese neue Mitteilung erst einmal verdauen. »Wie weit ist es bis zur Kristallinsel?«

»Ein zweiwöchiger Ritt«, antwortete Kellin prompt. Und dann, seine erinnische Großmutter heraufbeschwörend: »Und ein kleines Stück mit dem Schiff über die Bucht zur Insel.« Innerlich fügte er noch hinzu: *Und zu meinem Jehan.*

»Zwei Wochen?« Bankert kratzte sich an der Nase. »Ich wußte nicht, daß Homana so groß ist.«

»Ja.« Kellin grinste. »Eines Tages wird das alles mir gehören, und du wirst mir helfen, es zu regieren.«

Bankert zweifelte. »Ich bin nur ein Küchenjunge.«

»Im Augenblick.« Kellin sah seinen Lehrer an. »Rogan war einst ein Mann, der zu viele Glücksspiele spielte.«

Rogans Gesicht wurde grau und seine Lippen blaß. »Wer hat dir das erzählt?«

Kellin versteifte sich beunruhigt. »Sollte ich es nicht wissen?«

Der Lehrer war sichtlich aus der Fassung gebracht.

»Ihr wißt, was Ihr wißt, Mylord, aber ich bin nicht stolz auf diese Vergangenheit. Ich dachte, das läge weit hinter mir. Als ich geheiratet habe...« Er brach jäh ab, seine Nasenflügel zusammengepreßt und weiß.

Kellin nahm die Spur sofort auf. »Ihr seid verheiratet?«

»Ich war es.« Rogans Gesicht und Rückgrat wirkten starr. »Sie ist tot. Schon lange tot.« Er lenkte sein Pferd mit hastigen Bewegungen, woraufhin sich der Wallach gegen das Geschirr wehrte. »Bevor ich Tassia heiratete, verspielte ich all mein Geld. Sie hat mich von dieser Angewohnheit abgebracht und mich veranlaßt, meinen Verstand für etwas anderes als fürs Wetten zu gebrauchen.«

»Und so kamt Ihr nach Homana-Mujhar.« Kellin nickte verständig. »Ich erinnere mich an den Tag.«

»Ich auch, Mylord.« Rogan lächelte bitter. »Sie war erst einen Monat zuvor gestorben. Ihr wart gerade acht Jahre alt und trauertet um Euren Großonkel.«

»Der Löwe hat ihn gebissen«, murmelte Kellin. »Er hat ihn gebissen, und Ian ist gestorben.«

»Wie weit reiten wir heute?« fragte Bankert, den die verstorbenen Verwandten und Ehefrauen langweilten.

»Es gibt irgendwo auf dem Weg jenseits Mujharas an der Straße nach Hondarth ein Wirtshaus«, antwortete Rogan. »Dort werden wir die Nacht verbringen.«

Der Schankraum war düster, nur von einer Handvoll tranigen, in Tonbechern stehenden Talgkerzen beleuchtet. Der Raum stank nach verschüttetem Wein, schalem Bier, verbranntem Fleisch und ungewaschenen Menschen. Kellin, der Besseres gewohnt war, dachte kurz, daß das Wirtshaus ihrer nicht würdig war, aber er versagte sich eine diesbezügliche Frage. Sie wollten in vollkommener Heimlichkeit die Kristallinsel erreichen, und wenn sich ein Junge über seine Umgebung beklagte, würde das die falsche Art Aufmerksamkeit erwecken. Kellin atmete durch den Mund, bis der Gestank erträglich wurde, und hielt dabei ein waches Auge auf die Geldbörse an Rogans Gürtel. Das hatte er von Bankert gelernt, der auf der Straße aufgewachsen war.

»Schau.« Kellin beugte sich zu Bankert und stieß ihn mit einem Ellenbogen an, während sie den Raum hinter Rogan betraten. »Siehst du den einäugigen Mann?«

Bankert nickte. »Ich sehe ihn.«

»Du warst schon an Orten, an denen ich noch nicht gewesen bin – was tut er?«

Bankert grinste. »Würfeln. Siehst du die Würfel? Er kippt sie aus dem Lederbecher auf den Tisch. Die höchste Augenzahl gewinnt.«

Rogan blieb an einem Tisch nahe der Mitte des Raumes stehen und betrachtete seine beiden Schützlinge. Sein Gesicht zeigte einen merkwürdig leeren Ausdruck. »Wir werden uns hier hinsetzen.«

Kellin nickte, achtete aber ansonsten nicht weiter auf Rogan. Er beobachtete den Einäugigen, während dieser den Lederbecher schüttelte und die Würfel dann auf den Tisch rollen ließ. Der Mann rief etwas, lachte und nahm dann die wenigen, dumpf im trüben Licht schimmernden Münzen auf.

»Sieh dir den Verlierer an«, flüsterte Bankert, während er auf seinen Stuhl glitt. »Siehst du seinen Gesichtsausdruck? Er ist zornig.«

Kellin warf einen Blick auf den anderen Mann. Der Verlierer zeigte keine körperliche Regung, die seinen Zorn verraten hätte, aber Kellin bemerkte die Anspannung um seinen Mund und die hervorstehenden Kiefermuskeln. Der Verlierer warf wohlüberlegt zwei weitere Münzen auf den Tisch, woraufhin der Einäugige es ihm nachtat. Beide würfelten erneut.

Ein Messer tauchte auf, schimmerte in der schlechten Beleuchtung dumpf. Der Einäugige, der die bewußt zu seiner Bedrohung gezogene Waffe wachsam beobachtete, sammelte seinen Gewinn nicht sofort ein.

Bankert beugte sich vor. »Er glaubt, daß der Einäugige betrogen hat.«

Kellin, der einer anderen Gewalt als der des Löwen noch nie so nahe gewesen war, beobachtete die Männer gefesselt. »Wird er ihn töten?«

Bankert zuckte die Achseln. »Ich habe gesehen, daß Männer aus geringeren Gründen als wegen eines Würfelspiels getötet wurden.«

Rogan preßte die Lippen zusammen. »Ich hätte euch nicht hier hereinbringen sollen. Laßt uns in unser Zimmer hinaufgehen und dort essen.«

»Nein!« erwiderte Kellin schnell. Und dann, als er sah, daß Rogan die Brauen wölbte: »Ich meine ... sollte der zukünftige Mujhar nicht alle Arten von Menschen kennenlernen, die er regieren wird?«

Rogans Anspannung wich ein wenig. »Vielleicht. Und ein kluger Mujhar wird erkennen, daß der Mann auf dem Löwenthron einigen Homanern weniger als nichts bedeutet.«

Das war für Kellin unverständlich, da er in einem von Ehre und Achtung durchdrungenen Zuhause aufgewachsen war. »Aber wie können sie ...«

Ein Schatten fiel über ihren Tisch, der Kellin sofort ablenkte. Eine schlanke, wohlgeformte Hand – anders als die spatelförmigen Hände mit den breiten Handflächen des Einäugigen und seines zornigen Begleiters – stellte ein Holzkästchen auf den Tisch. Das leise, gedämpfte Klappern des Inhalts klang in der plötzlichen Stille laut.

Kellin schaute sofort auf. Der Mann lächelte und sah zunächst die beiden Jungen an, bevor er seine Aufmerksamkeit Rogan zuwandte. Er war jung und mit grauer Tunika und Hose gut gekleidet. Seinen blauen Augen fehlte die unterschwellige Feindseligkeit, die

Kellin bei den Würfelspielern bemerkt hatte. Schimmernd rostrotes Haar fiel in Wellen auf seine Schultern. »Wollt Ihr spielen, Sir?«

Rogan benetzte seine Lippen. Er ließ eine Hand von der Tischplatte auf seinen Schoß sinken. »Ich … spiele nicht.«

»Ah, aber es geht ganz schnell … Und Ihr könntet diesen Tisch mit gutem Gold in Eurer Geldbörse verlassen.« Ein unbeschwerter, einschmeichelnder Tonfall. Ein ruhiges, betörendes Lächeln.

Kellin sah Rogan scharf an. *Er würde nicht … oder doch?* Nach allem, was seine verstorbene Frau für ihn getan hatte?

Aber er konnte den Ausdruck in den Augen des Lehrers erkennen: Es reizte Rogan, zu spielen. Die Lippen des älteren Mannes teilten sich ein wenig und wurden dann wieder zusammengepreßt. Rogans Blick begegnete dem des Fremden. »Also gut.«

»Aber …«, begann Kellin.

Der Fremde unterbrach seinen Protest leichthin und glitt auf einen Stuhl, bevor Kellin seinen Satz beenden konnte. »Ich bin Corwyth, aus Ellas. Welch ein Glück für mich, daß wir einander hier zufällig begegnen.« Er sah sich kurz im Raum um. »Die anderen kümmern mich nicht, aber Ihr seid offensichtlich ein Mann von guter Herkunft.« Er lächelte Kellin und Bankert kurz zu, während er mit Rogan sprach. »Eure Söhne?«

»Ja«, antwortete Rogan kurz. Er sah Corwyth nicht an, sondern starrte gebannt auf das Holzkästchen.

Kellin zog es ebenfalls an. Ein flüchtiger Blick zeigte ihm nur schlichtes, dunkles Holz, das von Zeit und Benutzung glatt geworden war, aber ein zweiter Blick – und eine genauere Betrachtung – zeigten ihm, daß das Holz ganz und gar nicht glatt war, sondern ein geschnitztes flaches Fries aus verschlungenen Runen aufwies. *Und innen?* Kellin beugte sich vor, um über den

Rand des Kästchens zu spähen, und sah nur Schwärze. »Wo sind die Würfel?«

Corwyth lachte leise. »Sei versichert, daß sie da sind.« Er saß rechts von Rogan und Bankert wiederum zu *seiner* Rechten. Kellins Platz war genau gegenüber. »Hast du früher schon gespielt?«

Der Ellasier sprach ihn an, nicht Rogan. Über Rogan schien er bereits alles zu wissen. Kellin schüttelte hastig den Kopf und warf einen Blick zu seinem Lehrer. »Mein ... Vater ... erlaubt es nicht.«

»Ah, nun ... Dann eben, wenn du älter bist.« Corwyth überging Bankert völlig, während er sich wieder Rogan zuwandte. »Wollt Ihr zuerst würfeln, oder soll ich es tun?«

Rogan schluckte schwer und mit angespannter Kehle. »Ich muß zuerst die Einsätze kennen.«

Corwyths schnell hervorgezaubertes Lächeln erhellte sein ausdrucksvolles Gesicht. »Ihr kennt sie bereits.«

Schweiß trat auf Rogans Stirn. »Werde ich also verlieren? Oder spielt Ihr das Spiel so, als hätte ich wenigstens eine Chance?«

Die seltsame Verbitterung in der Stimme des älteren Mannes erregte sofort Kellins Aufmerksamkeit. Aber Rogan erklärte sich nicht weiter, und Corwyth antwortete, bevor Kellin sich eine passende Frage einfallen lassen konnte.

Der Ellasier deutete mit einer kurzen Bewegung auf das mit Runen versehene Kästchen. »Ein Mann schmiedet sein Glück selbst, ungeachtet des Spiels.«

Rogan rieb sich mit einem ärmelverhüllten Unterarm das Gesicht, fluchte dann und nahm das Kästchen auf. Er drehte es mit einem geübten Ruck seines Handgelenks um. Sechs Elfenbeinwürfel und sechs schmale schwarze Stäbe fielen heraus.

Alle waren blank.

Bankert stieß einen Laut der Überraschung aus.

Rogan erstarrte auf seiner Bank, von den Stäben und Würfeln wie gebannt. Sein Atem rasselte.

»Habt Ihr verloren?« fragte Kellin, den Rogans glasiger Blick erschreckte.

Corwyths Stimme klang seltsam. »Wie möchtet Ihr sie lesen?« fragte er Rogan. »Sagt es mir – und ich werde es für Euch tun.«

Rogan umklammerte die Tischkante. »Und wenn… wenn ich es selbst tun wollte?«

»Nun, dann sollte ich verlieren.« Corwyth grinste und schaute dann zu Kellin und Bankert. »Aber es ist immerhin mein Spiel, und ich denke, mir sollte noch immer eine Möglichkeit bleiben zu gewinnen.« Sein Blick kehrte zu Rogan zurück. »Müßt Ihr mir da nicht zustimmen?«

»Kellin…« Rogans Stimme klang plötzlich barsch. »Kellin, du und Bankert geht sofort hinauf.«

»Nein«, sagte Corwyth sanft. Ein schlanker Finger berührte jeden der blanken Elfenbeinwürfel und ließ sie alle lebhaft purpurfarben aufflammen.

»Magie…«, flüsterte Bankert erschreckt und gefesselt zugleich.

Kellin betrachtete weder die Würfel noch die schwarzen Stäbe. Er sah statt dessen Corwyth ins Gesicht, in die Augen, und sah keine Seele.

Er streckte sofort seine kleine Hand aus, wischte die Würfel, ohne die Flammen zu beachten, vom Tisch und verstreute dann auch die Stäbe. »Nein«, erklärte Kellin. *»Nein.«*

Corwyths Lächeln blieb und wirkte sogar noch zufriedener. »Sehr scharfsichtig, Mylord. Mein Herr hat tatsächlich gut daran getan, mich Euch jetzt holen zu schicken, während Ihr noch *lirlos* und daher ohne Macht seid. Aber ich glaube, Ihr erkennt trotz Eurer Scharfsichtigkeit das Ausmaß *seiner* – oder meiner – Macht nicht.« Seine Stimme verlor den Plauderton. »Und Ihr erkennt auch nicht, daß das Spiel, das wir begonnen haben, bereits zu Ende gespielt wurde.« Er ergriff mit einer Hand geschmeidig Rogans Arm, und die Handwurzelknochen brachen.

Rogan schrie auf. Schweiß rann ihm das Gesicht herab. Sein gebrochenes Handgelenk blieb in Corwyths Griff gefangen, der den Druck lediglich mit seinem Willen auszuüben schien.

Kellin sprang auf, konnte nur daran denken, daß er Rogan irgendwie befreien und seinen Schmerz beenden mußte. Aber diese Eingebung wurde jäh unterdrückt, der Versuch vereitelt, als Corwyth den Kopf schüttelte. *Er wird Rogan noch schlimmer verletzen.* Kellin erkannte es sofort. Er setzte sich langsam wieder hin und bemerkte, daß ein Zittern kurzzeitig seinen ganzen Körper befiel. »Wer?« fragte er. »*Wer* ist Euer Herr?«

»Lochiel natürlich.« Corwyth lächelte. Seine freundliche Haltung blieb durch die mühelos geäußerte Drohung unvermindert bestehen, was den Augenblick noch verschlimmerte. »Kennst du einen anderen Mann, der sich einen Prinzen zu entführen erkühnen würde?«

»Entführen ...« Kellin erstarrte. *Mich? Er will ... mich?*

Bankert regte sich auf seinem Stuhl. Sein schmales Gesicht war bleich. »Seid Ihr ... ein Ihlini?«

Die auf dem Boden verstreuten, blanken Würfel und Stäbe erwachten jäh wieder zum Leben, stiegen von dem festgetretenen Dreck auf, landeten wieder auf dem Tisch und begannen einen wirbelnden Derwischtanz über die narbenübersäte Oberfläche. Purpurfarbenes Gottesfeuer entströmte den Würfeln, und die schwarzen Stäbe gleißten blutrot.

Bankert atmete hörbar ein. Kellin, den Corwyths Dreistigkeit erzürnte, schlug mit seiner kleinen Faust auf die Tischplatte. »*Nein!*«

Die Würfel und Stäbe fielen sofort durcheinander

und kamen klappernd zum Stillstand, als der Tanz jäh endete.

»Zu spät«, spottete Corwyth. »Viel zu spät, Mylord.« Er sah Rogan an und lächelte.

Dem Körper des Homaners war die schreckliche Anspannung deutlich anzusehen. »Nein«, flüsterte er heiser. »O Götter, ich kann nicht … ich *kann nicht* …«

»Zu spät«, wiederholte Corwyth.

Rogan sah Kellin an. »Lauft!« schrie er. *»Lauft!«*

Kapitel Sechs

Kellin sprang auf, streckte eine Hand aus und bekam eine Faustvoll von Bankerts Tunika zu fassen. Er sah das blaue Lodern in Corwyths Augen, spürte den von Rogans gebrochenem Handgelenk ausstrahlenden Schmerz. *Ich muß etwas tun.*

»Bankert.« Er zog an der Tunika des Jungen, der aber gar nicht erst gedrängt werden mußte, und dann stolperten sie zusammen durch den Raum, rissen die Tür auf und stürzten in die Dunkelheit hinaus.

»Hast du gesehen …«, stieß Bankert erstickt hervor.

»Wir müssen davonlaufen. Rogan sagte: ›*Lauft.*‹« Kellin zerrte an Bankerts Tunika.

Bankert hatte große Angst. »Pf … Pferde …«

»Sie werden dort auf uns lauern – wir müssen *laufen*, Bankert!«

Sie liefen von dem Wirtshaus fort, von der Straße fort und strebten auf den Wald zu. Sie berührten sich nicht mehr – Bankert hatte sich endlich gefangen. Der homanische Junge, der das Fliehen gewohnt war, schoß ohne Zögern durch den Wald. Der in der Stadt aufgewachsene Kellin war sich der Richtung weniger sicher und folgte einfach Bankerts Führung.

Ein Zweig schlug Kellin über die Augen und ließ seine Sicht verschwimmen. Er schmeckte den herben Geschmack von Harz in seinem Mund, spie einmal aus und vergaß es dann wieder. Er konnte nur wenig von dem Boden unter sich sehen, sondern vertraute einfach dem Gleichgewicht und den Ahnungen der Jugend, sowie auch den in Homana-Mujhar begonnenen Übungen.

»Bankert …?«

»Hier …« Er war noch immer vor ihm, lief weiter, brach durch Laub und Gestrüpp.

Kellin zuckte zusammen, als sich ein weiterer Zweig in seiner Tunika verfing und sich in die Haut seiner nackten Arme grub. Und dann sah er ein silbernes Schimmern zwischen den Bäumen und glitt in einen schmalen Fluß hinunter, bevor er innehalten konnte. Kellin fiel vornüber und ruderte nutzlos mit den Armen, als sich das kalte Wasser über seinem Kopf schloß.

Er trat um sich, fand nicht weit unter sich Halt – wenn auch trügerischen Halt – und stieß sich wieder an die Oberfläche hoch. Kellin würgte, spie aus, hustete und zitterte vor Angst und Kälte.

»Kellin …« Es war Bankert, der am Ufer stand und eine Hand hinabstreckte. Kellin ergriff die Hand, klammerte sich daran und kroch ans Flußufer. Bankerts Gesicht war auch von Zweigspuren gezeichnet. »Wir können nicht die ganze Nacht weiterlaufen!«

Kellin versuchte, wieder zu Atem zu kommen. »Wir … müssen so weit kommen … so weit von ihnen fort wie möglich …«

»Da war doch nur der eine. Corwyth.«

»Mehr.« Kellin sog die Luft ein und füllte seine Brust. »Stolpere über einen Stein und finde einen einzelnen Ihlini … stolpere über einen weiteren und finde ein Ihlininest.« Er fuhr sich mit einem Unterarm übers Gesicht und strich sich triefendes Haar aus den Augen. »So sagt man.«

Obwohl Bankert trocken war, zitterte auch er. »Aber wenn sie *Magier* sind …«

»Wir müssen *versuchen* …«, begann Kellin.

Plötzlich brach der Wald um sie herum in ein geisterhaftes, purpurfarbenes Leuchten auf. Zwei dunkle Schatten lösten sich aus blendendem Licht und bildeten vor dem lebendigen Gottesfeuer Silhouetten.

Kellin packte Bankerts Arm und wandte ihn in

Richtung des Weges, auf dem sie gekommen waren. »Lauf!«

Aber Corwyth persönlich stand auf der anderen Seite des schmalen Flusses. Rogan war bei ihm.

Bankert schrie sein Erschrecken heraus, während Kellin jäh stehenblieb. Obwohl Kellin heftig atmete, hörte er das leise Rascheln von Männern, die hinter ihnen herankamen. Die Haare in seinem Nacken richteten sich auf. »Ich schmecke sie«, murmelte er. »Ich kann die Magie *schmecken*.«

Corwyth lächelte. Rogan nicht. Das Gottesfeuer überzog sie unheimlich lavendelfarben, aber Kellin konnte das blasse Gesicht seines Lehrers dennoch erkennen. In Rogans Augen schimmerten Tränen.

»Schmerzen ...?« fragte sich Kellin.

»Mylord«, sagte Rogan. »O Mylord ... vergebt mir ...«

Daß er begriff, ließ ihn sich elend fühlen. Das Elend ließ seinen Magen versteinern. »Nicht *Ihr!*« Nein, natürlich nicht. Rogan würde es leugnen. Rogan würde es erklären.

»Mylord ... ich hatte keine Wahl. Ich hatte keine andere Wahl.«

Corwyth hob drohend eine Hand. »Er hatte eine Wahl«, rügte er. »Man hat immer eine Wahl. Ich bin vielleicht Euer Feind, aber ich rate Euch, diesem Jungen, der es nicht ist, die Wahrheit zu sagen: Weder ich noch mein Herr haben Euch hierzu gezwungen.«

Kellins Überzeugung blieb unerschüttert. *Er wird es leugnen. Er wird mir die Wahrheit sagen*. Immerhin – wie oft war Kellin über die Hinterlist der Ihlini belehrt worden? *Dies ist eine Art Täuschung*. »Er hat Euch verletzt«, erklärte Kellin. »Er hat Euch das Handgelenk gebrochen. Was könntet Ihr *sonst* sagen?«

»Es gab keine Bedrohung«, widersprach Corwyth ruhig. »Die Sache mit dem Handgelenk sollte ihn nur zur Vorsicht gemahnen. Ich brauche Rogan nicht zu drohen. Ich brauchte ihm nur die Erfüllung seines sehnlichsten Wunschs zu versprechen.«

»Ihlini lügen«, erklärte Kellin, während sich Bankert neben ihm mit Erstaunen regte. »Ihlini lügen immerzu. Ihr seid der *Feind*.«

»Um unser Überleben zu sichern, ja.« Corwyths junges Gesicht wirkte jetzt älter und weniger ruhig. »Und für die Ihlini seid *Ihr* der Feind.«

Das war ein völlig neuer Gedanke. Kellin wies ihn zurück. Statt dessen sah er Rogan an. »Er lügt.«

»Nein.« Rogan verzog kurz den Mund. »Es gab keine Bedrohung, wie er schon sagte. Nur ein Versprechen.«

Das war schlimmster Treuebruch. »*Welches* Versprechen?« schrie Kellin. »Was könnte *er* Euch versprechen, was Euch der Mujhar nicht versprechen würde?«

Rogan schloß die Augen. Sein Gesicht war schweißbedeckt.

»Sagt es ihm«, forderte Corwyth ihn auf.

»Ihr wollt, daß ich ihm *alle* Unschuld nehme?«

Der Ihlini zuckte die Achseln. »Er wird sie in Valgaard ohnehin bald verlieren.«

Bankerts Gesicht wirkte im Feuerschein krankhaft bleich. Er atmete hörbar. »Valgaard?«

»Rogan?« Kellin schluckte die Angst hinunter, die in seiner Kehle einen harten Knoten bildete. »Rogan ... das ist nicht *wahr?*«

Der Lehrer brach zusammen. Er sprach schnell, unzusammenhängend. »Er war es ... vor einem Jahr kam er ... kam und bat mich, Euch an die Ihlini zu verraten.«

»Mich!«

»Lochiel.« Rogan erschauderte. »Lochiel begehrt Euch.« Sein ganzer Körper wand sich in Krämpfen. »Er konnte Euch nicht erreichen. Er konnte Euch anders nicht bekommen. Corwyth hat mir versprochen, daß Ihr unverletzt bleibt.«

Kellin konnte nicht atmen. »Ihr habt zugestimmt?«
»Mylord … wenn er Euch hätte schaden wollen …«
»Ihr habt *zugestimmt!*«
»Kellin …«
Das war das Allerschlimmste. »Er ist ein *Ihlini!*«
»Kellin …«
»Wie konntet Ihr das tun?« Es kreiste in seinem Geist, in seinem Mund wie ein Refrain. »Wie konntet Ihr das tun?«
Rogans Gesicht war tränennaß. »Es war nicht … nicht mein Plan … Das verspreche ich Euch. Aber *er* hat mir etwas versprochen. Er hat *mir* versprochen … Und ich war schwach, so schwach …«
Kellin schrie es heraus. »*Was* hat er Euch versprochen?«
Rogan sank auf die Knie. »Vergebt mir … vergebt mir …«
Der Stein in Kellins Magen wuchs. Er spürte ihn zum Leben erwachen. Er schob sein Herz beiseite und drückte dann auf seine Kehle. Sein Körper war davon erfüllt.
Und der Stein hatte einen Namen: Zorn.
Kellin hörte seine Stimme – *meine?* – wie aus weiter Ferne. Es war eine gewöhnliche Stimme, klingend wie üblich, ohne Anzeichen des Schocks oder Entsetzens oder Zorns. »Was hat er Euch versprochen?«
»Meine Frau!« schrie Rogan.
Das war unfaßbar. »Ihr sagtet, sie sei *tot.*« Und dann verstand Kellin.
»Meine Frau«, flüsterte der Lehrer. »Du bist zu jung, um es zu verstehen …, aber ich habe sie so sehr geliebt, daß ich dachte, ich würde daran sterben, und dann starb *sie* … sie starb …, wegen des Kindes, das ich ihr zugemutet hatte …« Er brach ab. Sein Blick war fest auf Kellin gerichtet. Er sammelte sich sichtlich und versuchte, seiner Qual Herr zu werden. »Ich habe mich geweigert«, sagte Rogan ruhig. »Natürlich habe ich

mich geweigert. Nichts konnte mich dazu bringen, dich zu verraten. Ich hätte eher den Tod gewählt.«

»Warum habt Ihr es nicht getan?« schrie Kellin.

»Aber dann hat mir dieser Mann, dieser Ihlini, meine Frau versprochen.«

Kellin erschauderte. Er sah Corwyth an. »Ihr könnt *die Toten erwecken*?«

Der Ihlini lächelte. »Ich kann vieles.« Er streckte seine rechte Hand aus, mit nach oben gerichteter Handfläche, als wollte er der Cheysuligeste des *Tahlmorra* spotten. Dann erfüllte eine flammende Säule weißen Lichts seine Hand.

»Magie«, murmelte Bankert.

»Täuschungen«, erklärte Kellin. Er konnte nicht zugeben, daß der Ihlini eine wahrhafte Bedrohung bedeuten könnte, sonst hätte die Angst ihn überwältigt.

»Tatsächlich?« Das Licht in Corwyths Hand verschmolz, begann sich dann zu bewegen, zu tanzen, und die Säule wurde zu einer menschlichen Gestalt.

Eine winzige, nackte Frau.

»Götter«, platzte Rogan heraus. Und dann, mit gebrochener Stimme: »Tassia.«

Kellin starrte die flammende Frau an. Sie stellte die vollkommene Verkörperung der Macht des Ihlini dar.

Corwyth lächelte. Die Frau tanzte in seiner Handfläche, drehte und wand sich. Sie flammte hell weiß und sengend auf und drehte und drehte sich, so daß das flammende Haar um ihren Körper schwang und helle Funken sprühte. Die winzigen Brüste und schmalen Hüften waren entblößt, ihr Körper eine Verheißung.

Kellin, dessen eigener Körper noch zu jung war, um sich zu regen, sah Rogan an. Der Homaner kniete noch immer auf dem Boden, den Blick voll gierigem Verlangen auf die winzige tanzende Frau gerichtet.

»Begehrt Ihr sie?« fragte Corwyth. »Ich habe sie Euch versprochen. Und ich halte meine Versprechen.«

»Sie ist nicht wirklich da!« schrie Kellin.

»Nicht wirklich«, stimmte Corwyth ihm zu. »Sie wurde durch meine Macht heraufbeschworen, ein herbeigezaubertes Versprechen, mehr nicht. Aber ich kann sie wirklich werden lassen – nur für Rogan.« Er lächelte. »Seht sie Euch an, Kellin. Erkennt, wie vollkommen sie ist. Es ist so einfach, Tassia daraus zu erschaffen.«

Die winzigen, lodernden Gesichtszüge erschienen in ihrem Flehen ausdrucksvoll. Kellin erkannte, daß sie sich der besonderen Lage vollkommen bewußt war. Tassia *wußte*.

Rogan schrie auf. »Ich habe meine Seele dafür gegeben. Jetzt entlohnt mich dafür!«

Das Licht der flammenden Frau ließ Corwyths Gesicht bleich wirken. »Eure Seele hat mir in dem Augenblick gehört, als ich sie forderte. Das Versprechen dieser Frau war nur eine Freundlichkeit.« Er sah Kellin an, obwohl seine Worte für Rogan bestimmt waren. »Sprecht es aus, Diener des Prinzen. Laut, damit Kellin es hören kann. Entsagt Eurem Dienst für das Haus Homana. Verleugnet Euren Prinzen, während er hier vor Euch steht. Tut nur diese beiden Dinge – und Ihr werdet entlohnt werden.«

Rogan erschauderte.

»Sagt es«, forderte Corwyth.

»Laßt ihn in Ruhe!« schrie Kellin.

»Kellin...« Rogans Gesicht wirkte wie verheert. »Vergebt mir...«

»Sagt es nicht!« rief Kellin. »Gebt ihm nicht nach!«

»Sagt es«, forderte Corwyth erneut.

Tränen strömten über Rogans Gesicht. »Ich entsage dem Haus Homana.«

»Rogan!«

»Ich entsage meinem Prinzen.«

»Nein!«

»Ich ergebe mich Euch, Ihlini... und fordere jetzt Entlohnung!«

Corwyth lächelte sanft. Er hob seine andere Hand wie zu einem mildtätigen Segen. Rogan beugte den Kopf, als die Hand herabsank, und dann wurde er von demselben gespenstischen Licht umhüllt, das die kleine Frau gestaltete.

»Wartet!« schrie Kellin. »Rogan … *nein* …«

Rogans Augen weiteten sich. *»Das habt Ihr nicht versprochen …«* Aber sein Körper wurde eingehüllt.

Kellin wich, genau wie Bankert, hustend zurück. Die Lichtung war raucherfüllt. Corwyth schürzte die Lippen und blies sanft gegen den Rauch, der sich daraufhin vollständig zerstreute.

»Was habt Ihr getan?« fragte Kellin. »Was habt Ihr Rogan angetan?«

»Ich gab ihm, wonach es ihn verlangte, wenn auch auf gänzlich andere Weise. Er glaubte, ich beabsichtigte, seine tote Frau neu zu erschaffen. Aber das kann selbst *ich* nicht tun, so daß nun dies genügen muß.« Corwyths rechte Hand hielt die ehemals tanzende Frau, die jetzt wie erstarrt stand. In seiner anderen, ebenfalls ausgestreckten Hand flammte eine zweite winzige Gestalt auf.

Bankert schrie auf. Kellin sah gebannt hin, während er die zuvor gestaltlosen Gesichtszüge sich zu den so vertrauten Zügen zusammenfügen sah. *»Rogan.«*

Corwyth führte seine Hände zusammen. Der Mann und die Frau begegneten einander, umarmten sich und verschmolzen dann zu einer einzigen, bläulichen Flamme. »Ich versichere Euch – das hat er gewollt.«

Kellin war entsetzt. »Nicht *so*!«

»Vielleicht nicht.« Corwyth grinste. »Ich gestehe, daß es Einbildung ist. Aber er besaß nicht genug Verstand, genau zu erklären, wie die Entlohnung erfolgen sollte.«

Kellin erschauderte. Und dann brach der Stein schließlich aus seiner Brust und Kehle frei. Er übergab sich heftig.

»Nein!« schrie Bankert und rief dann Rogans Namen.

Corwyth kniete sich ans Flußufer. *»Wartet!«* rief Kellin.

Corwyth tauchte seine Hände ins Wasser. »Es soll niemals heißen, ich sei ein Mann, der keine Gnade kennt. Ihr könntet natürlich dagegenhalten, der Tod sei besser als dies.«

»Rogan!«

Aber das Wasser löschte die Flammen.

Kapitel Sieben

Kellin fand sich – auf Händen und Knien – auf feuchtkaltem Bewuchs wieder, kauerte in wunderlichem Gehorsam vor dem Zauberer am Flußufer. Sein Magen verkrampfte sich schmerzhaft. Sein Mund bildete ein einziges Wort, obwohl seine Lippen verzerrt waren. *Rogan*.

Und dann der entsetzliche Gedanke: *Kein Rogan mehr*.

Eine Hand lag auf seinem Arm, und die Finger gruben sich in seine Haut. »Kellin… *Kellin*…« Bankert natürlich. Kellin hob den Kopf und sah Bankerts Augen fahl leuchten, sah den Schweiß auf einem schockierten bleichen Gesicht. Sich seiner Schwäche schämend, wischte sich Kellin mit einer zitternden Hand über den trockenen Mund und stand mühsam auf. *Zeig dem Ihlini keine Angst*.

Aber der Gedanke kam zu spät. Corwyth hatte es sicherlich bemerkt. Corwyth *wußte* bestimmt.

Der Ihlini mit dem rostroten Haar erhob sich und schüttelte Tropfen von seinen schlanken Händen. »Werdet Ihr ohne Gegenwehr mitkommen, Mylord?«

Kellin wirbelte zu dem starr dastehenden Bankert herum und stieß ihn damit einen ganzen Schritt zurück, bevor der homanische Junge etwas sagen konnte. *»Lauf!«*

Er selbst schoß nach links, während Bankert herumfuhr und vor Corwyth davonlief, vor dem Fluß davonlief, vor dem Schrecken über das, was er erlebt hatte, der schrecklichen Vernichtung eines *Menschen*, davonlief…

Er brach blind durch Zweige und Laub, durch Gestrüpp und Ranken. Kellin verausgabte sich mit riesigen Sätzen, während er beim Laufen mühsam durch seine trockene Kehle atmete. Er hielt sich an einem Gedanken fest – *Bankert* –, aber der homanische Junge machte seinen Weg allein, gestaltete seine Zukunft, indem er nur wenige Schritte von Kellin entfernt ebenfalls durchs Gestrüpp brach. Kellin wollte ihm zurufen, wagte es aber nicht. Außerdem war Bankert besser zur Flucht geeignet als er selbst, da er als Straßenjunge aufgewachsen war. Kellin sollte sich lieber um sich selbst kümmern.

Corwyths Stimme schnitt wie Trompetenklang durch den Wald. »Ich brauche nur Euch, Kellin. Nicht ihn. Kommt zurück, und ich werde ihn verschonen.«

»Hör nicht zu!« zischte Bankert, während er neben Kellin durch wirres Laubwerk brach. »Was kann er …«

Der homanische Junge blieb, in einem Flecken Mondlicht deutlich sichtbar, jäh stehen. Seine Brust hob und senkte sich unregelmäßig, während er hastig atmete.

Kellin kam stolpernd, steif und mit ausgestreckten Armen zum Stehen. Er atmete genauso geräuschvoll wie Bankert. »Bankert?«

Die blauen Augen des Jungen waren starr und geweitet.

»Bankert … *lauf* …«

Bankerts Augen traten aus ihren Höhlen hervor.

Als Kellin gerade nach ihm greifen wollte, gaben die Beine des Jungen nach. Bankerts Mund öffnete sich, protestierte lautlos. Dann stieß etwas von innen gegen den Stoff seiner Tunika, als bäte es um Freilassung aus den Beschränkungen seiner Brust.

»Ban …« Kellin sah das Blut aus Urchins Brustbein hervorbrechen. »Nein!« Aber Bankert lag bereits ausgestreckt am Boden, das Gesicht in Laub und Gras verborgen. Kellin ergriff seine Tunika und drehte ihn auf den Rücken. »Bankert …«

Kellin schrak zurück. Eine blutige Silberscheibe stak aus Urchins Brustbein hervor und glänzte feucht im Mondlicht.

Er sprach es aus: *der Zahn des Magiers*. Kellin hatte davon gehört. Die Ihliniwaffen waren häufig vergiftet, obwohl diese ihre Arbeit einfach dadurch getan hatte, daß sie die Brust des Jungen vom Rückgrat bis zum Brustbein glatt durchschnitten hatte.

Corwyths Stimme klang nahe, *zu* nahe, obwohl Kellin ihn nicht sehen konnte. »Die Verschwendung eines Lebens«, sagte der Ihlini. »Ihr habt es fortgeworfen, Kellin.«

»Nein!«

»Ihr hättet nur zu mir zu kommen brauchen.«

»Nein!«

»Und so seid Ihr jetzt mit einem Ihlini allein in der Dunkelheit.« Corwyth lachte leise. »Sicherlich ein Alptraum, vor dem sich alle Cheysuli fürchten.«

Bankert war tot. Kellin schickte leise ein Gebet an die Götter – und eine Entschuldigung an Bankert, wegen des Schmerzes, den er nicht spüren konnte –, schlüpfte währenddessen hastig aus seinem Wams, legte es über die hervorstehenden Dornen der Waffe und riß sie aus Bankerts Brust.

Er wandte den Kopf. *Wo ist …?*

Unmittelbar hinter ihm. »Kellin. Ergebt Euch. Ich verspreche Euch, daß ich Euch keinen Schaden zufügen werde.«

Kellin sprang auf und fuhr herum. »Aber ich verspreche Euch, daß ich *Euch* Schaden zufügen werde!«

Er hörte Corwyth aufschreien, als die schimmernde Waffe auf den Ihlini zuflog. Kellin wartete nicht ab, ob der Zahn tief genug eingedrungen war, um zu töten. Er floh erneut in die Dunkelheit.

Kellin lief, bis er nicht mehr laufen konnte. Dann verfiel er in einen beständigen Trott. Obwohl sein Atem noch immer Dampfwolken in der Luft bildete, war der erste Schreck vergangen und von der einfachen Überzeugung ersetzt worden, daß er einen Vorsprung vor Corwyth nur dann bewahren könnte, wenn er nicht stehenblieb, nicht einmal, um Atem zu schöpfen.

Er nahm an, daß der Ihlini noch lebte. Etwas anderes zu glauben, hätte bedeutet, falsche Sorglosigkeit zu hegen, was sich als tödlich erweisen könnte. Wenn er etwas von seinem geliebten Ian gelernt hatte, dann die Tatsache, daß man sich niemals sicher wähnen sollte, wenn man es nicht genau wissen konnte.

Laub raschelte unter seinen Stiefeln. Aber das Geräusch erstarb, als er lernte, die dichteren Schatten weicheren, gedämpfteren Untergrunds zu suchen. Er lernte während sechs Schritten Verstohlenheit und griff auf einfache Instinkte und die Übung seines Volkes zurück.

Wenn ich einen Lir hätte … Aber er hatte keinen und sich nach einem *Lir* zu sehnen, würde ihm nicht mehr einbringen als die angespannte Unsicherheit, ob er überlebensfähig war.

Schließlich geriet auch der stete Trott durcheinander. Kellin taumelte. Die Erschöpfung beraubte ihn seiner Kraft und Ausdauer. Die Besorgnis nahm ihm die Anmut. Er stolperte einmal, zweimal und dann erneut. Als er schließlich stürzte, fiel er kopfüber in ein Gewirr hohen Farns, das ihn mit Schatten umfing. Kellin lag dort verkrampft und sog die kalte, schwer nach Schlamm, Harz und Angst riechende Luft ein.

Geh weiter, sagte ihm sein Bewußtsein. Aber der Körper regte sich nicht. *Denk daran, was mit Rogan geschehen ist. Denk daran, was mit Bankert geschehen ist.*

Kellin preßte die Augen zu. Bis zum Augenblick von Bankerts Tod hatte er sich für unverletzlich gehalten. Ian war gestorben, ja, weil der Löwe ihn gebissen hatte, und der Wahrsager war auf dieselbe gewaltsame

Art gestorben, aber Kellin hatte niemals geglaubt, daß *ihm* das passieren könnte.

Rogan und Bankert waren tot.

Ich könnte auch sterben.

Konnte die Magie des Ihlini Corwyth geradewegs zu Kellin führen?

Lauf ...

Er kam stolpernd wieder auf die Füße, hockte sich dann aber wieder hin, als er einen Krampf in der Seite verspürte. Er vertrieb den Schmerz, vertrieb die Erinnerungen an die Tode, deren Zeuge er geworden war, und ging weiter.

... bin ein Cheysulikrieger ... der Wald ist mein Zuhause ... und jedes Lebewesen darin ...

Er wollte natürlich nach Hause laufen. Den ganzen Weg nach Mujhara und Homana-Mujhar zurück. Dort würde er ihnen alles erzählen. Dort würde er erklären. Dort würde er in allen Einzelheiten beschreiben, was Corwyth getan hatte.

Ein schweres Husten erklang. Kein menschlicher Laut, sondern zweifellos der von einem Tier. Ein schweres, tiefkehliges Husten.

Kellin erstarrte. Er atmete ein, hielt den Atem dann an und lauschte auf das Geräusch.

Ein Husten. Und dann ein Knurren.

... bin ein Cheysuli ...

Das war er. Aber er war auch noch ein Junge.

Das Knurren wurde lauter und stieg dann zu einem Brüllen an.

Er kannte die Geräusche des Waldes. Dieses gehörte nicht dazu. Dieses erkannte Kellin nur, weil es seine Träume erfüllte.

Er schrie nicht auf, aber nur, weil er es nicht konnte. *Ein Löwe?*

»Nein«, platzte Kellin heraus. Er leugnete es so heftig, wie er in seinem Leben niemals zuvor etwas geleugnet hatte. Bankert war gekommen, und der Löwe war vertrieben worden. Am Tage war er sicher. Und der Löwe störte auch seine Träume nur noch selten, seit er Bankert getroffen hatte.

Aber Bankert war tot. Und die Nacht hatte den Tag ersetzt.

»Nein!« schrie Kellin. *Es gibt hier keine Löwen. Das sagt jeder.*

Aber es war dunkel, so dunkel. Es war so leicht, an Dinge wie Löwen zu glauben, wenn kein Licht zu sehen war.

Er hielt sich an einem einzigen Gedanken fest. »Ich bin kein Kind mehr. Ich habe den Steppenbewohner besiegt und sein Messer zu Boden geschlagen. Es gibt keine Löwen.«

Aber der Löwe brüllte erneut. Kellins Trotz schwand.

Er rannte ohne einen Gedanken an Stille oder eine Zuflucht los. Die ausgestreckten Hände schlugen Laubwerk zur Seite, aber einige Zweige schnellten zurück und schnitten in die Haut seines nackten Oberkörpers ein, denn sein Wams hatte er bei der Flucht zurückgelassen. Die Zweige verfingen sich in seinen Haaren und in seinem Mund. Sie gruben sich tief in seinen Hals ein, obwohl er sich duckte.

Ein Löwe!

Er sah nichts als Schatten und Mondlicht. *Wenn ich stehenbleibe ...*

Hinter ihm erklang das Brüllen eines hungrigen Löwen auf der Jagd, der auf der Spur einer Cheysulibeute durch das Gestrüpp brach.

Riesig und lohfarben und golden, wie der Thron in Homana-Mujhar.

Wie können sie behaupten, daß es keine Löwen gäbe?

Blut lief in Kellins Mund und floß dann über die geöffneten Lippen. Er hatte sich wohl auf die Zunge gebissen. Er spie aus, schlug einen zurückschnellenden Ast beiseite und hielt schmerzhaft und entsetzt jäh den Atem an, als der Untergrund, auf dem er lief, nachgab.

Wartet … Er wankte. Und dann fiel er. Der Boden gab nach, und er stürzte in einen schmalen Spalt.

Er brach immer weiter hinab durch Farne und Schlingpflanzen, stieß sich Arme und Beine und prellte sich den Schädel an Felsen und Wurzeln. Und dann war er plötzlich unten angelangt, *zu* plötzlich, und blieb, von einem Baumstumpf aufgehalten, unbeholfen auf dem Rücken liegen. Kellin hörte Schreien und Würgen und erkannte dann, daß er die Geräusche verursachte.

Ein Löwe?

Und dann war der Löwe plötzlich *da*.

Kellin rannte erneut los. Er hörte das keuchende Knurren, roch den nach Fleisch stinkenden Atem. Und dann schlossen sich die Kiefer um seinen linken Knöchel.

»Nein!«

Der Schmerz schoß vom Knöchel bis in seinen Schädel. Die Kiefer gruben sich durch den Lederstiefel ins Fleisch und drohten, bis in die Knochen zu greifen.

Kellin packte die Eisenzähne der unerbittlichen, körperlosen Bestie, die einen Jungen anstatt eines Keilers gefangen hatte. Finger suchten an der Falle herum, versuchten den Mechanismus auszumachen und zu lösen, damit die Kiefer aufsprängen.

Kein Löwe … Er empfand Erleichterung, aber auch ein neuerliches Entsetzen. Die Bestie konnte nicht mehr fern sein.

Kellin hatte von Bärenfallen gehört. Die Cheysuli verachteten solche Vorrichtungen. Sie zogen es vor, ein Tier mit gleichen Mitteln zu bekämpfen, und nicht auf mechanische zurückzugreifen. Aber einige Homaner benutzten die schweren Eisenfallen, um Bären oder andere Beutetiere zu fangen.

Und jetzt hat sie MICH gefangen … Der Schmerz strahlte vom Knöchel aus, bis er Kellins ganzen Körper überfiel. Er wand sich in der Falle, biß sich auf die blutigen Lippen und griff dann nach der Kette, mit der die Falle an einem Baum befestigt war. Sie war sicher verschlossen. Sie war dazu bestimmt, einem vollständig ausgewachsenen, sich wehrenden Bären standzuhalten und würde sicherlich auch einen Jungen besiegen.

Kellin riß panisch an der Falle, bis seine Handflächen zerschunden waren und bluteten. »Laß los ... *laß los* ... LASS LOS ...«

Das tiefkehlige Husten erklang erneut. Der Löwe kam durch das Laub heran, schlich aus den Schatten hervor, bahnte sich seinen Weg durch Schlingpflanzen und Farne.

Kellin sprang auf, rannte los und wurde fast augenblicklich wieder zurückgerissen. Die Eisenzähne bissen durch den Stiefel, preßten das weiche Fleisch zusammen und trafen jetzt tatsächlich auf den Knochen auf.

... nein ... nein ... NEIN ...

Der noch immer hustende Löwe brach aus den Schatten ins Mondlicht. Kellin riß erneut an der Kette, aber seine blutigen Handflächen glitten ab. Das Gewicht der Falle wurde gleichgültig, als er sich hinzustellen versuchte, um dem Tod wie ein Mann zu begegnen.

Aber dann brüllte der Löwe. Der Junge, der als Mann sterben wollte, wurde durch pure Angst zu nicht mehr als einem Kind, das panisch nach seinem Vater schrie.

Aber sein Vater würde nicht kommen, weil er niemals gekommen war.

Kapitel Acht

Ein Pferderücken. Und doch ritt er nicht wie ein Mann, sondern wie ein Kind, ein kleines Kind, das Gesäß über dem Widerrist, die Beine schlaff über eine Pferdeschulter hängend, während sein restlicher Körper sicher an der Brust eines Mannes geborgen war.

Kellin geriet in Panik. »Der Löwe …« Er war vollkommen starr und versuchte, einen Fluchtweg zu ersinnen. Entsetzen überwältigte ihn. »Der Löwe … der LÖWE …«

Die Arme legten sich fester um ihn, beruhigten ihn. »Hier ist kein Löwe.«

»Aber …« Er schloß den Mund wieder – die unerschütterliche Leugnung dessen, was die Stimme ihm sagte. Dann wurde er von einem neuerlichen Panikanfall getroffen. *»Ihlini …«*

Der Mann lachte leise, als wollte er Kellin nicht beleidigen. »Ich nicht, mein Junge. Ich bin nicht als Ihlini geboren.«

Kellin beruhigte sich, obwohl er noch immer hörbar angestrengt atmete. Seine Augen weiteten sich schmerzhaft, aber er sah in der Dunkelheit nicht mehr als die Unterseite des Kinns eines Mannes und die verzerrte Silhouette eines Kopfes. »Wer …?« Aber er vergaß die Frage sofort wieder. Er verspürte erneut Schmerzen. »Mein *Bein.*«

»Es tut mir leid, Junge …, aber du wirst auf die Heilung warten müssen.«

Es bereitete ihm Mühe zu sprechen, auch nur ein einziges Wort aus seinem starren Mund zu zwingen. »… heil …?«

»Ich fürchte, es ist gebrochen. Aber wir werden es für dich heilen.«

Kellin knirschte mit den Zähnen. »*... schmerzt ...*« Und dann wünschte er, er hätte nichts gesagt, überhaupt nichts. Ein Cheysuli sprach nicht vom Schmerz.

»Ja, das sollte man meinen.« Der Mann verlagerte Kellins Gewicht, da er nicht mehr ganz so reglos war. »Es war eine Falle für einen Bären, nicht für einen Jungen. Du hast Glück, daß der Fuß nicht verloren ist.«

Kellin erstarrte erneut, reckte dann den Hals und versuchte, etwas zu sehen.

Der Mann lachte weich. »Ja, Junge, es ist alles in Ordnung. Das verspreche ich dir. Jetzt entspann dich wieder. Du bekommst Fieber. Du solltest dich besser ausruhen.«

»Wer ...?« begann Kellin wieder.

Der Reiter kicherte, als Kellin sich aufzusetzen versuchte. Er beugte den Kopf. »So, ist es jetzt besser? Ich bin immerhin mit dir verwandt.«

»Mit mir ... verwandt?« Und dann verstand Kellin. Erleichterung durchströmte ihn und schwand schließlich wieder, zusammen mit seiner Kraft.

Tatsächlich, mit ihm verwandt. Der Fremde war sein Großvater, wenn auch in einer vierzig Jahre jüngeren Ausgabe. Er sprach mit Aileens Akzent. Es gab nur einen Cheysulikrieger auf der Welt, der wie die erinnische Königin des Mujhar klang.

»Blais«, murmelte Kellin. Die Schwäche und das Fieber nagten am Rande seines Bewußtseins.

Der Krieger grinste und zeigte dabei seine schönen weißen Zähne in einem dunklen Cheysuligesicht. »Sei ruhig, kleiner Cousin. Wir müssen noch ein Stück reiten. Du solltest besser schlafen.«

Schlafen, oder etwas Ähnliches. Kellin sank gegen seinen Verwandten, als er das Bewußtsein verlor.

Er erwachte, als Blais ihn vom Pferd herab in die Obhut eines anderen Menschen gab. Schmerz flammte erneut und so stark auf, daß Kellin wimmerte, bevor er den Laut unterdrücken konnte. Und dann schämte er sich mehr denn je, weil Blais selbst Cheysuli war und wußte, daß ein Krieger sein Unbehagen nicht äußerte.

Kellin biß sich schwitzend erneut auf seine zerbissene Lippe und schmeckte das frische Blut. Er konnte nur mühsam ein lautes Stöhnen unterdrücken.

»In mein Zelt«, sagte Blais kurz. »Und dann schick jemanden mit einer Nachricht nach Homana-Mujhar und rufe weitere Leute zur Heilung her.«

Der andere Krieger trug Kellin ins Zelt, während Blais abstieg, und legte ihn vorsichtig auf ein Lager aus dicken Fellen. Kellin öffnete die Augen und sah das schattige Innere eines Cheysulizeltes. Dann war der Fremde fort, und Blais kniete sich neben ihn. Eine schwielige Handfläche berührte Kellins Stirn.

»*Shansu*«, murmelte Blais. »Ich weiß, daß es weh tut, kleiner Cousin, du brauchst nicht so dagegen anzukämpfen. Ich werde deshalb nicht schlechter von dir denken.«

Aber Kellin wollte nicht nachgeben, obwohl er schwitzte und sich vor Schmerzen wand. »Kannst *du* mich nicht heilen?«

Blais lächelte. Sein Gesicht wirkte auf eine rauhe Art freundlich. Er sah ihnen allen sehr ähnlich, obwohl in seinen Adern genauso erinnisches und homanisches Blut wie Cheysuliblut floß. Körperlich zeigte sich die Verdünnung nicht. Blais hatte die üblichen Gesichtszüge und die gewöhnliche Hautfärbung der Cheysuli, wenn auch nicht den Akzent. »Nicht ohne Hilfe, mein Junge. Ich bin im vorigen Jahr selbst am Sommerfieber erkrankt. Es geht mir zwar jetzt wieder recht gut, wie du bemerken wirst, aber ich bin noch zu schwach für die Erdmagie. Ich sollte die Zukunft Homanas lieber nicht den dürftigen Gaben eines Mischlings opfern.«

Mischling. Kellin regte sich. *Was bin ich dann?* »Du besitzt einen *Lir*. Tanni. Ich erinnere mich noch an deinen Besuch in Homana-Mujhar vor zwei Jahren.«

»Ja, aber ich habe sie erst spät bekommen. Vergiß nicht, Junge – ich bin in Erinn aufgewachsen. Dort gibt es andere Magie. Und deshalb bin ich auch anders.«

Die vom Fieber hervorgerufene Schwäche wirkte sich aus. Kellin blinzelte seinen Cousin verschwommen an. »Ich bin auch anders, wie du … Werde ich meinen *Lir* auch erst spät bekommen?«

»Das wird zwischen dir und den Göttern entschieden.« Blais' schwielige Handfläche strich sanft das feuchte Haar zurück. »Schsch, Junge. Vergeude deine Kraft nicht mit Sprechen.«

Kellin wand sich. »Der Löwe …«

»Es war eine Bärenfalle, Junge.«

Kellin schloß die Augen, weil es ihn benommen machte, sie aufzuhalten. »Ein Ihlinilöwe …«, erklärte er schwach, »und er war hinter mir her.«

»Junge.«

»*… war …*«, beharrte Kellin. »Der Ihlini hat Bankert getötet. Und *Rogan*.«

»Kellin.«

»Sie waren meine Freunde, und er hat sie *getötet*.«

»Kellin!« Blais nahm Kellins Kopf zwischen seine starken Hände. »Genug davon. Zuerst kommt die Heilung, dann werden wir über Tode sprechen. Hörst du?«

»Aber …«

»Sei ruhig, mein kleiner Prinz. Homana braucht dich heil.«

»Aber …«

Und dann waren die anderen da, drängten sich im Zelt zusammen. Die Woge der Erschöpfung, die Kellin dann überspülte, wurde von der Erdmagie wie von seinem Fieber verursacht.

Stimmen drangen auf ihn ein. Es war nur leises Murmeln, aber es störte Kellins zerrissene Träume dennoch und weckte ihn auf.

»… hart für jeden Mann, seine engsten Gefährten zu verlieren«, sagte Blais draußen gerade, während er den Zelteingang beiseite schob. »Und um so härter für einen Jungen.«

Licht drang ins Innere des Zeltes und ließ Kellins Augenlider auf der Innenseite rot erscheinen. Die antwortende Stimme war wohlbekannt und geliebt. »Kellin schien seinem Alter immer voraus zu sein«, sagte Brennan, während er das Zelt betrat. »Manchmal vergesse ich, daß er noch ein Junge ist, und versuche, ihn zu einem Mann zu machen.«

»Dieses Risiko geht jedermann mit einem Erben ein, besonders bei einem Prinzen.« Blais ließ den Zelteingang geöffnet, so daß gedämpftes Tageslicht ins düster safranfarbene Zeltinnere fiel.

Brennans Stimme klang hohl. »Er bedeutet mir mehr als das. Ich habe Aidan verloren …« Er hielt inne. »Also ist da jetzt Kellin. An Aidans Stelle. In jeder Hinsicht an Aidans Stelle. Er wurde zum Prinzen von Homana bestimmt, noch bevor er ein Junge war – schon als Säugling, der in die Windeln machte.«

Kellin öffnete die Lider – nur so weit, daß er die beiden Männer durch die Wimpern hindurch sehen konnte. Er wollte nicht, daß sie merkten, daß er wach war. Er hatte bereits in sehr jungem Alter gelernt, daß Erwachsene beim Belauschen mehr verrieten, als wenn man sie offen danach fragte.

Blais lachte leise, während er sich nahe Kellins Lager niederließ. »Du hattest keine andere Wahl, als ihn dazu zu bestimmen. Aidan hatte dem Titel bereits entsagt, und *ich* war von Erinn gekommen. Glaubst du, ich sei taub? Ich habe all das Flüstern gehört, *Su'fali* … Wenn du Kellins Ernennung verzögert hättest, hätte meine Anwesenheit hier in Homana den *A'saii* neue Nahrung geben können. Dein Anspruch auf den Löwenthron wäre erneut bedroht gewesen.«

»Ich hätte dich nach Erinn zurückverfrachten können«, gab Brennan freundlich zu bedenken.

»Ihr hättet es *versuchen* können, Mylord Mujhar.« Blais' Stimme klang belustigt, während er seinem Gast einen Platz anbot. »Wann wurde ein Krieger jemals *gezwungen*, etwas zu tun, was er nicht tun wollte?«

Brennan seufzte, während er sich neben seinen Enkel kniete. »Sogar Kellin nicht. Sogar ein zehnjähriger Junge nicht.«

Die Heiterkeit war geschwunden. »Er hat von einem Löwen und einem Ihlini gesprochen.«

Brennan preßte den Mund zusammen. »Kellin hat den Löwen vor Jahren erfunden. Er ist seine Ausrede für Dinge, die er nicht erklären kann. Er hat viel Phantasie. Er sieht in den Löwen auf den Bannern und Siegeln und im Thron selbst Bestien. Und weil er leider Zeuge einer Ihlinitat geworden ist, deutete er alle Gewalt als ein Werk dieses Löwen.«

»Welche Tat?«

»Der Tod eines Wahrsagers. Er war ein uns unbekannter Fremder, aber sein Tod stank nach Magie.«

»Lochiel«, sagte Blais grimmig.

»Er weiß sehr genau, daß Kellin die größte Bedrohung für die Ihlini bedeutet.«

»Wie schon sein Vater vor ihm.«

»Aber Aidan zählt nicht mehr. Er hat das nächste Glied gezeugt, und dieses Glied muß Lochiel jetzt zerstören.« Brennans Fingerspitzen berührten sanft Kellins Stirn. »Alles läuft auf Kellin hinaus. Jahrhunderte der Planung laufen auf ihn hinaus.«

Blais' Stimme klang trocken, wenn auch ernst. »Dann sollten wir am besten dafür sorgen, daß er überlebt.«

»Ich habe alles, was in meiner Macht steht, getan. Der Junge hat so wenig Freiheit gehabt, daß es kein

Wunder ist, daß er Geschichten über Löwen erfindet. Hätte mein *Jehan* mich so in Homana-Mujhar eingeschlossen, wäre ich wahnsinnig geworden. Ich bin jedenfalls nicht im geringsten überrascht, daß er einen Weg gefunden hat, seinem Gefängnis zu entkommen. Aber Bankert und Rogan werden auch vermißt. Ich kann nur vermuten, daß auch sie fortgelockt wurden. Kein Ihlini konnte in den Palast hineingelangen, und Kellin wurde darin stets sehr gut bewacht. Er wäre ohne den homanischen Jungen nirgendwo hingegangen, und Rogan hätte Kellin niemals erlaubt fortzugehen, wenn er auch nur den leisesten Verdacht gehabt hätte. Also denke ich, daß wir nach einer geschickten Falle mit einem Köder suchen müssen, der sie alle fortlocken konnte.«

Blais' Stimme klang grimmig. »Ein vorgetäuschter Löwe?«

Kellin konnte sich nicht länger beherrschen. Er öffnete jäh die Augen. »Da *war* ein Löwe!«

»Cheysuliohren«, sagte Brennan mit gewölbten Augenbrauen, »hören mehr, als sie hören sollten.«

»Da war ein Löwe«, beharrte Kellin. »Er hat mich in die Bärenfalle gejagt…, nachdem Bankert und Rogan tot waren.«

Brennan schloß die Augen. »Noch mehr Tode.«

Blais regte sich. Er saß mit überkreuzten Beinen da, während einer seiner Oberschenkel vom Kopf eines rötlichen Wolfs herabgedrückt wurde. Sein Gesicht wirkte merkwürdig ausdruckslos, während er den breiten Kopf des Wolfes streichelte und ihn hinter den Ohren kraulte.

Brennan blieb nach seinem kurzen Ausbruch jetzt ruhig und gelassen. »Sag uns, was geschehen ist, Kellin. Wir müssen alles erfahren.«

Kellin zögerte die Antwort hinaus und tastete zunächst nach seinem Knöchel. »Er tut nicht mehr weh.«

»Erdmagie«, sagte Blais. »Du hast eine Narbe, aber die Knochen sind heil.«

»Eine Narbe?« Kellin schlug die Decke zurück und betrachtete den entblößten Knöchel. Tatsächlich, da war ein gezackter Kreis purpurfarbener ›Zahn‹abdrücke um den Knöchel. Er bewegte den Fuß. Er schmerzte nicht mehr.

»Sie wird verblassen«, belehrte Blais ihn. »Ich habe mehr Narben, als ich zählen kann, aber kaum eine davon ist noch sichtbar.«

Kellin kümmerte die Narbe nicht. Wenn nichts sonst, so war sie zumindest ein Beweis dafür, daß es ein Löwe gewesen *war*. Jetzt sah er seinen Großvater an und ließ von dem Löwen ab, um einen anderen Kummer anzusprechen. »Rogan war es«, sagte er unsicher. »*Rogan* hat mich an den Ihlini verraten.«

Der Mujhar rührte sich nicht. Die Freundlichkeit in seiner Stimme war trügerisch, aber Kellin wußte sehr wohl: Brennan wollte unbedingt die ganze Wahrheit wissen, ohne Verschönerungen oder Vermutungen. »Du bist sicher, daß er es war?«

»Ja.« Kellin unterdrückte mühsam die Empfindungen, denen er sich so gern hingegeben hätte. Er würde jetzt ganz ein Cheysuli sein. »Er sagte, er würde mich zu meinem *Jehan* bringen, und daß du wüßtest, daß wir gehen wollten, nur wir drei, aber daß wir angeblich zum Stammeskeep gingen. Er sagte, er würde dich über unseren wirklichen Aufenthaltsort benachrichtigen, wenn wir auf dem Weg nach Hondarth wären.«

Brennans Gesicht wurde grau. »So ein einfacher Plan, der sicher gelingen mußte. Ich war ein Narr. Lochiel weiß sogar jene zu bestechen, die ich am meisten schätze.«

»Nicht mit Geld«, sagte Kellin. »Sondern mit dem Versprechen, daß er seine Frau zurückbekäme. Doch …« Er hielt inne, erinnerte sich nur zu deutlich an die winzige tanzende Frau und Rogans schreckliches Ende. »Corwyth hat ihn zuerst getötet. Mit Magie. Und dann *Bankert.*« Der Schmerz drückte auf Brust und Kehle. »Bankert ist auch tot.«

Kurz darauf berührte der Mujhar flüchtig Kellins Kopf. Er sagte sanft: »Du mußt mir alles, woran du dich erinnern kannst, erzählen, so, wie es geschehen ist, und alles über den Ihlini selbst. *Alles,* Kellin, damit wir uns auf einen weiteren Angriff vorbereiten können.«

»Einen weiteren ...?« Kellin sah den Mujhar angestrengt an und dachte über die Worte nach. Die Erkenntnis nahm ihm den Atem. »Sie wollen mich *fangen.* Corwyth hat es gesagt. Er sagte, er brächte mich zu Lochiel nach Valgaard.«

Brennans Gesicht nahm einen grimmigen Ausdruck an, aber er verschwieg die Wahrheit nicht. »Kellin, du bist für die Ihlini nur darum wichtig, weil du es bist, und wegen des Bluts in deinen Adern. Du weißt davon.«

In der Tat. Er wußte es sehr genau. *Zu* genau. Alle sprachen nur darüber. »Sie werden also nicht aufhören.« Es schien offensichtlich.

»Nein.«

Kellin nickte, verstand jeden Augenblick mehr davon. »Darum läßt du mich von den Wachhunden bewachen?«

»Wachhunde? Ah.« Brennan lächelte. »Wir haben es nicht gewagt, dich irgendwo allein hingehen zu lassen. Nicht in Mujhara, nicht einmal im Stammeskeep.« Er preßte die Lippen zusammen. »Erinnerst du dich, wie du nach dem Fest anläßlich deiner Benennung krank wurdest?«

Kellin nickte, denn er erinnerte sich sehr deutlich daran, wie krank er gewesen war, nachdem er seine Mahlzeit gegessen hatte. Er hatte ein halbes Jahr lang keinen Fisch mehr angerührt.

»Lochiel hatte keinen Zugriff auf Magie, um dir

zu schaden, nicht solange du in Homana-Mujhar oder im Stammeskeep bliebst, aber mit Geld kann man Menschen kaufen. Er hat einen Koch bestochen, die Mahlzeit zu vergiften. Wir waren gezwungen, ernste Schritte zum Schutz des Prinzen von Homana zu unternehmen, und darunter hat seine Freiheit gelitten.« Brennans Worte waren sorgfältig gewählt. »Rogan hat es verstanden. Rogan wußte warum. Er hat vollständig begriffen, wie du geschützt werden mußtest.«

Darum waren sie alle so aufgeregt, als ich vor dem Wahrsager davongelaufen bin. Ein Schuldgefühl machte sich in ihm breit. »Es war, nachdem ich dich mit Großmutter habe sprechen hören. Darüber, daß mein *Jehan* nicht wollte, daß ich ihn besuche.« Kellin schluckte schwer. »Rogan kam und sagte, er würde mich zu meinem *Jehan* bringen.«

Brennans Gesicht wirkte jetzt wieder ausdruckslos, als er einen Blick mit Blais wechselte. »Ich habe auch daraus gelernt, obwohl ich mich in solchen Dingen für klüger gehalten hätte.« Er seufzte tief. »Fast jeder Mensch hat seinen Preis. Die meisten würden es leugnen und behaupten, sie seien unbestechlich, aber es gibt immer etwas, das sie zum Verrat verführen kann. Wenn sie es nicht glauben, dann darum, weil man ihnen noch nicht das geboten hat, was sie am meisten begehren.«

Rogan wurde seine Frau geboten. Kellin wollte es nicht leugnen. Es verletzte ihn zutiefst, daß Rogan ihn verraten hatte, aber er verstand die Worte seines Großvaters. War er nicht *selbst* von dem Versprechen seines Vaters bestochen worden?

»Ich würde niemals einem Ihlini gehorchen«, murmelte er. »Niemals.«

»Und darum bist du hier.« Brennan lächelte flüchtig, und die Anspannung wich aus seinen Zügen. »Erzähle uns alles.«

Das tat Kellin. Als er geendet hatte, spürte er Tränen in seinen Augen und haßte sich dafür.

Blais schüttelte den Kopf. »Man muß sich für ehrliche Trauer nicht schämen.«

Brennans Stimme klang sanft. »Rogan hat für dich zwei Jahre lang alles bedeutet, und Bankert war dein bester Freund. Wir halten nicht weniger von dir, weil du sie geliebt hast.«

Kellin dachte jetzt an etwas anderes. »Du hast etwas über mich gesagt. Zu Blais, vorhin. Daß ich für die Ihlini die größte Bedrohung bedeute.« Er sah zuerst Blais und dann den Mujhar an. »Welchen Schaden kann *ich* ihnen zufügen?«

»Du kannst ihr Haus stürzen«, sagte Brennan ruhig, »einfach indem du einen Sohn zeugst.«

Das war Kellin unverständlich. »Ich?«

Der Mujhar lachte. »Du bist noch zu jung, um an Söhne zu denken, Kellin, aber der Tag wird kommen, wenn du erwachsen bist. Das weiß Lochiel. Mit jedem Jahr, das vergeht, wirst du für ihn gefährlicher.«

»Wegen meines Blutes.« Kellin betrachtete die Narbe um seinen Knöchel und erinnerte sich der warmen Nässe zwischen seinen Zehen. »Wegen *jenes* Blutes.«

Brennan nahm Kellins Handgelenk, hob es und spreizte mit einem Daumendruck seine Finger. »Wegen all dem Blut hier drinnen«, sagte er. »In dieser Hand, in diesem Arm, in diesem Körper. Und wegen dem Samen in deinen Lenden, vorausgesetzt er findet seinen Weg im Körper einer bestimmten Frau. Lochiel kann es nicht riskieren zuzulassen, daß du diesen Sohn zeugst.«

»Die Prophezeiung«, murmelte Kellin, während er seine Hand betrachtete. Er versuchte, durch die Haut das Fleisch und die Muskeln und dieses so besondere Blut zu sehen.

»Der wiedergeborene Erstgeborene«, sagte Blais. »Das Verderben der Ihlini. Das Ende Asar-Sutis.«

Kellin sah seinen Großvater an. »Sie sind wegen mir gestorben. Rogan. Bankert. Der Wahrsager. Nicht wahr?«

Brennan umschloß die kleine Hand mit seiner eigenen. »Das ist die schwerste Bürde, die ein Mensch tragen muß. Männer, die Könige sind – und Jungen, die Prinzen sind – tragen mehr Bürden als die meisten anderen Menschen.«

Seine Brust war schmerzerfüllt. »Werden noch mehr Menschen sterben, Großvater? Nur wegen mir?«

Brennan log nicht. Er wandte auch den Blick nicht ab. »Das ist beinahe gewiß.«

Kapitel Neun

Kellin fühlte sich wichtig und erwachsen: Brennan hatte gesagt, er könnte einen kleinen Becher Honigmet, das kräftige Cheysuligetränk, bekommen. Er wußte, daß dies seines Großvaters Art war, ihn sich nach seiner Begegnung mit der Tragik des Schicksals behütet und geliebt fühlen zu lassen. Also trank er das Honigmet langsam, ging sparsam mit dem Getränk *und* der Absicht um, die dahinterstand, wollte nicht, daß der Augenblick endete, weil er zum ersten Mal das Gefühl hatte, daß sie ihn als erwachsen – oder zumindest annähernd erwachsen – ansahen. ›Annähernd‹ war besser als gar nicht. Er grinste in den Tonbecher hinein.

Der Mujhar war nicht da. Wenn Brennan zum Zelt zurückkehren würde, würden er, Kellin und Blais nach Homana-Mujhar aufbrechen, aber im Augenblick mußte Kellin noch bei seinem Cousin bleiben. Brennan traf sich mit dem Stammesführer, um die Angelegenheiten zu besprechen, die Könige und Stammesführer üblicherweise miteinander erörterten. Kellin hatte schon früher einiges davon gehört und fand es langweilig. Er war weitaus neugieriger auf seinen Verwandten, der ihn wie eine Mischung aus Vertrautem und Fremdem anzog.

Als erinnischer Cheysuli mit homanischen Anteilen in seinem Blut sah Blais *überhaupt* nicht wie ein Cheysuli aus, und sogar sein Akzent und seine Haltung waren anders. Letzteres fiel Kellin am deutlichsten auf. Blais schien weniger um ausgeprägte persönliche Würde besorgt, als daß er geistige Erfüllung suchte.

Im Augenblick arbeitete er an einem Bogen, ersetzte

den abgewetzten Ledergriff durch einen neuen. Sein Kopf war über die Arbeit gebeugt, und eine Locke seines dichten schwarzen Haars verdeckte einen Teil seines Gesichts. Das *Lir*gold schimmerte. Neben ihm ausstreckt schlief Tanni, deren Pfoten in Wolfsträumen zuckten.

»Du könntest es sein«, platzte Kellin heraus. »Stimmt es nicht?«

Blais schaute nicht von seiner Arbeit auf. »Was könnte ich sein?«

»Du«, wiederholte Kellin. »Der Mann in der Prophezeiung. Der Mann, dessen Blut Dinge vermag, die jedermann davon erhofft.«

Jetzt hob Blais den Kopf. »Mein Blut?«

»Ja. Du bist Cheysuli, Erinnier und Homaner. Du bist auf halbem Wege.«

»Ah, aber du bist bereits *angelangt*, mein Junge. Ich habe kein solindisches oder atvianisches Blut in den Adern.« Blais Gesicht verzog sich zu einem Lächeln. »Du brauchst nicht zu befürchten, daß ich deinen Platz einnehmen wollte.«

»Aber du bist älter. Du bist ein Krieger.« Kellin sah Tanni an. »Du besitzt einen *Lir*.«

»Und du wirst auch einen *Lir* besitzen, in wenigen Jahren.« Die kräftigen Finger bewegten sich geschickt, als er den Griff des Bogens neu mit Leder umwickelte.

»Aber ich habe dich gehört«, sagte Kellin ruhig. »Du hast mit Großvater über die *A'saii* gesprochen.«

Die Hände hielten jäh inne. Dieses Mal sah Blais ihn scharf an. »Ich habe etwas darüber gesagt, ja. Siehst du, Junge ... Ich habe mehr Grund, mich mit den *A'saii* zu beschäftigen, als jeder andere lebende Krieger.«

»Sie waren Verräter«, erklärte Kellin. »Rogan hat es mir erzählt ...« Er brach jäh ab. »Und Großvater sagt, sie wollten die rechtmäßige Erbfolge verwerfen und sie durch eine andere ersetzen.«

»Richtig.« Blais' Stimme gab nichts preis. »Sie waren

Cheysuli, die fürchteten, daß die Vollendung der Prophezeiung ihre Art zu leben beenden würde.«

»Wird das geschehen?«

Blais zuckte die Achseln. »Die Dinge werden sich ändern, ja …, aber vielleicht nicht so sehr, wie die *A'saii* befürchten.«

»Befürchtest du es?« Kellin wollte es wissen. »Befürchtest du es, Blais?«

Ein seltsamer Ausdruck schlich sich auf Blais' glattes, dunkles Gesicht. Nur einen Augenblick lang zogen sich die schwarzen Brauen zusammen. Dann lächelte er bitter. »Ich befürchte zu verlieren, was ich gerade erst gefunden habe«, gestand er tonlos ein. »Ich wurde hier geboren, Kellin. Im Stammeskeep geboren, aber ich bin sehr weit entfernt in Erinn aufgewachsen. In Erinn gelten andere Bräuche. Ich war ein Teil davon, sehnte mich aber auch nach anderem. Meine *Jehana* hat mich gelehrt, was sie über die Sprache und die Gebräuche der Cheysuli wußte, aber sie war selbst zur Hälfte Erinnierin und dann auch mit einem Erinnier verheiratet. Keely hat mich mehr gelehrt, was Erdmagie ist und wie sie mir helfen kann.« Er lächelte in der Erinnerung herzlich. »Sie riet mir hierher zu kommen, um herauszufinden, wer ich bin.«

Kellin war begeistert. »Hast du es herausgefunden?«

»O ja. Es genügt zu wissen, daß ich hierher gehöre.« Blais grinste, während er Tannis Kopf streichelte. »Ich *klinge* vielleicht nicht ganz wie ein Cheysuli, aber im Geiste bin ich es.«

»Warum hast du mehr Grund, dich mit den *A'saii* zu beschäftigen, als jeder andere lebende Krieger?«

Blais wölbte die Augenbrauen. »Du hast ein geschultes Ohr, daß du dich so genau an den Wortlaut erinnerst.«

Kellin zuckte beiläufig die Achseln. »Großvater hat gesagt, die *A'saii* hätten sich aufgelöst.«

»Scheinbar, ja. Aber Überzeugungen sind schwer zu

ändern. Sie halten sich noch immer von anderen Stämmen fern.«

»Aber *du* bleibst hier.«

»Der Stammeskeep ist mein Zuhause. Ich diene der Prophezeiung genauso wie jeder andere Krieger. Genauso wie du es tun wirst, wenn du erwachsen bist.«

Kellin nickte abwesend. »Aber warum hast du diesen Grund?«

Blais seufzte, während er den Bogen fester umfaßte. »Weil mein Großvater die *A'saii* gegründet hat, Kellin. Ceinn wollte Nialls Sohn – deinen Großvater, Brennan – durch seinen eigenen Sohn, Teirnan, ersetzen. Ceinn behauptete, er hätte das Recht dazu, weil Teirnan der Sohn der Schwester des Mujhar war.«

»Isolde«, warf Kellin ein. Er erinnerte sich aus seinen Unterrichtsstunden an die Namen.

»Ja, Isolde. Nialls *Rujholla*.«

»Und Ians.«

Blais grinste. »Und Ians.«

»Aber warum *du?*«

Blais' Grinsen schwand. »Teirnan war mein Vater. Als ich von Erinn hierherkam und dein Vater seinem Titel entsagte, glaubten die *A'saii*, ich sollte zum Prinzen von Homana ernannt werden.«

Kellin war erstaunt. »An meiner Stelle?«

Blais nickte.

»An meiner Stelle.« Das war für Kellin unverständlich, da er sich niemanden an seiner Stelle vorstellen konnte. Er war schon sein ganzes Leben lang Prinz von Homana. »Aber … *ich* wurde dazu ernannt.«

»Ja. Wie der Mujhar es wollte.«

Plötzlich kam Kellin etwas in den Sinn. »Was ist mit dir?« fragte Kellin. »*Wolltest* du den Titel?«

Blais lachte laut. »Ich wurde von einem Mann aufgezogen, der der uneheliche Bruder des Herrn von Erinn ist. Ich habe viele Jahre in Kilore verbracht – ich weiß genug von der Königschaft und den Verantwortlichkeiten dieses Ranges, um nichts damit zu tun haben zu wollen.« Er beugte sich leicht vor und legte seine Zeigefingerspitze an Kellins Stirn. »*Du*, mein Junge, wirst derjenige sein, der den Löwenthron innehaben wird.«

»O nein«, platzte Kellin heraus. »Ich muß ihn zuerst töten.«

Blais verharrte. »Ihn töten?«

Kellin sprach ganz nüchtern. »Bevor er *uns* alle tötet.«

* * *

Als Kellin – mit seinem Großvater, seinem Cousin und zahlreichen livrierten und bewaffneten Wächtern – den inneren Hof Homana-Mujhars betrat, entdeckte er, daß dieser bis zum Bersten von fremden Pferden und Dienern bevölkert war. Pferdeburschen liefen hierhin und dorthin, führten Packpferde fort, und Diener riefen einander Anweisungen zum Abladen zu.

Der Mujhar, der inmitten des Hofes gefangen war, während sein Pferd unruhig und mit klingenden Hufen die Pflastersteine bearbeitete, verlor schließlich die Geduld. »Beim Blut des Löwen ...«, begann Brennan, brach aber dann jäh ab, als ein großer Mann aus dem Palasteingang trat und am oberen Ende der Treppe stehenblieb.

»Habe ich deine ganze mujharische Erhabenheit durcheinander gebracht?« rief der Mann über den Lärm hinweg. »Nun, du hast Bescheidenheit ohnehin dringend nötig.«

»Hart!« rief Brennan. »Bei den Göttern ... *Hart!*«

Kellin beobachtete überrascht, wie sein Großvater hastig vom Pferd glitt und sich einen Weg durch die Menge zur Treppe bahnte. Brennan nahm immer drei Stufen auf einmal und schloß den anderen Mann dann fest in die Arme.

»Su'fali«, murmelte Kellin und grinste dann Blais an. »Unser beider *Su'fali* – Hart, aus Solinde!«

»Das sehe ich.« Blais schaute blinzelnd über die Menge hinweg. »Sie sind zwei Blüten vom selben Strauch.«

»Aber Hart hat blaue Augen. Und nur eine Hand. Ein Feind hat ihm die andere abgehauen.« Kellin folgte Brennans Beispiel, indem er ebenfalls, wenn auch weniger geschickt als sein Großvater mit den längeren Beinen, vom Pferd glitt und dann auch von der Menge verschluckt wurde. Kellin konnte seinen Großvater, seinen Onkel und die Treppe nicht mehr sehen.

Er erwog, sich unter den Bäuchen all der Pferde hinwegzuducken, überlegte es sich dann aber anders, als er an mögliche Tritte dachte. Kellin bahnte sich – wie zuvor Brennan, obwohl mit weniger Erfolg – seinen Weg durch die wirre Menschenmenge. Es waren alles Solinder. Er erkannte den Akzent wieder.

Sein Weg war schwieriger, aber schließlich erreichte auch Kellin die Treppe und stieg sie hinauf. Sein Großvater und sein Großonkel hatten sich wieder losgelassen, aber in beider Augen – ein Augenpaar blau, das andere gelb – war ein warmer Glanz zu erkennen.

Sie ähneln sich sehr, bis auf Harts fehlende Hand. Kellin betrachtete den lederbedeckten Stumpf und fragte sich, wie es sich anfühlen mußte, auf eine einzige Hand beschränkt zu sein. Und Hart hatte noch mehr als nur eine Hand verloren. Der alte Cheysulibrauch, in einem solchen Fall der Verwandtschaft beraubt zu werden, galt noch immer. Er wurde bei den Stämmen wegen seiner Behinderung trotz seines Blutes und seines *Lir,* dem als Rael bekannten großen Falken, nicht mehr als Krieger angesehen.

Kellin schaute auf. Der große Raubvogel zog über den Dächern des Palastes müßig seine Kreise, wobei die schwarzen Ränder jeder seiner Federn die Schwingen vor dem Blau des Himmels abbildeten. *Vielleicht habe auch ich einen Falken, wenn ich ein Krieger bin …*

»Kellin!« Brennans Hand schloß sich um seine Schulter. »Kellin, hier ist dein Verwandter. Ich weiß, du bist ihm noch nie begegnet, aber wenn man wissen will, wer Hart ist, braucht man nur mich anzusehen.«

»Aber ihr *seid* verschieden«, sagte Kellin nach kurzer Betrachtung. »Du wirkst älter, Großvater.«

Diese Bemerkung bewirkte bei Hart einen Ausbruch erfreuten Gelächters, während er seinem Zwillings-*rujholli* mit der einen Hand auf die Schulter schlug. »Da. Siehst du? Das habe ich auch gesagt ...«

»Unsinn.« Brennan wölbte eine Augenbraue. »Du hast sicherlich mehr graue Strähnen im Haar als ich.«

»Nein«, sagte Kellin zweifelnd, was Hart erneut zum Lachen brachte.

»Nun, wir *sind* uns sehr ähnlich«, sagte der Zwillingsbruder des Mujhar. »Wenn es Unterschiede gibt, dann nur, weil der Löwe ein weitaus strengerer Aufseher ist als mein Solinde.«

»Hat Solinde dich vertrieben?« fragte Kellin. »Bist du deshalb gekommen?«

Hart grinste. »Um den besten Herrn zu verlieren, den es jemals hatte? Nein, ich wurde nicht vertrieben, noch wurde ich gestürzt, wie Bellam von Carillon gestürzt wurde. Die Solinder lieben mich inzwischen – oder wenn sie mich nicht lieben, so ertragen sie mich doch in ausreichendem Maße.« Er tätschelte mit dem verhüllten Armstumpf Kellins Kopf. »Erinnische Augen, Kellin. Wo ist der Cheysuli in dir?«

»Du hast *auch* homanische Augen«, erwiderte Kellin. »Und dein Haar ist ergraut. *Meines* ist ganz schwarz.«

»Scharfe Augen, und ein scharfer Geist«, sagte Brennan trocken. »Das ist wohl die erinnische Seite in dir.«

Hart nickte lächelnd, während er seinen jungen Verwandten ansah. »Du bist klein für deine zwölf Jahre, aber du wächst vielleicht spät. So war es auch bei Corin.«

»Ich bin *zehn*«, berichtigte Kellin ihn. »Und Großvater sagt, ich wäre für zehn Jahre groß genug.«

»Zehn.« Hart warf Brennan einen Blick zu. »Dann habe ich mich verzählt.«

»Du wirst wohl alt.« Brennans Augen funkelten. »Vergißt du bereits einiges?«

Hart erhob sofort Einwände. »Ich habe nur die Zeit aus den Augen verloren. Aber ich habe *wirklich* gedacht, er wäre bereits älter.«

»Ist das wichtig?« fragte Brennan lachend. »Ich bin kaum gebrechlich. Der Löwe wird noch eine Weile mir gehören. Kellin sollte doch erwachsen sein, bevor er ihn erbt.«

»Ich dachte nicht an Throne, *Rujho,* sondern an Hochzeiten.«

»An Hochzeiten! An Kellins Hochzeit? Bei den Göttern, Hart ...«

Hart hob Ruhe gebietend eine Hand. »Warte, bevor du mich anzuschreien beginnst, wie du es stets getan hast – es ist natürlich deine Entscheidung«, sagte er grinsend und mit funkelnden Augen. »Jetzt, da ich sehe, daß er noch so jung ist, wird es vielleicht wirklich noch zu früh sein.«

»Wofür zu früh?« fragte Kellin. »Für eine Heirat? Wessen? Meine?«

Hart lachte. »So viele Fragen, *Harani.*«

»Meine?« wiederholte Kellin.

Hart seufzte und kratzte müßig über sein bartloses Kinn. »Ich habe eine Tochter ...«

Brennan unterbrach ihn gespielt streng. »Du hast vier Töchter. Welche meinst du?«

Hart zuckte die Achseln. »Dulcie ist dreizehn, also dem Alter nach näher an Kellin als die Zwillinge. Und ...« Er zuckte erneut die Achseln und ließ seinen Satz unbeendet. »Es gibt einen Grund hierfür, *Rujho* ... Wir werden später darüber sprechen.«

»Er ist noch zu jung«, sagte Brennan.

Hart blickte nachdenklich drein. »Vielleicht zu jung zum Heiraten, aber nicht zu jung, um verlobt zu werden.«

»Das kann warten«, sagte Brennan. »Laß uns erst wieder *Rujhollis* sein, bevor wir erneut Regenten sein müssen.«

Hart seufzte tief. »Das könnte schwierig werden. Ich habe alle mitgebracht.«

»Wen?«

»Sie wollten mitkommen«, fuhr Hart fort. »Alle außer Blythe. Sie trägt ihr erstes Kind unter dem Herzen, weshalb wir es für besser hielten, daß sie zu Hause blieb. Es wird immerhin mein erstes Enkelkind sein.«

Brennan sah ihn wie abwesend an. »Ist sie verheiratet? Seit wann? Ich dachte, Blythe wollte niemals heiraten.«

»Sie hat es auch zunächst nicht getan, nach Tevis ...« Hart hielt inne, um sich zu berichtigen, und preßte den Namen dann zwischen zusammengebissenen Zähnen hervor. »... nach *Lochiel*.« Er zwang sich zur Ruhe, aber seine blauen Augen loderten vor Zorn. »Aber dann hat sie einen Solinder aus angesehener Familie kennengelernt, in den sie sich verliebt hat, nachdem sie viel zu lange allein gewesen ist. Sie *ist* bereits über dreißig.« Hart grinste. »Und sie wäre höchst aufgebracht, wenn sie mich das sagen hörte. Aber sie und ihr Ehemann haben vor acht Monaten geheiratet, und jetzt wird auch ein Kind da sein.«

»Aber der Rest ...« Brennan sah sich um. »Sie sind hier?«

»Sie alle.«

»Ilsa?«

»Sie alle. Sie bestanden darauf. Meine Mädchen halten ...« – er zögerte genußvoll – »... sehr an ihren Überzeugungen fest.«

Brennan sah ihn an. »Du warst niemals sehr selbstbeherrscht, Hart. Warum sollte ich erwarten, daß du deine Töchter besser erziehen kannst als dich selbst?«

»Ich verstehe sehr wohl etwas davon, *leijhana tu'sai*«, erwiderte Hart. »Aber manchmal machen meine Mädchen es mir schwer.«

Brennan betrachtete Hart noch einen Augenblick länger. »Du hast dich überhaupt nicht verändert, nicht wahr?«

Hart grinste unbekümmert. »Nein.«

»Gut.« Brennan schlug ihm auf den Rücken. »Und jetzt komm herein.«

Es kam plötzlich und unerwartet, war aber dennoch eine Entlassung. Sie wandten sich wie ein Mann um und betraten den Palast ohne ein Wort oder einen Blick für den Jungen, den sie als den Prinzen von Homana kannten.

»Wartet!« Aber sie waren fort, und eine Hand legte sich auf Kellins Schulter und zog ihn zurück.

»Nimm es ihnen nicht übel, Junge.« Das war Blais, der flüchtig lächelte, während er neben Kellin trat.

»Aber was ist mit mir?« Kellin schien betrübt. »Großvater hat den Löwen verbannt, und jetzt verbannen sie *mich*.«

»Sie wurden als Zwillinge geboren, mein Junge, was eine weitaus stärkere Verbindung ist, als die, die sonst zwischen Brüdern besteht. Und sie haben einander seit, wie man mir sagte, fast zwanzig Jahren nicht mehr gesehen.«

»Zwanzig Jahre!« keuchte Kellin. »In der Zeit hätte ich noch zweimal geboren werden können!«

Blais nickte. »Als König ist es nicht so leicht, die Zeit – oder die Freiheit – zu finden, hinzugehen, wohin man will. Hart und Brennan sind Hälften eines Ganzen, die durch ihre Titel und Reiche viel zu lange voneinander getrennt waren.« Er berührte wieder kurz Kellins Schulter. »Laß sie sich zusammenfinden, Junge. Sie werden später Zeit für dich haben.«

Kellin runzelte die Stirn. »Und auch für Hochzeiten?«

»Hochzeiten! Was hat dies mit Hochzeiten zu tun?« Aber dann änderte sich Blais' Gesichtsausdruck. »Ja, das könnte es sein. Das ist in königlichen Häusern ein sehr wichtiger Gesprächsstoff.« Er grinste. »Den Göttern sei Dank, daß *ich* in keiner Thronfolge stehe, sonst würden sie über mich sicherlich auch verfügen!«

»Und ich?« fragte Kellin. »Soll ich verheiratet werden, ohne etwas dazu sagen zu können?«

Blais schien nicht übermäßig besorgt. »Wahrscheinlich«, bestätigte er. »Du wirst eines Tages Mujhar von Homana sein. Ich bezweifle nicht, daß bezüglich deiner zukünftigen Braut schon Briefe ausgetauscht wurden, seit du formell ernannt wurdest.«

»Cheysula«, sagte Kellin düster und bewies seinem Cousin so, daß er die Alte Sprache auch beherrschte. »Ich werde sie mir selbst aussuchen.«

»Tatsächlich, jetzt?« Blais fuhr mit einer Hand durch sein dichtes schwarzes Haar, während er belustigt den Mund verzog. »Das hat Keely für sich auch beansprucht, als sie sich über ihre Verlobung erzürnte –, aber letztlich heiratete sie den Mann, dem man sie versprochen hatte.«

»Sean.« Kellin nickte. »Ich weiß alles darüber.« Aber er kümmerte sich nicht allzusehr um seine Großtante, der er niemals begegnet war. Er sah seinen Verwandten nachdenklich an. »Dann bist du niemandem versprochen?«

Blais lachte. »Und ich werde es wahrscheinlich auch niemals sein. Ich bin zufrieden damit, meine Zeit mit dieser oder jener Frau zu verbringen, ohne das Vorrecht auf eine Verlobung zu haben.«

Kellin verstand. *»Meijhas«,* sagte er. »Wie viele, Blais?«

»Viele.« Blais grinste. »Würde ich wohl zugeben, *wie*

viele? Ein Krieger entehrt seine *Meijhas* nicht durch beiläufige Erwähnung.«

»Viele«, murmelte Kellin. Er erwiderte das Grinsen seines Cousins. »Dann werde ich auch viele haben.«

Blais seufzte und schlug Kellin auf die schmale Schulter. »Zweifellos wirst du das. Keinem Prinzen, den ich jemals kennengelernt habe, mangelte es an Gesellschaft. Nun… wollen wir hineingehen? Ich möchte deine solindische Verwandtschaft kennenlernen.«

Kapitel Zehn

Blais und Kellin begegneten den zahlreichen solindischen Verwandten in kurzer Folge in Aileens Sonnenraum. Der Raum schien plötzlich klein. Kellin schenkte seinen Verwandten die gebührende Aufmerksamkeit: Ilsa, die Herrin von Solinde, mit ihrer Fülle weißblonden Haars und den herrlich ausdrucksvollen grauen Augen, die mittleren Töchter, Cluna und Jennet, die wie Brennan und Hart Zwillinge waren und die Hautfarbe ihrer Mutter besaßen, wie auch die durch ihr Cheysulierbe noch verstärkte, aufblühende Schönheit. Und Dulcie, die Jüngste – das Mädchen, das vielleicht, wie Hart gesagt hatte, Kellins *Cheysula* werden könnte.

Dieser Tochter widmete Kellin die meiste Aufmerksamkeit. Er wußte nicht viel über Hochzeiten und Ehen, aber er fühlte sich jetzt, da sein Name mit Dulcies Namen in Verbindung gebracht worden war, persönlicher betroffen.

Dennoch war er kurzzeitig verwirrt, denn Blais, der Kellins Meinung nach all das darstellte, was ein Krieger sein sollte – und noch dazu sein Retter –, wirkte plötzlich verändert. Es war eine unterschwellige Verwandlung, die Kellin nicht benennen konnte. Er wußte nur, daß Blais' Aufmerksamkeit für seinen jungen Cousin jetzt seltsam abgelenkt war, als habe etwas weitaus Reizvolleres sie erregt. Kellin verstand es nicht – Cluna und Jennet schienen ihm sehr albern und nicht mehr Zeit wert, als man ihnen aus Höflichkeitsgründen widmen mußte –, aber Blais schien äußerst geneigt, mit beiden sehr ausführlich zu sprechen.

Nur zu bald bot Blais sowohl Cluna als auch Jennet

an, ihnen Homana-Mujhar zu zeigen. Und die Erwachsenen fanden ohnehin, daß das, was *sie* einander zu sagen hatten, besser ohne Dulcies und Kellins Anwesenheit besprochen wurde. Kellin wurde angewiesen, es Blais gleichzutun: nämlich seiner Cousine jeden Winkel des Palasts zu zeigen.

Draußen im Gang starrte Kellin die geschlossene Tür zornig und rebellisch an. *Niemand hat Zeit für mich. Der Löwe hätte mich beinahe gefressen, aber niemand denkt DARAN …*

Dulcie, die neben ihm stand, lachte. »Sie errichten ihre Fallen für ihn.«

Kellin runzelte düster die Stirn. »Was meinst du damit?« Er dachte beunruhigt an die Bärenfalle, die ihre Worte ihm heraufbeschworen.

»Fallen«, sagte sie kurz. »Sie sind beide oberflächliche Frauen, die nur das kümmert, was dazu dient, um einen stattlichen Mann einzufangen.« Sie verzog das Gesicht. »Ich habe es bemerkt. Du nicht?«

Kellin hatte es nicht bemerkt. »Natürlich«, sagte er aber sofort und leugnete damit sein Unwissen.

Dulcie betrachtete ihn. »Er *ist* nach Cheysulimaßstäben ein stattlicher Mann. Ich erkenne jetzt, daß wir einander bis auf die Haut- und Augenfarben sehr ähnlich sind.« Sie grinste. »Deine Augen sind grün, meine immerhin gelb, wie sie bei einem richtigen Cheysuli sein sollten.«

Und sie war mit ihren schwarzen Haaren, den gelben Augen und derselben kupferartigen Hautschattierung wie Blais', wirklich eine richtige Cheysuli. Dulcie war jung – *zwölf?* –, aber ohne Zweifel in jeder Hinsicht eine Cheysuli.

Kellin fühlte sich plötzlich befangen. In diesem Augenblick, da er Dulcie gegenüberstand und auch Blais begegnet war, wünschte er sich sehr stark, soviel wie möglich ein Cheysuli zu sein. »Ich werde Mujhar sein.« Er hielt dies für einen guten Grund.

Dulcie nickte. »Das ist einer der Gründe, warum sie uns miteinander verheiraten wollen.« Sie drehte eine Strähne schwarzen Haars zwischen den Fingern. »Willst du es?«

Kellin sah sie an. Wie konnte sie so nüchtern darüber sprechen? Er sagte wichtigtuerisch: »Darüber werde ich nachdenken müssen.«

Dulcie brach in Gelächter aus. »*Du* willst darüber nachdenken? Sie werden nicht mehr berücksichtigen, was du – *oder* ich – wollen, als ein Hengst seinen Reiter berücksichtigt, wenn eine rossige Stute in der Nähe ist.«

So hatte Kellin es noch nicht bedacht. »Aber wenn ich Mujhar werden soll, müssen sie mich fragen.«

Dulcie schüttelte den Kopf. Sie hatte eine schön gestaltete Stirn und sehr gerade Augenbrauen. Ihr schwarzes Haar war aus Dutzenden dünner Zöpfe zu einem einzigen dicken Zopf geflochten, dessen unteres Ende mit Perlen geschmückt war. »Sie werden niemanden berücksichtigen – nur die Prophezeiung.« Dulcie verzog erneut das Gesicht. »Es ist mir oft genug gesagt worden. Es geht nur um das Blut, Kellin, und die Notwendigkeit, es im richtigen Verhältnis zu mischen. Verstehst du nicht?«

Kellin verstand es nicht, obwohl er es erneut behauptete. »Ich bin derjenige, der den Erstgeborenen zeugen soll«, erklärte er. »Alle sagen das.«

Dulcie grinste. »Nicht ohne Frau!«

Kellin errötete. »Und diese Frau sollst du sein?«

Sie zuckte die Achseln. »Was glaubst du, worüber sie hinter dieser Tür vor deinem Gesicht sonst reden? Sie werden dich bis zum Abendessen mit mir verlobt haben.«

Kellin sah sie an. »Warum mit dir? Warum nicht mit Cluna oder Jennet?«

»Beide sind zu alt für dich«, antwortete Dulcie sachlich, »und wahrscheinlich versucht sich inzwischen auch jede von ihnen Blais zu angeln. Ich glaube, sie wollen beide keinen Jungen zum Ehemann.«

Das traf. »Ich bin fast elf.«

»Und ich fast dreizehn.« Dulcie schrak seine Jugend sichtbar wenig. »Wie ich bereits sagte – es hat mit dem Blut zu tun. Es ist nur noch eine Blutlinie erforderlich, Kellin – diejenige, die kein Cheysuli anerkennen will. Aber wie sonst wollen sie den Erstgeborenen bekommen? Er erfordert Ihliniblut.«

Kellin war bestürzt, denn er dachte an Corwyth und an Lochiels Pläne. »Ihlini!«

»Denk darüber nach«, sagte Dulcie ungeduldig. »Sie brauchen es irgendwoher, von jemandem, der der Prophezeiung wohlgesonnen ist.«

»Aber kein *Ihlini* ...«

»Kellin.« Sie klang verärgert. »Darum schlägt mein Vater vor, daß du und ich heiraten sollen – um das Ihliniblut zu bekommen.«

»Aber ...« Es war lächerlich. »Du *hast* nicht ...«

»Doch«, erwiderte Dulcie. »Ich habe. Wir alle haben Ihliniblut: Blythe, Cluna, Jennet und ich. Wegen unserer Mutter.«

»Aber sie ist *Solinderin.*«

Dulcies Stimme klang äußerst herablassend. »Solinde war der Geburtsort der Ihlini, Kellin. Erinnere dich an die Geschichten darüber, wie sie sich von den Erstgeborenen lösten und Homana verließen.«

Er erinnerte sich. Er hatte seit Jahren nicht mehr an diese Geschichten gedacht. »Dann ...« Kellin runzelte die Stirn. Ihm gefiel nicht, was dieser Gedanke bedeutete. »Dann unterscheiden sich die Ihlini gar nicht so sehr von den *A'saii.*«

Dulcie lächelte. »Jetzt beginnst du zu begreifen.«

Er betrachtete sie abschätzend. »Kannst du *Gottesfeuer* heraufbeschwören?«

»Natürlich nicht. Das Ihliniblut in uns reicht mehr als zwei Jahrhunderte zurück. Unserem Haus sind keine Künste geblieben.« Dulcie zuckte die Achseln. »Electra hatte einige Tricks gelernt, aber nicht mehr. Tynstar hat das Blut des Suchers nicht mit ihr geteilt.«

Er runzelte die Stirn. »Warum sollte es dann jetzt wichtig sein?«

»Weil kein Cheysulikrieger jemals mit einer Ihlinifrau schlafen würde«, erwiderte Dulcie. »Zumindest nicht *freiwillig*. Also werden sie *uns* miteinander verheiraten und auf das Beste hoffen... Wenn auch aus keinem anderen Grund als dem, die Ihlini davon abzuhalten, durch dich etwas Eigenes zu schaffen.«

»Durch mich?«

Dulcie seufzte. »Bist du so dumm? Wenn die Ihlini dich einfangen und dich zwingen würden, mit einer ihrer Frauen zu schlafen, könnte ein Kind daraus entstehen. Es wäre *das* Kind.« Sie mußte über seinen Gesichtsausdruck lachen. »Die Ihlini würden dich benutzen wie einen preisgekrönten Cheysulihengst, Kellin.«

Innerhalb weniger Stunden war er seiner Verwandten mehr als überdrüssig – vor allem der weiblichen Verwandten mit ihrem Geschwätz und Gelächter –, flüchtete daher in seinen eigenen Raum und kletterte in sein großes Bett. Er baute aus der Decke Berge und Hügel und plante Feldzüge, wie Carillon und Donal sie Jahre zuvor geplant haben mußten, als Homana noch im Krieg stand.

»Mit Solinde«, murmelte er. Er war im Augenblick nicht geneigt, Solinde zu mögen, da es diesem Land gelungen war, ein zwölfjähriges Mädchen hervorzubringen, das ihn für dumm hielt.

Es klopfte leise, aber beharrlich, an der Tür. Kellin, der aus seinem Spiel aufgeschreckt wurde, forderte verärgert auf einzutreten.

Aileen kam statt des erwarteten Dieners herein. Ihr rostrotes, von Silberfäden durchzogenes Haar war in Zöpfen, die mit im Sonnenschein schimmernden Haarnadeln festgesteckt waren, um ihren Kopf gewunden. Ihr grünes Gewand wirkte einfach, aber geschmackvoll. Um den Hals trug sie ein Vermögen in Gold: den Halsreif in Gestalt eines Rotluchses, der sie als Brennans *Cheysula* auswies.

Erwartet Dulcie das von mir? Kellin zog seine Bettdecke glatt und erhob sich höflich. »Ja, Großmutter?«

»Setz dich.« Aileen winkte ihn wieder zum Bett und setzte sich dann auf die Bettkante. »Kellin …«

Wann immer er mit Aileen sprach, ahmte er unbewußt ihren Akzent nach. Er platzte mit seinen Worten heraus, bevor sie ihren Satz beenden konnte. »Es ist beschlossen, nicht wahr? Ihr habt uns verlobt.«

Aileen wölbte die rötlichen Brauen. »Dir gefällt der Gedanke nicht?«

»Nein.« Er zappelte unsicher herum. Er mochte seine Großmutter sehr und wollte sie nicht aufregen, aber er hatte das Gefühl, die Wahrheit sagen zu müssen. »Ich möchte selbst wählen.«

Die winzigen Falten in Aileens Augenwinkeln vertieften sich. »Ja, natürlich willst du das. Ich wollte es auch. Und Brennan auch. Aber …«

»Aber ich darf es nicht, nicht wahr?« forderte er eine Antwort offen heraus. »Es ist, wie Dulcie gesagt hat: Ihr werdet tun, was immer ihr wollt.«

Die Königin von Homana seufzte. »Es stimmt, daß Angehörige der Königsfamilie in Heiratsangelegenheiten wenig Freiheit genießen.«

»Das ist nicht fair«, erklärte Kellin. »Du sagst mir, daß ich Macht haben werde, wenn ich erwachsen bin, aber dann wird mir *vorgeschrieben,* wen ich heiraten muß. Das ist keine Macht.«

»Nein«, stimmte sie ihm ruhig zu. »Ich hatte die Macht auch nicht und Corin ebenfalls nicht, den ich an Brennans Stelle hatte heiraten wollen.«

»An … Großvaters Stelle?« Das war ein vollkommen neuer Gedanke. »Du wolltest meinen *Su'fali* heiraten?«

»Ja.«

Er blinzelte. »Aber du warst bereits mit Großvater verlobt.«

»Ja, das war ich. Aber das hat den Wunsch nicht geschmälert, Kellin. Ich liebte Corin.« Ihre grünen Augen sahen ihn freundlich an. »Ich weiß, das entsetzt dich vielleicht, aber ich hielt es für richtig, es dir zu erzählen. Du bist jung, aber nicht mehr so jung, daß man die Wahrheit vor dir geheimhalten sollte, auch die Wahrheiten zwischen Männern und Frauen nicht.«

»Aber du hast Großvater geheiratet.«

»Ja. Es wurde schon vereinbart, bevor ich geboren worden war: Nialls ältester Sohn würde Liams Tochter heiraten.« Sie zuckte die Achseln und verzog den Mund. »Und so wurde ich bereits verlobt *geboren*. Erst später, als Corin nach Erinn kam, erkannte ich, wie bindend – und wie falsch – die Vereinbarung gewesen ist. Ich verliebte mich in Corin und er sich in mich, aber er war der Stärkere von uns beiden. Er sagte, die Verlobung müsse bestehen bleiben und segelte nach Atvia davon.«

»Er heiratete Glyn.« Er war ihr noch nie begegnet – er hatte von seiner verstreuten Verwandtschaft bisher nur Hart gesehen –, aber er wußte von der stummen Frau, die Corin geheiratet hatte.

»Jahre später, ja. Aber da war *ich* schon verheiratet und bereits Mutter, und meine Zukunft war vollkommen festgelegt.«

Kellin mußte das alles erst einmal verdauen. »Du willst mir damit sagen, daß ich Dulcie heiraten sollte.«

Aileen lächelte. »Nein.«

Das brachte ihn einen Augenblick zum Schweigen. »Nein?«

»Ich habe ihnen gesagt, sie sollten dir Zeit lassen – euch beiden Zeit lassen –, damit ihr erst einmal erwachsen werden könnt. Du bist fast dein ganzes Leben lang kurz gehalten worden, Kellin, und wir schulden dir ein gewisses Maß an Freiheit.« Ein seltsamer Ausdruck schlich sich auf ihr Gesicht. »Die Art Freiheit, die ich einst besaß, bevor ich nach Homana kam.«

Erleichterung durchströmte ihn. »*Leijhana tu'sai*, Großmutter!«

Aileen lachte. »Eines Tages wird dir eine Ehe nicht mehr so unangenehm erscheinen, mein Junge. Das verspreche ich dir.«

»War sie für dich unangenehm?«

Die Frage ließ sie verstummen. Ihre Augen füllten sich mit Erinnerungen, von denen er nichts wissen konnte und die auch nicht mit ihm geteilt wurden. »Sehr lange Zeit war sie es«, antwortete sie schließlich. »Aber jetzt nicht mehr.«

»Warum nicht?«

»Weil ich, als ich es zugelassen habe, mich nicht mehr gegen meine Ehe aufzulehnen, als ich aufgehört habe, mich gegen das Cheysuli*tahlmorra* aufzulehnen, das vorschrieb, daß ich mit Brennan statt mit Corin schlafen sollte, mich in deinen Großvater verliebt habe.« Sie lächelte verbittert. »Und so habe ich jetzt etwas Neues zu bedauern: daß ich soviel Zeit damit verschwendet habe, ihn *nicht* zu lieben.«

Kellin konnte seine Großmutter nur anstarren. Er konnte nicht ausdrücken, was er empfand. Er wußte nur, daß er zu jung war – nach allem doch zu jung –, um die Verwicklungen des Erwachsenseins auch nur annähernd zu verstehen.

Ein neuer Gedanke kam ihm in den Sinn. »Hat meine *Jehana* meinen *Jehan* geliebt?«

Aileens Mund nahm wieder einen weicheren Zug an. »Sehr, Kellin. Das war eine Verbindung, wie sie nur wenige Menschen teilen.«

Er nickte pflichtbewußt, ohne es zu verstehen. »Aber sie ist gestorben, als ich geboren wurde.« Er sah Aileen forschend an. »Haßt er mich darum? Hat er mich deshalb aufgegeben und ist fortgegangen – weil ich seine *Cheysula* getötet habe?«

Alle Farbe wich aus Aileens Gesicht. »O Kellin, *nein!* O Götter, hast du das die ganze Zeit über geglaubt?« Sie murmelte noch etwas auf Erinnisch, zog ihn dann in ihre Arme und drückte ihn an sich. »Ich schwöre dir bei allem, was du willst, daß deine Geburt sie nicht getötet und auch deinen Vater nicht vertrieben hat. Er hat alles aufgegeben, weil es sein *Tahlmorra* war, das zu tun.«

»Aber du denkst, daß er falsch gehandelt hat.«

Sie wich ein wenig zurück, um ihm ins Gesicht zu sehen. »Hast zu Zugang zum *Kivarna,* Junge? Hast du die Wahrheit bisher vor uns verborgen?«

»Nein«, platzte er verblüfft heraus. »Was ist *Kivarna?*«

»Erkennst du, was Menschen empfinden?« Sie legte eine Hand auf ihre Brust. »Kannst du in ihren Herzen lesen?«

Er runzelte verwirrt die Stirn. »Nein. Ich habe es einfach an deinem Gesicht abgelesen.«

Aileen entspannte sich und lachte leise. »Ja, nun – das *Kivarna* ist eine Gabe und ein Fluch, mein Junge. Aidan hatte es in vollem Umfang, und Shona – so wäre es nicht überraschend, wenn es sich auch bei dir offenbarte.«

Kellin war verwirrt. »Es war an deinem Gesicht zu erkennen, Großmutter – und an deiner Stimme.« *Und an dem, was ich dich vorher habe zu Großvater sagen hören.* Aber das würde er ihr nicht eingestehen.

Aileen umarmte ihn noch einmal kurz, stand dann auf und schüttelte ihre Röcke aus. »Ja, ich denke, daß er falsch gehandelt hat«, sagte sie fest. »Ich habe es immer gedacht. Aber ich bin eine Frau, Kellin ... Und obwohl ich nicht darauf schwören würde, daß ein Mann sein Kind weniger liebt, so hat er das Kind doch nicht in seinem Körper getragen. Aidan hat so gehandelt, wie er handeln zu müssen glaubte, um es den Göttern und seinem *Tahlmorra* recht zu machen. Und eines Tages, *das verspreche ich dir*, wirst du ihn von Angesicht zu Angesicht fragen, wie er so etwas tun konnte.«

Er hörte die unterschwellige Feindseligkeit in ihrem Tonfall. »Aber jetzt noch nicht.«

Aileen preßte die Lippen zusammen. »Jetzt noch nicht.«

Kurz darauf nickte Kellin. Es war ein ihm vertrauter Satz. »Nun«, sagte er leichthin, »wenn ich erst den Löwen getötet habe, wird er mich ihn sehen lassen *müssen*.«

»O Kellin …«

»Ich werde es tun«, erklärte er. »Ich *werde* ihn töten. Und dann werde ich zur Kristallinsel gehen und *Jehan* den Kopf zeigen.«

Er konnte erkennen, daß Aileen heftig widersprechen wollte. Aber sie tat es nicht. Mit Tränen in den Augen ließ die Königin von Homana nun ihren Enkel ganz allein.

Kapitel Elf

Blais' Tür war nur angelehnt. Kerzenschein kroch zwischen Tür und Türrahmen hindurch in den Gang. Kellin spähte vorsichtig in den Raum, in der Hoffnung, nicht erkennen zu müssen, daß Blais gar nicht allein wäre, sondern in Gesellschaft von Cluna oder Jennet – oder Cluna *und* Jennet. Kellin fand, daß sie schon viel zuviel von Blais' Zeit beansprucht hatten. Jetzt war er an der Reihe, die Aufmerksamkeit seines Cousins zu erringen.

Er blieb im Türspalt stehen – und sah keine Cousinen. Nur Blais selbst, mit seinem *Lir*, der hübschen Tanni, die ausgestreckt auf dem großen Himmelbett lag und mit in die Luft gereckten Beinen und ungeschütztem Bauch offensichtlich genoß, daß Blais ihr Bauchfell streichelte. In diesem Augenblick schien sie ein Hund zu sein, kein Wolf. Kellin hoffte, daß er vielleicht auch einen Wolf bekommen würde.

Andererseits war da die wunderschöne schwarze Sleeta, der Rotluchs seines Großvaters, und Harts großartiger Rael. Es gab so viele wunderbare *Lirs* auf der Welt. Die Götter würden sicherlich dafür sorgen, daß er den geeigneten *Lir* bekäme.

Blais streichelte Tanni unentwegt. Er lag auf dem Bauch, den Oberkörper auf einen Ellenbogen aufgestützt. Dichtes schwarzes Haar fiel über seine Schultern. Er trug kein Wams, sondern nur eine Hose. Das *Lir*gold schimmerte im Kerzenschein auf seiner bronzefarbenen Haut.

Eines Tages werde ich auch solches Gold tragen. Kellin benetzte seine Lippen. »Blais?«

Blais schaute auf. Tanni warf sich auf die Seite und

drehte den Kopf, um Kellin anzusehen. »Ja?« Blais winkte ihn lächelnd heran. »Komm herein, komm herein – Tanni und ich haben keine Geheimnisse –, und wenn ich ungestört sein wollte, hätte ich die Tür geschlossen.«

Kellin schlüpfte durch den Türspalt. In seinen hinter dem Rücken verschränkten Händen hielt er einen Gegenstand. »Ich habe eine Frage.«

Sein Cousin wölbte die schwarzen Augenbrauen. »Ja?«

Er atmete tief durch. »Gehst du mit ihnen zurück nach Solinde?«

»Solinde!« Blais setzte sich auf und strich sich das Haar aus dem Gesicht. »Warum sollte ich nach Solinde gehen?«

»Wegen ... ihnen.« Kellin schaute verlegen zu Boden.

»Wegen wem?« begann Blais und brach dann ab. »Warum fragst du danach, Kellin?«

Kellin schaute kläglich auf und begegnete Blais' festem Blick. »Ich habe dich gesehen«, flüsterte er. »Heute morgen, auf dem Wachgang.«

»Ah.« Blais nickte.

»Du hast Jennet geküßt.«

»Cluna.«

Kellin war verblüfft. »Cluna? Aber, ich dachte ...«

Blais lachte. »Du dachtest, mich reizte Jennet? Nun, ja, so war es auch – gestern. Und heute war es Cluna.« Er schlug die Beine über Kreuz, während eine Hand sanft an Tannis Ohr zupfte. »Siehst du, Cluna wollte ausprobieren, was ihre *Rujholla* am Tag zuvor gekostet hatte. Sie treten in allem gegeneinander an.« Er zuckte grinsend die Achseln. »Und mir gefallen sie beide.«

Kellin war bestürzt. »Welche wirst du dann heiraten?«

»Heiraten!« Und dann lachte Blais noch einmal. »Götter, Kellin – *keine* von beiden. Dachtest du, das würde ich tun? Nein. Ich werde nicht nach Solinde gehen, und ich bezweifle, daß eine von ihnen es ertragen könnte, im Stammeskeep zu leben. Sie sind zu solindisch.« Er lächelte seinen Cousin jetzt herzlicher an. »Hast du gedacht, ich wollte dich im Stich lassen?«

Ohne Vorwarnung wallten Tränen auf. Kellin staunte und schämte sich, aber er mußte noch etwas loswerden. »Ich habe niemanden mehr«, erklärte er unsicher. »Nur dich. Bankert und Rogan...« Er biß sich auf die Lippen. »Da sind noch Großvater und Großmutter, aber das ist nicht dasselbe wie wahre Freunde. Sie *müssen* mich mögen. Aber du..., nun...« Er schluckte schwer. »Ich werde eines Tages Mujhar sein. Ich würde einen Gefolgsmann brauchen.«

Blais' Gesicht gab nichts preis. Nur seine Augen in der dunklen Maske waren lebendig: wild, leuchtend und gelb.

Kellin spürte, wie sich alle seine Muskeln anspannten. *Er wird es mir verweigern – er wird nein sagen.* Er wünschte es sich so sehr, und doch wußte er, daß es unwahrscheinlich war. Sie waren Jahre und Welten voneinander entfernt und sehr unterschiedlich in ihrer Art.

Blais' Stimme klang gedämpft. »Das hatte ich nicht erwartet.«

Kellin wurde fast von Panik überwältigt. »Habe ich dich beleidigt?«

»Beleidigt! Weil der Prinz von Homana mich zu seinem Gefolgsmann machen will?« Blais schüttelte den Kopf. »Nein, das ist keine Beleidigung – nur eine Ehre. Und ich hätte niemals geglaubt, daß ich einer solchen Ehre wert sei.«

»Aber das bist du!« rief Kellin. »Du hast mich aus der Bärenfalle und vor dem Löwen gerettet. Dein Wert wurde bewiesen. Und ... und es gibt niemanden sonst, den ich als Gefolgsmann haben wollte.«

Blais sah angestrengt Tanni an, als fürchtete er, zuviel preiszugeben, wenn er Kellin ansähe. »Seit Ian gestorben ist, hat es in Homana-Mujhar keinen Gefolgsmann mehr gegeben.«

»Er würde es gutheißen«, sagte Kellin. »Er würde sagen, daß du dieser Aufgabe würdig bist.«

Blais lächelte. »Wie könnte ich es dann verweigern?« Aber die Leichtigkeit schwand wieder. Er wurde plötzlich sehr ernst. »Ich werde Euch gern dienen, Mylord.«

Kellin seufzte. Er nahm das Messer hinter seinem Rücken hervor und zeigte es Blais. Es war aus Gold und Stahl, und ein wilder Löwe wand sich um das Heft. Sein Auge bestand aus einem einzelnen Rubin. Kellin sagte weich: »Dann müssen wir eine Zeremonie durchführen.«

Blais erhob sich von seinem Bett, kniete sich auf den Boden und zog sein eigenes Cheysulilangmesser. Ohne Zögern legte er die Klinge an die Innenseite seines linken Handgelenks an und schnitt sich in die Haut. »Ich schwöre«, sagte er ruhig, »bei diesem Blut, bei meinem Namen, meiner Ehre und meinem *Lir*, daß ich Kellin von Homana als Gefolgsmann dienen werde, so lange er mich zu seiner Seite haben will.« Blut lief aus dem Messerschnitt und tropfte karmesinrot auf den Steinboden. »Wollt Ihr mich als Gefolgsmann annehmen, Mylord?«

Verwunderung wallte in Kellins Brust auf. »Ich will.« Und dann zitierte er die Worte, die er vor langer Zeit gelernt hatte: *»Y'ja'hai. Tu'jhalla dei. Tahlmorra lujhala mei wiccan, Cheysu.«*

»Ja'hai-na«, erwiderte Blais. Dann bot er seinem Herrn das blutige Messer dar und nahm im Gegenzug seines an.

Kellin betrachtete die Cheysuliwaffe mit ihrem Wolfskopfheft. Er spürte Tränen aufsteigen, aber es kümmerte ihn nicht. *Ich bin nicht mehr allein.*

Er erwachte in der Dämmerung schweißgebadet, verwirrt und ängstlich. Er fühlte sich zerschlagen und von Furcht niedergedrückt. *Löwe …*

Kellin hätte weinen können. Wie konnte das geschehen? Blais war im Palast. Blais war sein Gefolgsmann. Der Löwe konnte einem verschworenen Cheysuligefolgsmann nicht standhalten.

Er bekam eine Gänsehaut. »Löwe«, murmelte er. Und dann kraftsuchend: *»Tahlmorra lujhala mei wiccan, Cheysu.«*

Aber das furchtsame Gefühl steigerte sich.

Kellin sehnte sich nach Blais. Zusammen könnten sie die Bestie für immer besiegen. Aber um Blais zu rufen, mußte er aus dem Bett aufstehen.

Kellin erschauderte und biß sich auf die Unterlippe. Er roch den stechenden Geruch der Angst auf seiner Haut und haßte sich dafür. Sein narbiger Knöchel schmerzte, obwohl er wußte, daß er wieder ganz geheilt war.

»Cheysuli«, brachte er erstickt hervor, während er die Augen fest zudrückte. »Und eines Tages ein *Krieger.«* Krieger waren tapfer. Krieger taten, was notwendig war.

Er nahm das ihm von seinem Gefolgsmann übergebene Cheysulilangmesser unter dem Kissen hervor. Starr und zögernd kletterte Kellin aus seinem Bett. Er trug nur eine Schlaftunika, die ihm bis zur Hälfte der Oberschenkel reichte. Seine bloßen Zehen versuchten sich in den Steinboden zu graben, als wollten sie dort Halt finden. *Du hast einen Gefolgsmann. Er wird den Löwen abwehren.* Er umklammerte das Messer mit beiden Händen und schlich dann aus dem Raum in den jenseitigen Gang.

Die Dämmerung war trügerisch, dachte er. Das Licht von den Kerzen im Gang beleuchtete den Raum. Kellin sah zerzaustes schwarzes Haar, das Schimmern eines *Lir*bandes und das Glitzern von Tannis Augen vom Fußende des Bettes.

»Blais«, sagte er. »Blais – der Löwe ist gekommen.«

Blais setzte sich sofort auf und griff mit einer Hand

nach dem königlichen Messer neben seinem Bett. Seine Augen mit den in der Dunkelheit stark geweiteten Pupillen zeigten einen äußeren Ring aus reinem Gelb. »Kellin?«

»Der Löwe«, wiederholte Kellin. »Kommst du? Wir müssen ihn töten.«

Blais fuhr sich mit einer Hand durch sein Haar. Er gähnte. »Der Löwe?« Und dann erwachte er vollends. »Kellin …« Aber er brach wieder ab. Sein Gesicht schien eine Maske. »Wo ist er?«

Kellin deutete mit dem Messer in eine bestimmte Richtung. »Dort draußen. Er schleicht durch die Gänge.«

Blais brummte und stieg aus dem Bett. Er war bis auf das *Lir*gold nackt, hielt aber jetzt lange genug inne, um sich eine Hose anzuziehen. Er tätschelte barfüßig Tannis Kopf und sagte leise etwas in der Alten Sprache. Dann lächelte er Kellin zu. »Ein Wolf ist kein Gegner für einen Löwen.«

Kellin fühlte sich merklich besser, als Blais ihm in den Gang hinaus folgte. »Ein Schwert wäre vielleicht besser«, sagte er, »aber ich bin noch nicht alt genug dafür. Sagt Großvater.«

»Hast du nicht bereits mit den Übungen im Schwertkampf begonnen?«

»Ja, ein wenig, aber der Waffenmeister sagt, es wird lange dauern, bevor ich es richtig kann. Ich bin zu klein.«

Blais nickte. »Es ist eine homanische Kunstfertigkeit. Ich bin selbst nicht gut darin, obwohl Sean es mir oft genug beizubringen versucht hat.« Er zuckte die Achseln. »Ich habe kein Geschick dafür.«

Sie gingen weiter. Das Fackellicht spiegelte sich schimmernd in Blais' Ohrring. Er wirkte vollkommen wach und aufmerksam, dachte Kellin zufrieden. *Dieses Mal wird der Löwe verlieren.*

Als sie sich der Großen Halle näherten, drückte sich

Kellin gegen die Wand. Ein Schaudern durchlief seinen Körper von Kopf bis Fuß und hörte erst auf, als Blais ihm eine Hand auf die Schulter legte.

»Ich bin dein Gefolgsmann«, beruhigte er ihn. »Ich bin bei Euch, Mylord.«

Kellin grinste erleichtert. »Er ist dort drinnen«, sagte er. »Ich kann es spüren.« Blais brauchte keine weitere Erklärung. Ein Gefolgsmann wußte und verstand. »Er ist gekommen, um Homana zu verschlingen.«

Blais' Stimme klang bemüht sachlich. »Woher weißt du das?«

»Der Wahrsager hat es gesagt.«

Blais schienen kurz Zweifel zu kommen, aber dann ließ er es auf sich beruhen. Er lächelte. »Dann sollten wir hineingehen und dafür sorgen, daß der Löwe nicht mehr verschlingt als meine Messerklinge.«

Freude und Verwunderung sprudelten in Kellin hoch. *Das bedeutet es also, einen Gefolgsmann zu haben!*

Blais schob eine der schweren Silbertüren auf und glitt mühelos hinein. Kellin folgte ihm. »Hier?« flüsterte Blais.

»Irgendwo ...« Kellin ging langsam vorwärts und wünschte, er hätte den Mut, das Messer auch zu benutzen, das er umklammert hielt.

Blais trat in die Mitte der länglichen Halle und schritt die Feuergrube entlang. Kohlen glühten tief darin – unter der Asche.

Der Vorhang nahe des wuchtigen Throns bauschte sich in der Dunkelheit. Ein einzelnes Kohlenstück gelangte aus der Grube und zerfiel zu Asche. *»Dort!«* keuchte Kellin.

Blais lief sofort lautlos auf den Vorhang zu. Er ergriff ihn und riß ihn beiseite, während das Messer in seiner Hand glitzerte.

»Ist er dort?« rief Kellin. »Blais?«

Blais erstarrte und wich dann von dem Vorhang zurück. Kellin hörte, wie sein nackter Oberkörper an die Wand prallte. Das Messer entfiel seiner schlaffen Hand. »Tanni!« schrie Blais. *»Tanni …«*

Kellin rannte los. Als er Blais erreichte, war sein Verwandter an der Wand zusammengesunken, und sein Körper zuckte krampfhaft. Die gelben Augen waren geweitet und hatten einen wahnsinnigen Ausdruck angenommen. Schweiß bedeckte sein Gesicht.

»Blais!«

Blais erschauderte. Dann streckte er die Hand aus, ergriff Kellins dünne Arme und grub seine verkrümmten Finger in dessen Haut. »Tanni … Tanni … *Lir …«*

»Blais!«

»… Götter … o Götter … nein …« Blais' Gesicht war aschfarben. »Tanni …« Plötzlich ließ er Kellin los und sprang auf.

»Blais …«

Aber Blais antwortete nicht. Er taumelte zum Ende der Halle, suchte die Türen. Seine Bewegungen waren plötzlich nicht mehr anmutig, statt dessen torkelte er wie ein betrunkener oder kranker Mensch. Er prallte gegen eine der Türen und schob sie dann auf.

Kellin hob das herabgefallene Messer auf und lief hinter seinem Gefolgsmann her. Die Angst vor dem Löwen war ihm fast vergangen. Jetzt galt seine größte Furcht dem Gedanken, daß Blais etwas Schreckliches befallen haben könnte. *Laßt ihn nicht auch noch fortgehen!*

Blais lief noch immer, als Kellin ihn einholte, aber dann ließ sein Körper ihn im Stich. Er konnte sich nur noch dadurch aufrecht halten, daß er die Hände ausstreckte und sich an der Wand festhielt. Seine Muskeln wölbten sich unter der Haut.

»Blais!«

Und dann befanden sie sich wieder in Blais' Zimmer, und überall war Blut. Blais sank aufs Bett. *»Tanni …«*

Menschen drängten sich an der Tür. Kellin hörte Fragen und bestürzte Ausrufe, aber er antwortete nicht darauf. Er konnte den Krieger, der sein Cousin, sein Gefolgsmann, sein Freund gewesen war, nur anstarren. Der jetzt ein *lirloser* Cheysuli war.

»Blais…« Nun war das ein Wehklagen, weil er es wußte.

Brennan stand hinter ihm. »Kellin… Kellin, komm weg hier.«

»Nein.«

Hart war bei ihm. Seine Gesichtshaut spannte sich fest über den Wangenknochen. »Komm fort von hier, Kellin. Du kannst nichts tun.«

»Nein!« Kellin warf die Messer zu Boden und entriß sich dann Brennans ausgestreckten Händen. »Blais… Blais… das *kannst* du nicht tun! Nein! Ich brauche dich. Ich *brauche* dich! Du bist mein Gefolgsmann!« Er schloß beide Hände um einen von Blais' starren Armen und versuchte, seinen Verwandten von dem ausgeweideten Wolf wegzuziehen. »Blais!«

Blais wandte ihnen allen sein elendes Gesicht zu. »Bringt ihn fort… Bringt ihn von hier fort.«

»Nein!« Kellin verdrängte die Angst. *»Tu'jalla dei…«*

Brennan ergriff Kellins Arme. »Komm fort.«

»Er darf nicht gehen!« schrie Kellin. »Ich verweigere ihm die Erlaubnis zu gehen. Ich bin der Prinz von Homana, und ich *verweigere* ihm die Erlaubnis zu gehen!«

Alle waren in den Raum gekommen: Aileen, Ilsa, seine solindischen Cousinen. Dulcies gelbe Augen blickten geweitet.

»Tu'jalla dei!« schrie Kellin. »Er muß bleiben, wenn ich es sage. Er hat es geschworen. *Sag* es ihm, Großvater! *Tu'jalla dei!*«

Brennans Gesicht war starr. »Das müssen die Götter tun, nicht die Menschen – nicht einmal Prinzen und Könige. Dies ist der Preis, Kellin. Blais hat ihn bejaht, als er seinen *Lir* angenommen hat. Ich habe es auch getan. Wir alle haben es getan. Und du wirst es auch tun.«

»Das werde ich nicht! Das *werde* ich nicht!«

Aileens Stimme schwankte. »Kellin ...«

»Nein! Nein! Nein!« Er wand sich in Brennans Griff. »Er hat bei seinem Blut und seiner Ehre und seinem *Lir* geschworen ...« Kellin brach erstickt ab. Tatsächlich, bei seinem *Lir*, und jetzt war dieser *Lir* tot. »Blais«, flehte er. »Verlaß mich nicht.«

Blais starrte ihn blind an. Seine Brust war blutverschmiert. »Ich habe es nicht gewußt«, sagte er benommen. »Ich habe nicht gewußt, welchen Schmerz es bedeutet.«

Brennan wirkte jäh gealtert. »Kein Krieger kann das wissen. Nicht bevor es geschieht.«

Blais hielt seine blutbeschmierten Hände hoch. »Ich bin ... *leer* ...« Er fuhr sich mit einem Unterarm über die Stirn und hinterließ einen Blutfilm auf seinem Haar.

»Tu'jalla dei«, sagte Kellin gebrochen.

Aber Blais schien ihn nicht zu hören. Er nahm seine *Lir*bänder und den Ohrring ab und legte sie auf das blutgetränkte Bett. Dann nahm er Tannis Körper auf, barg ihn in seinen nackten Armen und wandte sich zur Tür.

Alle traten wie ein Mann zur Seite. Blais verließ den Raum, während Wolfsblut auf den Steinboden tropfte.

»Blais!« schrie Kellin.

Brennan hob ihn vom Boden auf und hielt ihn mühelos fest. »Laß ihn gehen. Er ist ein wandelnder Toter. Laß ihn in Würde gehen.«

»Aber ich *brauche* ihn.«

»Er braucht sein Ende mehr.« Brennan drückte ihn an sich. »Ich wünschte, ich könnte dir dies ersparen. Aber auch du bist ein Cheysuli, und dieser Preis wird vielleicht auch einmal von dir verlangt werden.«

Kellin hörte auf, sich zu wehren. Er ruhte kraftlos in den Armen seines Großvaters, bis Brennan ihn wieder herunterließ. »Nein«, sagte er dann und schaute zu dem Gesicht auf, das in seinem Kummer so gealtert wirkte. »Nein, von mir wird kein Preis verlangt werden. Ich werde keinen *Lir* besitzen.«

Harts Stimme klang sanft. »Du kannst nicht ablehnen, was die Götter dir zuteilen.«

»*Ich* werde es tun.« Kellins Stimme klang jetzt hart und verbittert. »Ich weigere mich, einen *Lir* zu bekommen.«

»Kellin.« Aileen trat vor.

Er brachte sie sofort mit ausgestreckter Hand zum Schweigen. »Ich weigere mich, hört ihr?« Er sah seine Verwandten einen nach dem anderen an. »Alle gehen fort. Sie *alle*. Zuerst mein *Jehan*. Dann Rogan. Dann Bankert … und jetzt *Blais*.« Seine Stimme klang sogar ihm selbst fremd. »Sie gehen alle von mir fort.«

Brennan berührte seine Schulter. »Dieser Kummer wird eines Tages vergehen.«

Kellin wehrte die Hand ab. »Nein! Ich gehe meinen Weg von jetzt an allein. Ohne Freunde, ohne Gefolgsmann, ohne *Lir*.« Er funkelte Brennan zornig an. »Und *es wird mir nichts ausmachen*.«

Aileen war entsetzt. »*Kellin!*«

Er spürte einen Schrei in seinem Kopf, spürte ihn von seinem Bauch aufsteigen, seine Brust ausfüllen und seine Kehle bedrohen. Wenn er den Mund öffnete, würde er sich übergeben.

Er kannte seinen Namen: Zorn. Und ein so tödlicher Haß, daß er glaubte, er könnte daran ersticken.

»Nicht mehr«, sagte er leise beschwörend. »Die Götter können mir nicht nehmen, was ich nicht besitze.«

Intervall

Die Frau lag nackt neben ihm in der Dunkelheit. Sie hatte nicht geschlafen, nachdem er geendet hatte, weil sie, wie immer, von seiner Heftigkeit erregt war, und sie konnte nicht so jäh aus der Leidenschaft in den Schlaf übergehen wie er.

Sie lag ganz still neben ihm, ohne ihn zu berühren. Wenn sie ihn störte, würde er schlecht gelaunt aufwachen, und sie hatte gelernt, seine düsteren Stimmungen zu meiden, indem sie ihm alles unterordnete: Wille, Körper, Geist. Sie hatte sich dies schon vor langer Zeit angewöhnt – in ihrer Anfangszeit als Hure.

Sie wärmte sich an seiner Wärme, die die frostige Winternacht vertrieb. Ihre Behausung war klein, kaum mehr als eine Hütte. Sie konnte sich die ständige Versorgung mit Torf und Holz nicht leisten, das andere kauften oder eintauschten, um durch den homanischen Winter zu gelangen. Sie hortete, was sie besaß, obwohl sie es, wenn *er* kam, alles auf der Feuerstelle aufschichtete. Auch wenn das bedeutete, daß sie anschließend tagelang ohne etwas zum Heizen auskommen mußte.

Er regte sich, und sie hielt den Atem an. Eine breite Hand kroch über ihren Bauch und umfaßte dann ihre linke Brust. Die Finger bewegten sich träge und leidenschaftslos. Er hatte diese Leidenschaft schon zuvor verbraucht. Und obwohl er sich leicht noch einmal erregen ließ, tat sie es jetzt nicht.

Sie seufzte leise, wagte seine Hand nicht wegzuschieben. Er hatte ihren Körper gekauft – also konnte er ihn liebkosen, wie er wollte. Es machte für sie keinen Unterschied. Zumindest war er ein Prinz.

Sie hatte natürlich auch andere Liebhaber, aber kein anderer wirkte so vornehm wie er. Es waren harte Männer, kräftige Männer, mit wenig Bildung und noch weniger Phantasie. Er war wenigstens sauber, mit einem guten Männergeruch, ohne den Gestank der anderen, die weder Zeit zum Baden noch das Geld für Holz hatten, mit dem sie Wasser erhitzen könnten. Für ihn war es leicht zu baden, wann immer er wollte. Sie war dankbar dafür. Sie war dankbar für *ihn*.

Es war ein Wunder, daß er sie ausgewählt hatte. Sie war noch jung, erst siebzehn, und ihr Körper vom Gebrauch noch nicht verroht, so daß sie besser aussah als einige der anderen Frauen. Und sie besaß hohe, feste Brüste über einer schlanken Taille. Das alles würde sie natürlich bei der ersten ausgetragenen Schwangerschaft verlieren, aber bisher hatte sie sich der Samen immer entledigen können, bevor diese sich einnisteten.

Aber was war mit *seinen* Samen?

Sie lachte lautlos und über den Gedanken erstaunt. Würde sie das uneheliche Kind eines Prinzen gebären? Und wenn sie es tat – würde er für sie sorgen? Vielleicht könnte sie dieses Leben hinter sich lassen und einen guten, soliden Mann finden, der über ihre Vergangenheit hinwegsähe. Oder würde *er* das Kind nehmen, es als seines beanspruchen?

Es war möglich. Es war in der Vergangenheit schon geschehen, wie sie gehört hatte. Die unehelichen Kinder waren zum Stammeskeep, zu den Gestaltwandlern, geschickt worden, um bei unfruchtbaren Frauen aufzuwachsen. Er würde es nicht riskieren, einen Mischling bei einer homanischen Frau zu lassen, damit ihn niemand zur persönlichen Bereicherung mißbrauchen konnte.

Er nannte sie *Meijha* und *Meijhana*, Worte, die sie nicht kannte. Sie hatte ihn gefragt, ob er eine Frau habe, und er hatte gelacht und sie berichtigt. »*Cheysula*«, hatte er gesagt, und dann: »*Nein, ich habe keine*

Cheysula. Man erwartet von mir, daß ich meine solindische Cousine heirate, aber das werde ich nicht tun.«

Sie wandte ein wenig den Kopf, um ihm ins Gesicht zu sehen. Er sah im Schlaf so anders aus, so jung, so frei von Anspannung. Es war im Schlaf ein gutes Gesicht, ansehnlicher als das Gesicht jedes anderen Mannes, den sie in ihrem Bett gehabt hatte, und sie sehnte sich danach, es zu berühren. Aber dann würde er aufwachen, und er würde sich verändern, und sie würde die übliche Härte um seinen Mund und seine Augen und den Zorn in seiner Seele sehen.

Sie seufzte. Sie liebte ihn nicht. Es war ihr nicht erlaubt, ihn zu lieben. Das hatte er ihr bei ihrem ersten Stelldichein vor drei Monaten deutlich gesagt. Aber es kümmerte sie nicht. Er war trotz all seiner düsteren Stimmungen freundlich genug zu ihr, auch wenn es eine ungeübte, rauhe Freundlichkeit war, als hätte er vergessen, wie man richtig freundlich ist.

Er hatte häufiger hart mit ihr gesprochen, als ihr lieb war, aber er hatte sie nur einmal geschlagen. Und dann hatte er sich mit einem seltsam elenden Ausdruck in den Augen jäh umgewandt und hatte ihr Gold statt Silber gegeben. Es war die Quetschung wert gewesen, denn sie hatte sich davon ein neues Gewand gekauft, das sie bei seinem nächsten Besuch getragen hatte, und er hatte sie dafür angelächelt.

Ihr Lächeln kam unaufgefordert – das träge und überhebliche Lächeln einer Frau. *Der Prinz von Homana liegt in meinem Bett.*

Er regte sich. Er streckte sich mühelos und setzte sich dann auf. Sie sah das Spiel seiner Muskeln unter der Haut seines geschmeidigen Rückens, die Andeutung seines Rückgrats, das Gewirr schwarzen Haars in seinem Nacken. Sie lag ganz still und fragte sich, ob sie eigentlich ihre Gedanken laut ausgesprochen hatte.

Einen Augenblick lang konnte sie sein Profil im schwachen Licht ganz klar erkennen, von den Kohlen in der winzigen Feuerstelle auf der anderen Seite des Raums umrissen. Sie sah die schön gestaltete Stirn und die gerade Nase. Er war noch schlaftrunken und vom Schlaf aber nachgiebig gestimmt. Wenn der Schlaf floh, würde er älter und härter wirken, da er seine schwarzen Brauen zu oft zusammenzog, was die Jugendlichkeit seines Gesichts verdarb.

Er warf ihr einen Blick zu. »Hast du von mir geträumt?«

Sie lächelte. »Wie könnte ich nicht?«

Es war seine übliche Frage und ihre übliche Antwort, aber im Augenblick schien ihn beides nicht zu erfreuen. Er runzelte die Stirn, erhob sich aus dem schmalen Bett und zog dann seine schwarze Hose und die Stiefel an. Sie bewunderte, wie stets, die Nachgiebigkeit seiner Muskeln und die geschmeidigen Bewegungen seines Körpers. Sie wußte, daß das der Cheysuli in ihm war, obwohl er rein homanisch zu sein schien. Sie hatte einmal einen Krieger aus der Nähe gesehen und erschauderte noch immer, wenn sie sich an die seltsamen Augen erinnerte. Bestienaugen nannten einige Leute sie, und sie stimmte mit ihnen überein.

Er hatte keine Bestienaugen. Sie konnten zwar beunruhigend und fast immer drohend dreinblicken, aber sie waren grün, und so schienen es Menschenaugen zu sein. Auch dafür war sie dankbar.

Er nahm den Krug von dem schiefen Tisch und goß sich Wein ein, ohne sich die Mühe zu machen, das Hemd und das fellgesäumte Wams vom Boden neben dem Bett anzuziehen. Sie stützte sich auf einen Ellenbogen auf. »Wollt Ihr gehen?«

»Ich habe von dir bekommen, was ich wollte.« Er wandte sich nicht zu ihr um. »Es sei denn, du hättest noch eine neue Stellung entdeckt.«

Sie, die geglaubt hatte, sie könnte nicht mehr erröten, erglühte plötzlich vor Verlegenheit. »Nein, Mylord.« Er war unzufrieden mit ihr. Er würde gehen, und nun käme er vielleicht nicht wieder.

Er trank den Wein und stellte den Becher dann geräuschvoll ab. »Dieser Wein ist schlecht. Hast du keinen besseren?«

»Nein, Mylord.«

Ihre tonlose Stimme erweckte in ihm etwas. Er wandte sich um, und sein schmaler goldener Halsreif schimmerte. »Du willst *mich* tadeln?«

»Nein!« Sie setzte sich hastig auf und zog in einer plötzlichen Geste des Anstands, die sie eigentlich schon vor Jahren aufgegeben hatte, die Decke über ihre Brust. »Niemals!«

Er sah sie finster und stirnrunzelnd an. Sein Mund hatte wieder den vertrauten, harten Zug angenommen. Und dann lächelte er völlig unerwartet, und sie staunte erneut über die Schönheit dieses Mannes, der gleichzeitig grausam und freundlich sein konnte. »Ich habe dich wieder geängstigt.« Er goß sich noch mehr Wein ein und trank ihn, von seinem schlechten Geschmack scheinbar ungerührt. »Fürchtest du, daß ich mich hier vor dir in Bestiengestalt verwandeln könnte?« Er lachte, als sie den Atem anhielt, und grinste sie spöttisch an. »Hab keine Angst, *Meijhana*... Dieser Cheysuli hat keinen Zugriff auf die *Lir*gestalt. Ich habe ihr entsagt. Du siehst nur das vor dir, was ich auch bin.« Er lächelte noch immer, aber sie sah den Zorn in seinen Augen. »Meine Arme und mein Ohr sind ungeschmückt. In diesem Raum gibt es keinen Gestaltwandler.«

Sie schwieg. Sie hatte solche Stimmungen schon zuvor bei ihm erlebt.

Er fluchte leise in einer Sprache, die sie nicht kannte. Er würde heute nacht nicht wieder zu ihr ins Bett kommen, um ihre Haut mit einem Verlangen zu entbrennen, das sie für sich bereits verloren glaubte, bis *er* ohne eine Erklärung für seine Anwesenheit zurückkommen würde in die Hütte einer Hure des *Midden*.

Plötzlich kam ihr ein Gedanke. *Er kommt vielleicht niemals wieder.*

Die Angst trieb sie dazu, eine Frage zu stellen, die niemals auszusprechen sie sich eigentlich geschworen hatte. »Werdet Ihr mich verlassen?«

Seine Augen verengten sich. »Kümmert es dich?«

»O ja, Mylord … sehr!« Sie glaubte, daß ihm das gefallen würde. Und es war deswegen nicht weniger wahr.

An seinem Kinn zuckte ein Muskel. »Gefalle ich dir? Magst du mich?«

Sie antwortete weich: »Mehr als jeden anderen, Mylord.«

»Weil ich ein Prinz bin?«

Sie lächelte, weil sie die richtige Antwort gefunden zu haben glaubte. »O nein, Mylord. Weil Ihr Ihr selbst seid. Ich mag *Euch*.«

Er wandte sich von ihr ab. Sie beobachtete bestürzt, wie er Hemd und Wams anzog und sich dann ruckartig auch den schweren grünen Umhang umlegte. Dieser war reichlich pelzgefüttert und mehr wert als das Haus, in dem sie lebte. Sie sah die goldene Umhangspange im Feuerschein schimmern und den Rubin funkeln. Die Spange war sogar mehr wert als das gesamte Häuserviertel.

Und dann kam er durch den Raum auf sie zu, legte beide Hände um ihren Hals und beugte sich über sie. »Nein«, sagte er. »Du magst mich *nicht*. Sag, daß du es nicht tust.«

Sie umklammerte seine Hände. Sie wollte so gern die richtigen Worte sagen. »Aber ich mag Euch! Euer Geld ist willkommen – ich bin immerhin eine Hure und behaupte auch nichts Besseres zu sein –, aber ich *mag* Euch!«

Er fluchte kurz und ließ sie so jäh los, daß sie gegen die Wand fiel. Er löste die Umhangspange und warf sie auf ihren Schoß. »Du wirst mich nicht wiedersehen.«

»Mylord!« Sie hob flehend eine Hand. »Warum? Was habe ich getan?«

»Du hast gesagt, daß du mich magst.« Seine Augen wirkten im fahlen Licht schwarz. »Und das will ich nicht.«

»Kellin!« Sie wagte, seinen Namen zu nennen, aber er wandte sich mit wirbelndem Umhang ab und ging. Die Tür fiel hinter ihm zu.

Die Spange, mit der sie sich ihre Freiheit erkaufen konnte, war in dieser Nacht, in der sie sich in den Schlaf weinte, nur ein kalter Trost.

Teil II

Kapitel Eins

Kellin trat aus der Hütte mit dem abgeschrägten Dach auf die schmutzige Gasse und blieb dann stehen. Er starrte blind auf das gegenüberliegende dunkle Gebäude und stieß dampfend den Atem aus. Dann atmete er tief, fast krampfartig, wieder ein, und die kalte Luft erfüllte seine Lungen mit dem erwarteten Brennen. Die Gasse stank nach Torf, Schmutz und Kot. Sogar der Winter konnte den Gestank der Niedergeschlagenheit und Armut nicht besiegen.

Er hörte in der Hütte, durch die Risse in den schadhaften Wänden, eine Regung: das Weinen einer Frau.

Ich war zu hart zu ihr. Kellin knirschte mit den Zähnen. Dafür verachtete er sich selbst. *Was erwartet sie? Ich habe sie gewarnt. Ich habe ihr gesagt, daß sie mich nicht mögen darf. An mir ist nichts, das irgend jemand mögen könnte – am wenigsten ein Vater … Ich werde es nicht riskieren, noch jemanden zu verlieren, der mich zu mögen meint.*

Das Schluchzen war leise, aber hörbar, weil er es hören wollte. Er nahm es als Geißel. Er verdiente die Bestrafung.

Sie wurde gut bezahlt. Darum weint sie jetzt.

Aber er fragte sich, ob es noch weitere Gründe gab, ob die Frau ihn *tatsächlich* mochte …

Kellin knirschte erneut mit den Zähnen und kämpfte gegen den Teil seines Wesens an, der Gerechtigkeit forderte, der den Bruch eines Schwurs forderte, den er vor zehn Jahren geleistet hatte. *Sie ist eine Hure, mehr nicht. Sie alle sind Huren. Wo könnte ich meinen Samen, der so hochgeschätzt wird, besser vergießen?*

Kellin fluchte zwischen seinen zusammengebissenen Zähnen hindurch. Er war übler Stimmung. Er haßte die Kluft, die seinen Geist verheerte. Er konnte mit Nachgiebigkeit und Mitgefühl nichts anfangen. Er wollte überhaupt nichts mit der Art dieser Beziehungen zu tun haben, die seinen Großvater und seine Großmutter miteinander verband. Diese Art von Ehre und Achtung flehte einfach um ein Ende – und daher um Schmerz.

Und was hätte er von einer Beziehung wie der zwischen dem Mujhar und seiner Königin? Hatten sie ihm nicht verdeutlicht – sie alle –, daß ihnen nicht *Kellin* wichtig war, sondern nur der Same, den er geben könnte?

Verbitterung griff ihn an. *Sollen die Huren ihn haben. Ihnen hilft er mehr. Und ihn zu vergießen, hilft MIR.*

Aber das Gewissen, das er ausgelöscht geglaubt hatte, war noch nicht völlig bezwungen. Er bedauerte widerwillig sein hartes Verhalten. Er bedauerte, sie nicht wiedersehen zu können, da sie gut zu ihm gewesen war. Es schien, trotz ihres Lebenswandels, eine ruhige Würde um sie gewesen zu sein, und ein schlichtes Einverständnis mit der Entscheidung der Götter, ihr dieses Schicksal zuzuweisen.

Die Selbstverachtung machte es ihm leicht, seinen Unmut auf die Frau zu übertragen. *Sie würde eine gute Cheysuli abgeben. Eine bessere Cheysuli, als ich einer bin. Ich stehe immerhin mit den Göttern im Krieg.*

Es war Zeit zu gehen, damit er der Versuchung nicht nachgäbe, in die Hütte zurückzukehren und ihr Trost zu bieten. Das konnte er sich nicht leisten. Es war zu leicht nachzugeben, zu leicht, sich der Schwäche zu ergeben, die nur zu bald zu Schmerz führen würde. Es war weitaus besser, den Schmerz in Schach zu halten, indem er ihn in seinem Geist gar nicht erst Fuß fassen ließ.

Kellin schaute über die Straße und sah die üblichen

Wächter in den Schatten zwischen zwei baufälligen Häusern stehen. Vier Umrisse. Vier Wachhunde, die der Mujhar auf seine Fährte gesetzt hatte. Sie begleiteten ihn selbst jetzt, als Erwachsenen, noch, wo immer er hinging oder was immer er zu tun beschloß. Unauffällig wie stets, denn er war immerhin der Prinz von Homana, aber ihre Treue gehörte dem Mujhar.

Als Junge war er es gewohnt gewesen und hatte niemals daran gedacht, ihre Zweckmäßigkeit und den Schutz, den sie gewährten, in Frage zu stellen. Als Mann ärgerte es ihn jedoch, weil eine solche Beaufsichtigung seine Fähigkeiten und seine Ansichten, seiner Meinung nach, bis in die Bedeutungslosigkeit verwies. Anfänglich wehrte er sich auf höfliche Art dagegen, aber die Unnachgiebigkeit des Mujhar bewirkte bald einen heftigeren Widerstand. Doch der Muhjar blieb unbeugsam. Es konnte seinem Erben nicht – und *würde* seinem Befehl gemäß auch nicht – gestattet sein, ohne Begleitung in Mujhara einherzugehen. Niemals.

Kellin hatte versucht, seine Wachhunde abzuschütteln, aber sie hatten ihn wieder aufgespürt. Er hatte sie zu überlisten versucht, aber sie hatten sich als zu klug erwiesen. Er hatte versucht, sie zu befehligen, aber sie waren Männer des Mujhar. Und schließlich hatte er sie in furchtbarem Zorn zu bekämpfen versucht. Aber sie hatten ihm, trotz seiner Beschimpfungen, nicht die Ehre erwiesen, ihn als Mann zu würdigen und darauf einzugehen. Inzwischen hatte er sich an sie gewöhnt. Er hatte ihnen beigebracht, sich aus seinen Wirtshausstreitigkeiten herauszuhalten. Es hatte einige Zeit gedauert. Es gefiel ihnen nicht, wenn ihr Prinz sein Leben aufs Spiel setzte, aber sie hatten begriffen, daß dies seine einzige Fluchtmöglichkeit war, und ließen ihn gewähren.

Kellin erschauderte und zog den schweren Umhang fester um seine Schultern. Es war eine kalte und sehr klare Nacht. Die Wolkendecke war fortgeweht worden, was bedeutete, daß die Nächte bitterkalt werden würden, bis der nächste Schneesturm kam. Er spürte den Frost bereits in den Knochen. Er stieß einen Fluch aus und machte sich auf den Weg.

Er kannte sein Ziel nicht. Er hatte die Nacht bei der Frau verbringen wollen, aber das war jetzt vorbei. Sie hatte das Unentschuldbare eingestanden. Die einzige Bestrafung, die ihm einfiel, war, ihr den Trost seines Körpers zu versagen, damit auch ihm die Befriedigung verweigert würde, die er trotz seines Schwurs so verzweifelt ersehnte.

Er lief durch Pfützen. Es kümmerte ihn nicht, wenn seine Stiefel verdorben wurden. Er hatte zu Hause noch andere. Diese Art der Rache bot ihm wenig Trost, aber es war zumindest etwas. Sollten die Diener doch tratschen, wie sie wollten. Es bereitete ihm einiges Vergnügen zu wissen, daß sowohl seine Stimmungen als auch seine Handlungen vollkommen unvorhersehbar waren.

Es ist besser, sie unvorbereitet zu treffen. Es ist besser, sie zu verwundern.

Wie er sich auch selbst verwunderte. Es war eine seltsame Art der Bestrafung, die Kellin sich zumaß, um sich an seinen Schwur zu binden. Wenn er in seiner Wachsamkeit nachließe, könnte er versucht sein, seinem Schwur zu entsagen. Das würde er sich nicht erlauben, damit die Götter nicht letztlich doch siegen und ihn zu einem Cheysuli machen könnten, der nur an sein *Tahlmorra* dachte statt an andere Dinge – wie an einen Sohn, der seinen Vater dringend brauchte.

Auch die Wachhunde hinter ihm liefen durch die Pfützen. Kellin fragte sich, wie sie über ihre ehrenvolle Pflicht dachten: die Nächte draußen zu verbringen, während ihr Prinz seinen königlichen Samen in den Körper einer Hure ergoß. *Sie werden weder von ihr noch von einer anderen Hure einen Erstgeborenen bekommen.*

Im fahlen Mondlicht vor ihm baumelte vor einer Tür

ein Schild. Ein Wirtshaus. *Gut. Ich habe Lust, einmal eine vollkommen andere Art Spiel zu beginnen.*

Kellin drückte die Tür mit der Schulter auf und trat ein, wohl wissend, daß die Wachhunde gleich folgen würden. Er hielt unmittelbar hinter dem Eingang inne, gewöhnte seine Augen an das trübe Kerzenlicht und stellte dann fest, daß er sich in einem schäbigen Schankraum befand. Nur ein Tisch war von fünf Männern besetzt, die würfelten und Runenstäbe warfen.

Kellin erwog kurz, sich ihnen anzuschließen. Aber dann trat er zu einem anderen Tisch, zog sich einen Stuhl heran und befahl den Mann mit der fleckigen Stoffschürze mit einer Kopfbewegung herbei.

Die Wachhunde betraten ebenfalls den Schankraum, vergewisserten sich, wo er saß, und traten dann zu einem anderen Tisch. Er sah den Wirt zögern, weil sie Tunikas der mujharischen Wache trugen, was sie zweifellos mehr auszeichnete als den einzelnen Fremden.

Kellin zog still lächelnd sein Messer und trieb die Spitze in das Holz des Tisches, so daß das schwere Heft aufrecht stand. Der wilde Löwe wand sich um das Heft, und das einzelne Rubinauge schimmerte im fahlen Licht.

Wie erwartet, kam der Wirt fast augenblicklich herbei. »Mylord?«

»*Usca*«, orderte Kellin. »Einen Krug.«

Der Mann nickte, aber dann flackerte sein Blick zu den Wächtern. »Und für sie?«

Kellin bedachte ihn mit einem bitteren Lächeln. »Sie trinken, was sie mögen. Fragt *sie*.«

Der Mann war sichtlich verwirrt. »Mylord, sie tragen die Krone des Mujhar. Und Ihr ebenfalls, auf Eurem Messer. Bedeutet das nicht ...«

Kellin unterbrach ihn. »Es bedeutet, daß wir etwas gemeinsam haben, aber es bedeutet nicht, daß wir miteinander schlafen.« Er riß den Umhang von seinen

Schultern und warf ihn auf den Tisch. Er wartete. Der Mann verbeugte sich und eilte davon.

Als der *Usca* gebracht wurde, goß sich Kellin den plumpen Becher voll. Er leerte ihn schnell und wartete auf das Feuer. Es kam, wütete erst in seinem Bauch und dann bis in die Zehen hinab. Sein Körper erwachte plötzlich zum Leben. Die Lebendigkeit erfüllte seine Haut und sein Blut. Und auch der Schmerz erwachte wieder zum Leben.

Er hatte so lange dagegen angekämpft. Er hatte sich wegen seines Schwures, wegen seines Verlangens vor seinen Gefühlen verschlossen, hatte seinen Geist von dem Kellin getrennt, der er gewesen war, weil er den Schmerz nicht ertragen konnte. Er hatte die bestürzte Verletztheit in den Augen seiner Großmutter gesehen und hatte gelernt, sie nicht zu beachten, wie er auch gelernt hatte, sogar der Verachtung in der Stimme seines Großvaters zu widerstehen. Und er hatte es schließlich sogar erreicht, diese Verachtung zu fördern, weil sie ein Ansporn war, seinen Schwur auch dann zu halten, wenn er ihm in Augenblicken der Verzweiflung und des Selbsthasses entsagen wollte.

Irgendwann wurde die Absicht trotz des gelegentlichen Widerstands gegen ein Bewußtsein, das zehn Jahre lang zur Willfährigkeit gedrängt worden war, zur Gewohnheit. Er war, wer er *war*, der, zu dem er sich gemacht hatte. Niemand konnte ihn jetzt mehr verletzen.

Kellin trank *Usca*. Er wollte so sehr kämpfen. Als das Feuer seinen Kopf und Bauch erfüllte, erhob er sich und wollte zu dem Tisch mit den Homanern gehen, die lachten, wetteten und scherzten.

Ein Mann versperrte ihm den Weg. »Schön, daß wir uns treffen, Mylord. Wollen wir gemeinsam einen Becher Wein trinken?«

Kellin erwiderte mit belegter Zunge kurz: »Ich trinke *Usca*.«

»Ah, natürlich, verzeiht.« Der Fremde lächelte flüchtig. Er hob eine Hand und orderte mit einer kleinen Geste zum Wirt *Usca*.

Kellin betrachtete den Fremden genau und versuchte, sein Gesicht zu erkennen. Plötzlich verschob sich der Raum und verschmolz, so daß alles die gleiche Färbung anzunehmen schien. *Zuviel Usca für eine Unterhaltung.*

Als der frische Krug gebracht wurde, goß der Fremde zwei Becher ein und bot Kellin einen davon an. »Wollen wir uns setzen, Mylord?«

Kellin setzte sich nicht. Er faßte das Heft seines Messers, während er noch immer aufrecht am Tisch stand, und riß es dann aus dem Holz.

Der Fremde neigte den Kopf. »Ich bin unbewaffnet, Mylord, und bedeute keine Bedrohung für Euch.«

Kellin betrachtete das Gesicht des Mannes. Es wirkte gütig und betörend – eine wesenlose Maske. *Vielleicht wird er mit mir kämpfen.* Er wünschte den Kampf sehr, brauchte ihn verzweifelt, um die Schuld, die er wider Willen empfand, zu mildern. *Körperlicher Schmerz ist leichter zu ertragen als seelischer.*

Er hatte ihn jahrelang gesucht und in Wirtshäusern unter Männern, die nichts zurückhielten, auch gefunden. Es war eine befriedigendere Befreiung von der Selbstknechtschaft als jede andere, die er kannte.

Vielleicht dieser Mann? Oder ein anderer. Kellin setzte sich und legte das Messer auf den Tisch, während er den randvollen Becher aufnahm.

»Ein Glücksspiel?« schlug der andere Mann vor.

Das paßte. Kellin nickte, und der Mann holte ein Holzkästchen unter seinem Umhang hervor, das an den glänzenden Seiten mit Schnitzereien in fremdartigen Runenmustern versehen war.

Kellin runzelte die Stirn. *Wartet …*

Aber der Mann drehte das Kästchen um und schüttete Stäbe und Würfel aus. Die Stäbe waren blank und schwarz. Die Würfel färbten sich gespenstisch purpur und begannen einen Derwischtanz.

»Ja«, sagte der Mann leise, »Ihr erinnert Euch *tatsächlich* an mich.«

Kellin wurde jäh nüchtern. Jetzt bemerkte er die vertrauten blauen Augen, das rostrote Haar, den aufreizend heiteren Gesichtsausdruck. *Wie konnte ich das vergessen?*

»Ja«, sagte Corwyth. »Wollt Ihr das Spiel beginnen?«

Kellin schaute zu seinen Wachhunden und sah, daß sie kraftlos über ihrem Tisch hingen. Ihre Haltung zeugte für jemanden, der es nicht besser wußte, von Trunkenheit. Kellin wußte Bescheid.

Dann blickte er zu den anderen Männern, die nahe seinem Tisch wetteten, und erkannte, daß sie nicht zu bemerken schienen, daß noch jemand im Raum war.

Das Atmen fiel ihm schwer. Er spannte sich auf seinem Stuhl an und nahm ruhig das Messer auf. »Ihr seid gekommen, um mich zu holen.«

Corwyth beobachtete, wie sich die hellen Würfel drehten, schien von dem Vorhandensein einer Waffe unbeeindruckt. »Oh«, sagte er leichthin. »Bald. Ich habe es nicht eilig.« Er machte eine kurze Geste, und das Messer entfiel Kellins Hand. »Das wird hier nicht gebraucht.«

Kellin fluchte, griff erneut nach dem Messer und merkte dann, daß das Metall sengend heiß war. »*Ku'reshtin …*« Er ließ es sofort wieder fallen und hätte die verbrannten Finger gern bepustet, beherrschte sich aber. Er würde dem Ihlini auch nicht die geringste Befriedigung gönnen.

Corwyth verengte abschätzend die Augen. »Ihr seid kein Junge mehr«, bemerkte er, »sondern ein erwachsener Mann – und gefährlich. Jemand, mit dem man sich befassen muß.«

Kellin kümmerte die Bedeutung dieser Worte nicht.

»Ihr habt schon zuvor versucht, Euch mit mir zu ›befassen‹ und seid gescheitert.«

»Ja. Ich habe Euch falsch eingeschätzt. Und ich bin nicht geneigt, erneut zu scheitern.«

Die Runenstäbe verbanden sich auf widerliche Art mit den Würfeln auf dem Tisch. Keiner der beiden Männer sah hin. Sie blickten statt dessen einander an.

Boshafte Freude wallte in Kellins Seele auf. Hier war der Kampf, den er gewollt hatte. »Ich werde Euch nicht begleiten.«

»Eines Tages«, sagte Corwyth. »Seid dessen versichert, Kellin.« Er machte eine weitere Geste, und die Würfel und Runenstäbe streuten ein Muster aus. Ein Pfeil deutete auf Kellin, der andere unmittelbar nach Norden. »Seht Ihr? Sogar das Spiel stimmt mir zu.«

Wie schon vor so vielen Jahren, schlug Kellin mit der Faust auf den Tisch. Die Pfeile brachen auf und die Würfel und Runenstäbe fielen durcheinander auf den Boden.

Corwyth grinste. »Dies ist ein Spiel«, erklärte er. »Ein bloßes Vorspiel für das, was folgen wird. Wenn Ihr glaubt, Ihr hättet die Macht, es zu verhindern, dann seid Ihr tatsächlich ein Narr.« Seine schlanken Finger lagen unbewegt auf dem narbigen Holz. »Ich drohe nicht, Kellin. Ich bin vielmehr gekommen, um Euch zu warnen. Lochiel ist zu mächtig. Ihr könnt nicht darauf hoffen, Euch ihm zu entziehen.«

»Ich kann es. Und ich werde es tun.« Kellin grinste ebenfalls, aber sein Grinsen geriet ungezähmter. »Er hat es schon zuvor versucht und ist, genau wie Ihr, gescheitert. Ich beginne zu glauben, daß Lochiel gar nicht so mächtig ist, wie er uns glauben machen will.«

Corwyth' Stimme klang gütig. »Er braucht nur seine Hand auszustrecken, und Ihr werdet darin sein. Er braucht diese Hand nur zu schließen, und das Leben wird aus Euch herausgequetscht.«

Kellin lachte. »Dann sagt ihm, er solle es tun.«

Corwyth sah ihn fest an. »Damals wart Ihr ein Junge. Man hat Euch kurz und in Sicherheit gehalten. Aber jetzt seid Ihr kein Junge mehr. Solche Ketten, wie Ihr sie gekannt habt, binden mehr als nur den Körper. Sie binden auch den Geist. Kämpft Ihr nicht gegen jene Ketten an? Kommt Ihr nicht oft in diese Region und fechtet Kämpfe sowohl mit Eurer Seele als auch mit den Beschränkungen Eures Ranges aus?«

Kellins Lachen erstarb. Corwyth wußte zuviel. Er war mit dem, was in Kellins Geist vorging, übermäßig vertraut. »Ich tue, was ich will. Das hat nichts mit Lochiel zu tun.«

»Ah, aber es hat *alles* mit Lochiel zu tun. Ihr habt eine Wahl, Mylord: Haltet Euch ruhig an Homana-Mujhar, fern von der Magie, so werdet Ihr doch wissen, daß stets die Bedrohung durch einen möglicherweise verräterischen Homaner besteht.« Er lächelte leichthin, während er gezielt die Erinnerung an Rogan heraufbeschwor. »Oder kommt aus Homana-Mujhar heraus, wie Ihr es *ersehnt*, und Ihr werdet wissen, daß jeder Eurer Schritte von Lochiel beobachtet wird.«

Kellin hielt seinen Zorn im Zaum. Corwyth wollte ihn dazu bringen, diesen Zorn zu zeigen, aber er würde ihm keine Befriedigung verschaffen. »Dann fordere ich Lochiel heraus, sich mir hier und jetzt entgegenzustellen.«

Corwyth schüttelte den Kopf. »Ein Spiel braucht Zeit, Mylord, sonst wird die Befriedigung verdorben ... genau wie bei einem Mann, der sich zu schnell zwischen den Schenkeln einer Frau ergießt. Man muß zuerst die neuen Regeln erlernen, bevor das Spiel fortgesetzt werden kann.« Das Lächeln schwand. Corwyth beugte sich vor. »Heute nacht werdet Ihr davonkommen. Heute nacht könnt Ihr nach Homana-Mujhar zurückkehren – oder zu welcher Hure auch immer Ihr zur Zeit geht – und könnt ohne Angst um Eure Seele schlafen. Aber Ihr müßt eines wissen: Ihr seid nicht frei. Eure Seele wird beansprucht. Lochiel wartet in Valgaard. Wenn er Euch berührt, wenn er Euch holen zu lassen geruht, seid versichert, daß Ihr es erfahren werdet.«

Der Ihlini setzte sich wieder zurück, aber sein Blick wich Kellins Blick nicht aus. Er lächelte erneut, wenn auch flüchtig, und nahm dann noch etwas anderes unter seinem Umhang hervor. Er legte es flach auf den Tisch zwischen sie.

Der Zahn des Magiers.

Die Jahre schwanden. Kellin war wieder ein verängstigter Junge, der sich erneut in den homanischen Wäldern verirrt hatte, nachdem sein Lehrer und sein bester Freund gestorben waren und ihm der Löwe auf der Spur war.

»Behaltet ihn«, sagte Corwyth, »als Zeichen meines Versprechens.«

Kellin sprang auf und wollte noch einmal nach dem Messer greifen, aber eine Fläche purpurfarbener Flammen trieb ihn vom Tisch fort. Als sich der Rauch der Flammen auflöste, war der Ihlini fort.

Kapitel Zwei

Kellin ging sofort hustend zu seinen Wachhunden und fand sie tot vor. Es waren keine Wunden, kein Blut, keine Zeichen als Beweis für das zu sehen, was mit ihnen geschehen war. Die vier Männer waren einfach *tot*. Sie lagen zusammengesunken und mit hervorstehenden Augen und blaß-weißer Haut über dem Tisch.

Dann schaute er zu den Homanern, erwartete irgendwelche Bemerkungen und erkannte, daß sie nicht mehr da waren. Auch der Wirt war verschwunden. Kellin befand sich bis auf die Leichen, die Corwyth zurückgelassen hatte, ganz allein im Schankraum.

Er stand vollkommen starr da. Die Stille war laut, so laut, daß sie seinen Kopf erfüllte und dann in seinen Magen hinabglitt, bis er würgen mußte, sie ausspeien und alles leugnen – und das Entsetzliche, das geschehen war, irgendwie wieder geraderücken wollte.

So wie ich Rogan wieder hatte lebendig sehen wollen … Kellin biß die Zähne zusammen. *Rogan war ein Verräter.*

Er ergriff sein Messer fester. Es war nicht mehr heiß. Es war nicht mehr mit dem Makel von Corwyths Wünschen behaftet. Es war einfach wieder ein Messer, wenn auch ein königliches. Das Löwenheft verspottete ihn.

Er sah sich erneut um. Alles war wie zuvor: Vier tote Wachhunde lagen in dem schmutzigen Schankraum eines Wirtshauses ausgestreckt, von den sich Kellin nicht mehr sicher war, ob es ihn überhaupt gab.

Hat Corwyth die Homaner verhext? Ist dieses Wirtshaus nur eine Einbildung? Wenn dem so war, war er darin gefangen.

Kellin erschauderte und fluchte dann über diese Regung, die er als Schwäche ansah. Er trat hastig zu seinem Tisch zurück, nahm seinen Umhang auf und legte ihn sich um die Schultern. Das Messer noch immer mit einer Hand umklammert, das Heft vom Schweiß rutschig, trat er in die Dunkelheit hinaus, wo die Luft nur nach Winter roch und nicht nach dem Gestank von Corwyths Magie.

Der Weg nach Homana-Mujhar war der längste, den Kellin jemals gegangen war. Er hatte keine Wachhunde mehr hinter sich. Er hatte sie zuvor gehaßt, hatte ihnen aber niemals den Tod gewünscht.

Jetzt mied er die Pfützen. Sein Mund war von dem sauren Nachgeschmack des *Usca* erfüllt. Die Trunkenheit war vergangen, wie auch die Feindseligkeit und der Wunsch zu kämpfen. Jetzt wollte er nur noch Homana-Mujhar erreichen und Brennan die unerfreuliche Nachricht überbringen, damit er die Bürde des Wissens nicht mehr allein zu tragen hätte.

Es gab auf seinem Weg nur wenige Pflastersteine. Seine Stiefel versanken häufig im Schlamm und verhinderten, daß er die schmalen gewundenen Gassen, die von kopflastigen Behausungen eingeschlossen waren, schnell verlassen konnte. Kellin spürte ein Kribbeln zwischen seinen Schulterblättern. Seine Nackenhaare stellten sich auf. Er war freiwillig *lirlos,* und darum verwundbar. Ein anderer, ein gebundener Krieger hätte gewußt, ob ein Ihlini in der Nähe war. Er aber konnte sich nur auf seine Instinkte verlassen, die ihm sagten, daß es für Corwyth ein Leichtes wäre, ihn jetzt zu erwischen, indem er ihm einen Zahn in den Rücken warf.

Aber der Zahn lag noch in dem Wirtshaus. Nichts hätte Kellin dazu bewegen können, ihn zu berühren, geschweige denn, ihn zu behalten.

Kellin erschauderte trotz seines fellgefütterten Umhangs. Seine Lippen waren äußerst trocken, gleichgültig wie häufig er sie benetzte. Corwyth hatte ihm für heute nacht seine Freiheit versprochen, hatte ihm zugesagt, daß er die Zeit verbringen könnte, wie er wollte. Lochiel war geduldig.

Schlamm drang herauf und umschloß einen Stiefel. Kellin hielt inne, um freizukommen, und erstarrte dann. Ein neuer Laut übertönte sein geräuschvolles Atmen und seinen Herzschlag.

Er kannte es: ein rauhes, kehliges Knurren, das stolze Husten eines großen Löwen.

Götter … Er wandte sich wie im Krampf um, und seine Schultern prallten gegen eine Mauer. Er hörte seinen Umhang über Ziegelsteine schaben. Mondlicht funkelte auf dem Rubin, als er sein Messer anhob.

Einen irrsinnigen Augenblick lang sah Kellin seinen eigenen Schatten auf einer gegenüberliegenden Wand der engen Gasse: das Bild eines verzweifelt fliehenden kleinen Jungen. Und dann schwand das Trugbild, wurde durch die Wirklichkeit ersetzt, und er sah sich deutlicher. Er war kein Junge mehr. Die Alpträume waren schon lange vergangen.

So will Lochiel mich kriegen. Es ist ein Trick …

Oder vielleicht auch nicht. Nach dem, was in dem Wirtshaus geschehen war, war sich Kellin nicht mehr so sicher.

Er würde sich dennoch nicht als dermaßen leichte Beute erweisen, sich nicht von kindlichen Alpträumen einschüchtern lassen.

Er hob das Messer höher und bemerkte die Länge seiner schlanken Finger, den sehnigen Handrücken, die das Handgelenk umschließenden Muskeln. Er war jetzt ein Mann und eine vollkommen andere Art von Beute.

»Dann kommt«, sagte er. »Wenn Ihr es seid, Corwyth, dann seid versichert, daß ich bereit bin. Lochiel wird feststellen, daß ich, trotz der Umstände, nicht leicht zu besiegen bin. Ich bin immerhin ein Cheysuli.«

Der Löwe hielt inne. Die Geräusche endeten.

»Kommt schon«, stichelte Kellin. »Habt Ihr gedacht, ich wäre so verängstigt, daß ich meine Hose beschmutze? Habt Ihr gedacht, es würde so *leicht* werden?« Er zwang sich zu lachen, verließ sich auf eine Tapferkeit, die nur zum Teil echt war. »Warum verlaßt Ihr die Löwengestalt nicht und tretet mir als Mann gegenüber? Oder fürchtet Ihr mich etwa?«

Knurren und Keuchen vergingen. Die Nacht war wieder still.

Kellin lachte, als die Anspannung wich und ihn trotz seiner Tapferkeit zitternd zurückließ. »Also hättet Ihr lieber einen Jungen als einen Mann herausgefordert. Nun, jetzt kennt Ihr die Wahrheit. Ihr werdet es jetzt schwerer haben, mich zu holen.«

Er wartete. Er dachte, daß Corwyth vielleicht Zuflucht zu gewöhnlichen Angriffsmitteln nehmen würde. Aber die Nacht war still – und leer. Die Gefahr schien gebannt.

Kellin atmete tief durch. *Sicherlich kursieren Geschichten über die Ängste meiner Kindheit. Er könnte jetzt leicht aus Magie einen Löwen gestalten, um mich an diese Ängste zu erinnern.*

Es war eine einfache und vielleicht auch stichhaltige Erklärung. Aber ein nagender Gedanke blieb.

Was ist mit Tanni? Sie war tatsächlich ausgeweidet worden.

Aber es waren auch schon zuvor Menschen bestochen worden: ein Koch und Rogan. Was, wenn die Bestie, die Blais' *Lir* getötet hatte, nur ein Mensch gewesen war, der es so hatte *aussehen* lassen, als sei es eine Bestie gewesen?

Kellin umfaßte sein Messer fester. *Corwyth hat recht. Ich bin jetzt nicht sicherer, als ich es als Kind war. Aber ich werde mein Leben nicht der Angst unterordnen. Das wäre für Lochiel ein Sieg. Ich werde sein, was ich bin. Wenn der Ihlini mich holen will, wird er es schwer haben.*

Als Kellin Homana-Mujhar erreicht hatte, suchte er sofort den Befehlshaber der Wache auf und berichtete ihm über die Geschehnisse. »Laßt sie zurückbringen«, sagte er. »Aber sagt denjenigen, die sie holen, sie sollen nichts sonst berühren. Heute nacht war ein Ihlini dort draußen.«

Der Befehlshaber, ein abgehärteter Veteran, spottete nicht. Aber Kellin bemerkte die gesenkten Lider, die abgeschotteten Gedanken und wußte sehr genau, daß sein Bericht nicht ganz geglaubt wurde. Die Männer waren vielleicht wirklich tot, aber seit Jahren war kein Ihlini mehr nach Mujhara gekommen. Es mußte wohl eher *sein* Fehler gewesen sein, aus Schwierigkeiten entstanden, in die er hineingeraten war.

Diese Haltung erzürnte Kellin. Er ergriff die karmesinrote Tunika des Befehlshabers. »Zweifelt Ihr an *meinen* Worten?«

Der Befehlshaber zögerte nicht. »Wer spricht von Zweifeln, Mylord? Ich werde Eure Befehle natürlich ausführen, wenn der Mujhar sie bestätigt.«

»Der Mujhar ...« Kellin brach ab und knirschte vor Zorn mit den Zähnen. »Ja, erzählt dem Mujhar alles. Das wird mir die Mühe ersparen.« Er ließ die zerknitterte Tunika los, wandte sich auf dem Absatz um und schritt auf einen Seiteneingang zu, um die Palastbewohner nicht durch seine späte Heimkehr zu stören. *Soll der Befehlshaber es seinem geliebten Mujhar erzählen. Ich werde meine Zeit mit anderen Dingen verbringen.*

Er erklomm jeweils zwei Stufen auf einmal, während er mit einer kurzen Schulterbewegung den Umhang abstreifte. Er hängte ihn sich über den Arm und achtete nicht auf den über den Boden schleifenden Saum. Als er sein Zimmer betrat, warf er den Umhang über einen Stuhl und entledigte sich eilig seiner verschmutzten Kleidung. Dann trat er nackt an eines der Fenster und blickte finster stirnrunzelnd in die Dunkelheit.

Er fühlte sich erstickt. Er fühlte sich jung *und* alt, dem Leben gegenüber ausgesprochen gleichgültig und doch so davon erfüllt, daß er seine Klage nicht überhören konnte. Etwas brauste durch seine Adern und erfüllte seinen Körper mit einer so fesselnden Kraft, daß er entbrannt zu sein glaubte. Seine Hände zitterten wie unter einer Lähmung. Kellin unterdrückte dieses Zittern fluchend.

Ein Überschuß an Kräften. Er ließ seine Knochen erglühen. Kellin brannte, *brannte.*

»Zu grell ...« Kellin krallte die Finger in das Fenstersims, bis das Brennen schließlich verging. Leere ersetzte es. Jetzt war er niedergeschlagen und sein Geist völlig geschwächt. Mattigkeit ersetzte die schreckliche Kraft, die alle seine Muskeln verkrampft hatte.

Es ist nur eine Erwiderung auf das zuvor Geschehene. Nur das.

Aber Kellin war sich nicht sicher. Er preßte seinen Kopf keuchend an die Wand und ließ das Gestein sich in seine Haut eindrücken. Die Fingerspitzen wurden durch seinen krampfhaften Griff um das Fenstersims wund. Alles an ihm zitterte.

»Müde.« Es war aber weitaus mehr als nur das. Kellin taumelte zu seinem Bett, kroch unter die Decke und segnete die Diener, die die Wärmepfanne dagelassen hatten.

Aber dort konnte er nicht bleiben. Ruhelosigkeit überfiel seinen Körper und Geist und ließ ihn ihren Wünschen folgen: daß er sein Bett zwecks einer körperlichen Erleichterung verlassen sollte, die nichts mit dem Geschlecht, aber alles mit seinem Geist zu tun hatte.

Hose, keine Stiefel. Mit bloßer Brust, das Messer umklammernd, verließ Kellin sein Gemach und betrat den umschatteten Gang. Er fühlte sich, als wäre *er* ein Messer, scharfgeschliffen und makellos und wahrhaftig, ausgewogen in der Hand liegend wie sein eigenes

Messer – aber die Hand die *ihn* hielt, war ihm unbekannt.

Die Götter? Kellin wollte lachen. Das alte Cheysuliwort, daß das Schicksal eines Menschen in den Händen der Götter lag, war nur bildhaft gemeint, und doch fühlte er sich, als passe er hinein. Als habe die Hand nur gewartet.

Das ist Wahnsinn. Er ging zur Großen Halle. Er hatte sie lange nicht mehr betreten. Sie gehörte seinem Großvater. Bis er sie zu seiner machen könnte, war er zufrieden damit, nur zu warten: ein hagerer und hungriger Wolf, der die versprochene Mahlzeit angespannt beobachtete.

Schuld flackerte auf und wurde wieder unterdrückt. *Ich wurde dafür aufgezogen. Alles Blut in mir schreit danach, Homana zu regieren … Ich wurde aus keinem geduldigen Ton gebildet und bereits gebrannt.*

Er blieb vor dem Podest stehen, vor dem Thron, und schaute zu dem Löwen auf. Eine altes Tier, dachte er, das seinen Stolz mit alternden Augen und einem noch älteren Herzen hütete, dessen Körper zäh und sehnig und dessen Maul fast zahnlos war.

Der Löwe hat nicht mehr viel Zeit. Sie alle hatten nicht mehr viel Zeit.

Kellin lachte weich. Dann stieg er langsam die Stufen zum Thron empor, setzte sich darauf und lehnte sich in die Schatten zurück, bis sein Rückgrat das Holz berührte. Er legte seine Arme auf die Lehnen, krümmte seine Finger um die Pranken und spürte die ausgestreckten Krallen.

»Dies ist Homana«, sagte er. »*Dies* ist Homana – und eines Tages wird es mir gehören.«

Die Angst vor dem Thron war geschwunden. Als Kind hatte er ihn geängstigt, aber Kellin war nun kein Kind mehr.

Er blickte in die Halle hinab. »Der Löwe muß die Länder verschlingen. Der Löwe muß uns alle verschlingen.«

Er erschrak, als ein Stiefel auf Stein schabte. »Kein bequemes Bett«, bemerkte der Mujhar.

Kellin setzte sich jäh auf, blinzelte verschwommen und fühlte sich steif und wund und zutiefst unbehaglich. Er hatte den letzten Rest der Nacht am Busen des Löwen verbracht. Das Messer lag noch immer in seiner Faust. Dafür war er ausreichend Krieger.

Brennans Gesichtsausdruck gab nichts preis. »Hatte das einen Grund?«

Kellin brauste sofort auf. »Ich tue nichts ohne Grund.«

Sein Großvater verzog verächtlich den Mund. »Was du tust, ist deine Sache, wie du sehr deutlich klargemacht hast. Ich habe es schon vor Jahren aufgegeben, mich zu fragen, was in dir vorgehen könnte, um mir dein Verhalten zu erklären.« Er machte eine scharfe Geste. »Steh dort auf, Kellin. Er ist noch zu groß für dich.«

Die Beleidigung war beabsichtigt, und er fühlte sich auch davon getroffen. Er wollte Brennan anschreien, wußte aber, daß es ihm nichts außer zusätzlicher Verachtung einbringen würde. Sein Großvater und er spielten in letzter Zeit ein Spiel, dessen Einsatz Macht war. Brennan war der alte Wolf, Kellin der junge. Eines Tages würde der alte Wolf sterben.

Kellin tippte mit der Klinge auf die hölzernen Krallen. »Ich passe vielleicht besser hinein, als du glaubst.«

»Steh dort auf«, wiederholte Brennan, »oder ich werde dich selbst herausholen.«

Kellin dachte darüber nach. Mit seinen kaum über sechzig Jahren war der Mujhar zwar ein alternder Mann, aber er war nicht gebrechlich. Sein Haar war vollkommen silbern und um das Gesicht frostweiß, aber die funkelnden Augen blickten fest, die Beine zitterten nicht, und die Arme mit ihrem schweren *Lir*gold waren noch nicht welk und hingen auch nicht kraftlos herab. *Er ist größer und schwerer als ich, und es könnte ihm vielleicht gelingen.*

Kellin erhob sich mit geübter Anmut. Er verbeugte sich kunstvoll vor seinem Großvater und wandte sich dann zum Gehen, aber Brennan streckte die Hand aus und ergriff Kellins Arm.

»Wie lange noch?« fragte er rauh. »Diese Komödie, die wir spielen? Oder ist es eine Tragödie?«

Kellin kannte die Antwort. »Eine Tragödie, Mylord. Was sonst könnten diese Mauern beherbergen?«

Brennan preßte den Mund zusammen – eine schmale Linie des Mißfallens. »Ich weiß nicht, was diese Mauern beherbergen *werden*. Aber ich kann und werde dir sagen, was sie in der Vergangenheit beherbergt haben: größere Männer als dich, obwohl sie nur Diener waren.«

Kellin entwand ihm seinen Arm. »Ihr beleidigt mich, Mylord.«

»Ich tue, was immer ich will. Bei den Göttern, Kellin… Wirst du niemals erwachsen werden?«

Kellin spreizte spöttisch die Hände. »Bin ich kein Mann?«

»Nein.« Brennans Stimme klang kalt. »Du bist nur ein Junge, dessen Körper größere Ausmaße angenommen hat als sein Geist.«

»Eine erneute Beleidigung.« Kellin blieb unbeeindruckt. Das gehörte alles zu dem Spiel, obwohl der Mujhar es nicht als solches ansah.

»Welche Entschuldigung hast du?« fragte Brennan. »Daß du nahestehende Menschen verloren hast? Nun, glaubst du, das gelte für mich nicht? Denkst du, niemand sonst hätte gelitten wie du?«

Kellin starrte ihn betroffen an. »Es ist meine Sache, worunter ich leide!«

»*Und* meine.« Brennan durchbohrte ihn mit seinem Blick. »Dir fehlt ein *Jehan*. Du weißt warum. Du hast einen Lehrer an die Magie, einen Freund an den Verrat und einen Gefolgsmann an Cheysulibräuche verloren. Du weißt wie. Und doch entscheidest du, dich an deinem Kummer zu weiden und ganz Mujhara leiden zu lassen.«

»Mujhara hat nichts damit zu tun!«

»Doch.« Brennans Stimme schwankte nicht. »Wie viele Kämpfe hast du aus kindischer Rachsucht gesucht – oder verursacht oder dich in sie eingemischt? Wie viele Männer hast du bekämpft – und verletzt –, weil sie eine leichte Beute für deinen Zorn waren? Wie viele Bastarde hast du gezeugt, die ordnungsgemäß in den Stammeskeep abgeschoben wurden, wo du dich nicht selbst um sie zu kümmern brauchst?« Dann sagte er ruhiger: »Und wie viele Wächter mußten wegen dir sterben?«

»Wegen mir – *keiner!*«

»So? Was ist dann mit den vier Männern, die letzte Nacht gestorben sind?«

»Aber das war nicht *mein* Fehler.«

»Wessen denn dann? Ich dachte, du hättest sie auf einer deiner nächtlichen Touren dorthin geführt.«

Zorn wallte auf. »Nur weil *du* sie mir hinterhergehetzt hast wie Hunde hinter einem Fuchs!« Kellin funkelte ihn an. »Ruf sie zurück, Großvater. Dann werden keine mehr sterben.«

Brennans Gesichtsausdruck blieb unerbittlich. »Hast du es getan?«

»Habe *ich* ...« Kellin war entsetzt. »Du glaubst, ich hätte sie *getötet*?«

»Ja«, antwortete Brennan ruhig. »Ich glaube, du könntest es vielleicht getan haben.«

»Wie?« Kellin schluckte den schmerzenden Kloß in seiner Kehle hinunter. »Ich bin dein eigener Enkel. Und du beschuldigst mich des Mordes?«

»Du hast beharrlich daran gearbeitet, mich glauben zu machen, daß du zu allem fähig bist.«

»Aber ...« Kellin lachte kurz und wenig belustigt

auf. »Ich habe niemals gedacht, daß du mich so *hassen* würdest.«

»Glaubst du, ein Mensch muß einen anderen Menschen hassen, um ihn für fähig zu halten, Dinge zu tun, die ein anderer nicht tun würde?« Brennan schüttelte den Kopf. »Ich hasse dich nicht. Ich kenne dich besser, als du denkst, und weiß, warum du dich in dieses Zerrbild des früheren Kellin verwandelt hast. Ich kann es nicht verstehen, aber ich weiß *warum*.«

»Tatsächlich?« Der Zorn war jetzt gebannt und wurde von verbitterter Hilflosigkeit ersetzt. »Du bist nicht ich.«

»Den Göttern sei Dank, nein.« Brennan hob kurz die Schultern, als entledige er sich eines lästigen Gewichts. »Du bist nicht so hart, wie du denkst. Ich erkenne es in dir, Kellin. Dich kümmert noch immer, was die Menschen denken. Alles ist dir wichtig, aber du willst dir selbst nicht gestatten, es zuzugeben. Du bekämpfst dich selbst. Glaubst du, ich wäre blind? Ich brauche kein *Kivarna*, um zu erkennen, daß in dir zwei Seelen leben.«

»Du kannst nicht annähernd wissen ...«

»*Doch*. Ich sehe, was dich umtreibt. Ich erkenne, was dich formt. Ich wünschte nur, du würdest dem nicht nachgeben. Es schadet *dir* mehr als jedem anderen.«

Kellin schlug um sich. »Es kümmert mich nicht, was alle anderen denken, nur was *du* ...« Er hielt jäh inne. Er hatte zuviel preisgegeben.

Brennan schloß einen Augenblick lang die Augen. »Warum dann diese Scharade? Wenn es dich wirklich kümmert, was ich denke ...«

»Es kümmert mich. Ich weiß, was ich getan habe. Es geschah bewußt. Ich habe nicht die Absicht, es zu ändern.« Kellin lächelte bitter. »Auf diese Art kann ich nicht verletzt werden.«

Linien gruben sich tief in Brennans Gesicht ein. »Aber du verletzt dich auf diese Art selbst.«

»Ich kann mit mir leben.«

»Wirklich? Kannst du mit beiden Seelen leben? Oder mußt du die eine zerstören, um der anderen mehr Freiheit zu verschaffen?«

Kellin spie seine Antwort zwischen zusammengebissenen Zähnen heraus. »Dies ist es, was ich will. Dies ist es, was *ich* beschlossen habe. Dies ist es, was ich bin.«

Brennan machte eine abwehrende Geste. »Dann sollten wir ein anderes Mal darüber reden. Es gibt noch etwas Wichtigeres. Sage mir, was letzte Nacht geschehen ist.«

Kellin seufzte und schaute auf das Messer hinab, das er noch immer umklammert hielt. »Es war Corwyth, der Ihlini, der Rogan und Urchin tötete. Er kam in das Wirtshaus und sagte mir, daß Lochiel noch immer nach mir verlangt und mich holen wird, wann immer es ihm gefällt. Wann immer er will, so wurde mir gesagt, wird der Ihlini die Hand ausstrecken und ich werde hineinfallen.«

Brennan nickte. »Ein alter Ihlinitrick. Er schüchtert seine Opfer schon lange ein, bevor er ihnen gegenübertritt.«

»Ich habe den Löwen bezwungen«, sagte Kellin, »aber er wird nach etwas anderem Ausschau halten. Corwyth hat mich davon überzeugt, daß Lochiel soviel Geduld wie nötig aufbringen wird.«

»Kellin ...«

»Sie waren tot, als ich zu ihnen trat.« Kellin betrachtete das Messer und erinnerte sich der hervorstehenden Augen und der bleichen Gesichter. »Ich konnte nichts mehr tun.«

»Dann mußt du hierbleiben«, sagte Brennan. »Homana-Mujhar wird dich schützen.«

Kellin lachte bellend. »Ich würde in diesen Mauern innerhalb von zehn Tagen wahnsinnig werden!«

»Vielleicht hast du keine Wahl.«

»*Wahnsinnig*, Großvater! Ich bin es bereits halbwegs.« Er warf das Messer in seiner Hand hoch, dann noch einmal, bis es sich so schnell drehte, daß Heft und Klinge abwechselnd verschwammen. Dann fing er es mitten in der Drehung wieder auf. »Ich werde nicht hierbleiben.«

Brennans Zorn offenbarte sich zum ersten Mal seit seinem Eintreffen. »Ist dies eine Art Sühne für deine Schuld? Eine Spielart des *I'toshaa-ni?*«

»Ich empfinde keine Schuld«, belehrte ihn Kellin. »*Das* überlasse ich meinem *Jehan* ..., aber ich glaube kaum, *daß* er sich schuldig fühlt.«

Brennan stöhnte völlig verkrampft. »Wie oft habe ich es dir erzählt. Ich habe dir immer wieder gesagt ...«

Kellin unterbrach ihn. »Du hast es gesagt, und ich habe es gehört. Aber es bedeutet nichts. Nicht, bis er es mir persönlich sagt.«

Brennan schüttelte den Kopf. »Ich werde ihn nicht wieder benachrichtigen. Das ist vorbei.«

Kellin nickte. »Weil er sich das letzte Mal geweigert hat, deinem Boten Gastfreundschaft zu gewähren, sondern ihn wieder nach Hause schickte. Also gibst du einfach auf. Ich glaube, mein *Jehan* muß auch wahnsinnig sein, wenn er so mit dem Mujhar von Homana spricht.«

»Aidan spricht nicht für sich selbst, Kellin. Er spricht für die Götter.«

»Gewandte Worte, Großvater. Aber höre dir erst selbst zu –, und dann rufe dir in Erinnerung, daß er dein *Sohn* ist. Ich weiß sehr gut, wer wem etwas zu sagen haben sollte.«

Brennan verlor die Geduld. Kellin hörte ihm bestürzt und überrascht zu. Er hatte niemals geglaubt, solche Worte von seinem Großvater zu hören.

»Dann geh.« Schließlich war der königliche Zorn verbraucht. »Geh in die Wirtshäuser und trink bis zur Bewußtlosigkeit. Geh zu deiner Gespielin und zeuge alle Bastarde, die du zeugen willst, damit du sie verlassen kannst, wie dein *Jehan* dich verlassen hat, und sie sich fragen lassen können, welche Art Mensch du wohl sein magst, daß du ein Kind im Stich lassen konntest.« Ein bleicher, gezackter Ring umgab Brennans Mund. »Riskiere dein Leben und die Leben ehrenvoller Männer, damit du das Spiel mit Lochiel spielen kannst. Es kümmert mich nicht mehr. Du bist im Augenblick der Erbe Homanas, aber wenn es sein muß, kann ich auch einen anderen finden.«

Kellin lachte ihn aus. »Wen kannst du finden? Woher? Es gibt keine weiteren Söhne, Großvater. Deine *Cheysula* hat dir nur einen Sohn geschenkt. Und es gibt auch keine weiteren Enkel. Aidans Lenden sind leer. Er ist in jeder Beziehung nur ein halber Mann.«

»Kellin ...«

Er hob den Kopf. »Du kannst keinen anderen Erben außer dem finden, den du vor zwanzig Jahren ernannt hast.«

Brennan streckte die Hand aus und fing das Messer leicht auf. »Du bist ein Narr«, sagte er deutlich. »Vielleicht wäre Homana ohne dich besser dran.«

Kellin betrachtete die Hand, die das Messer hielt. Er hatte nicht erwartet, daß er die Waffe fangen würde. Brennan war mindestens genauso schnell wie er selbst. Eine eindrucksvolle Erinnerung daran, daß der Mujhar von Homana nicht nur ein Mann, sondern auch ein Cheysuli war.

Er begegnete dem Blick seines Großvaters. »Kann ich es zurückhaben?«

»Nein.«

Er wich dem Blick des Rudelführers nicht aus. Dies zu tun, hätte bedeutet, sich zu unterwerfen. »Ich brauche ein Messer.«

»Du hast noch ein anderes. Benutze es.«

Kellin biß die Zähne zusammen. »Jenes andere gehörte Blais'. Ich habe geschworen, es niemals anzurühren.«

»Dann brich den Schwur«, sagte der Mujhar. »*Tu'halla dei*, Kellin. Solche Dinge fallen einem Mann, den nichts kümmert, leicht zu.«

Das war mehr, als er erwartet hatte. Es rumorte in seinem Bauch. »Also soll es so sein?«

Brennan rührte sich nicht. »Wie du es wolltest.«

Nach einem langen Augenblick wandte Kellin den Blick ab. Der junge Wolf konnte den alten noch nicht stürzen, wie er sich kläglich eingestand.

Kapitel Drei

Kellin saß in seinem Zimmer auf der Bettkante und betrachtete die kleine Holzkiste sehr lange. Sie stand harmlos auf einer Bank an der Wand, wo er sie vor vielen Jahren hingestellt hatte. Er hatte sie oft betrachtet, sie angestarrt, sie gehaßt, wohl wissend, was sie enthielt, aber nachdem er sie einmal verschlossen hatte, war sie niemals wieder geöffnet worden.

Er atmete tief ein und wünschte, er bräuchte nicht über das nachzudenken, was so schwierig gewesen war, weil er es so schwierig gemacht hatte. Er erkannte, daß er in Wahrheit *nicht* darüber nachdenken mußte. Es war ihm durchaus möglich, trotz des Rats seines Großvaters, ein anderes Messer zu bekommen. Er konnte in Mujhara eines kaufen oder im Palast eines finden oder auch zum Stammeskeep gehen und einen der Krieger eines für ihn anfertigen lassen. Jedermann wußte, daß Cheysulilangmesser allen anderen überlegen waren, und nur ein von Cheysuli gefertigtes war den Preis wert. Doch eine Herausforderung schien gestellt. Der alte Wolf spottete dem jungen. Der junge Wolf fand es unerträglich.

Seine Handflächen waren feucht. Kellin wischte sie angewidert an seiner Hose ab. *Er prüft dich damit. Beweise ihm, daß du stärker bist, als er glaubt.*

Kellin glitt leise fluchend vom Bett und schritt ohne Zögern zu der Kiste. Der Deckel und der daraufliegende Schlüssel waren staubbedeckt. Kellin hatte befohlen, daß niemand die Kiste berühren sollte. Staub wirbelte auf, als er den Schlüssel ergriff, und beschmutzte seine Finger. Er blies den Staub von dem

Eisen, blinzelte dagegen an, zögerte noch einen Augenblick und schloß die Kiste dann fluchend auf. Er schlug den Deckel so schwungvoll zurück, daß dieser gegen die Wand prallte.

Seine Lippen waren trocken. Er benetzte sie. Eine beunruhigende Vorahnung machte sich in ihm breit. *Ich täte besser daran, dies hier ruhen zu lassen, wie ich es geschworen habe. Ich will nichts damit zu tun haben. Blais ist seit zehn Jahren tot, aber ich habe das Gefühl, als wären es erst zehn Stunden.* Kellin biß die Zähne so fest zusammen, daß sie schmerzten. Dann streckte er eine Hand in die Kiste und nahm den Inhalt heraus: ein einziges Cheysulilangmesser.

Der Kummer war im Verlauf der Jahre nicht weniger geworden, und das Messer aus der Kiste herauszunehmen, verzehnfachte ihn. Kellin spürte, wie sich sein Magen verkrampfte, wie sich seine Kehle zuzog und Qual seinen Geist vereinnahmte. Die Wunde war trotz der inzwischen vergangenen Zeit noch zu frisch.

Kellin hielt das Messer nur leicht fest, so daß es quer über seiner Handfläche lag. Das Kerzenlicht wurde vom Stahl widergespiegelt, weil die Hand darunter zitterte. Er konnte nichts dagegen tun. Er erinnerte sich in allen Einzelheiten an den Augenblick der Erkenntnis, an das Verstehen, daß Blais zum Tode verdammt war, weil sein *Lir* getötet worden war. In diesem Augenblick hatte er den wahren Preis der dem Blut eines Cheysuli innewohnenden Magie begriffen. Und gewußt, wie sehr er ihn fürchtete.

Die Götter geben den Kriegern die Lirs nicht, um sie zu segnen, sondern um sie zu verfluchen, um sie verwundbar zu machen, damit sie niemals wieder Menschen, sondern vielmehr Günstlinge sind, die tückischen Göttern dienen müssen. Sie stellen den Kriegern die Lirs nur zur Seite, um sie ihnen wieder zu nehmen.

Kellin blickte gebannt auf das Messer. Die hervorragend ausgewogene Stahlklinge war am Rande mit

Runen versehen, die Blais' Namen und Häuser bezeichneten: Homana und Erinn. Das Heft war ungeschmückt, als sollte die Hand nicht abgelenkt werden, aber der Knauf entschädigte für dessen Einfachheit. Er hatte die Gestalt eines wunderschönen, knurrenden Wolfskopfs mit Smaragden als Augen.

Kellins Kehle verengte sich. Das Schlucken verursachte ihm Schmerzen. »Eine Verschwendung«, sagte er angespannt. »Die Götter hätten besser daran getan, mich an seiner Stelle zu sich zu nehmen.«

Aber sie hatten es trotz seiner Bitten nicht getan, und er hatte sie dafür häufig genug verflucht. Jetzt beachtete er sie einfach nicht mehr. In Kellins Leben war kein Platz für solch rachsüchtige und launische Götter, die ihm zuerst seinen Vater genommen und dann seinem Gefolgsmann zu sterben erlaubt hatten.

Zorn trieb Kellins geplagten Geist an. Er schloß die Kiste mit einem Knall und wandte sich seinem Gürtel mit der jetzt leeren Scheide zu. Er ließ das Messer entschlossen hineingleiten, so daß nur noch der Wolfskopf hervorsah und die Welt mit seinem Knurren warnte. *Genau*, dachte Kellin. *Sollen sie alle vorgewarnt sein.*

Er zog sich eilig an: eine frische Hose, ein einfaches braunes Stoffhemd, ein ebenfalls braunes Samtwams und Stiefel nach homanischer Machart. Darüber befestigte er den Gürtel und fuhr mit der Handfläche über das Messerheft, um sicherzugehen, daß das Messer da war. *Es wird Zeit, daß ich Corwyths Versprechen auf die Probe stelle.*

Der Mujhar hatte neue Wachhunde bestimmt. Kellin fragte sich kurz, ob sie wußten oder wissen wollten, was aus den anderen vier Wächtern geworden war, aber er machte sich nicht die Mühe, sie zu fragen. Er unterwies sie nur kurz, Abstand zu ihm zu halten und nicht zu versuchen, sich mit ihm anzufreunden oder seine Zuneigung zu erringen. Er wollte sie nicht als

Freunde gewinnen, und es kümmerte ihn nicht sonderlich, was sie von ihm hielten.

Dieses Mal ritten Kellin und seine Wächter, die ihm dichtauf folgten, aber nicht so sehr, daß sie seinem Pferd in die Hufe geraten wären, zusammen. Um sie – und sich selbst – zu prüfen, ritt er tief ins eigentliche Herz des Landes, wo die Last des Schmutzes und der Armut greifbar war.

Hier wird mich niemand kennen. Und auch sie nicht. Kellin trug nichts außer seinem Rubinsiegelring, der seinen Namen preisgegeben hätte, aber wenn er den Stein zur Handfläche drehte, würde ihn niemand sehen. Er zog vor, unerkannt zu bleiben. Sollten die Leute doch glauben, er sei ein reiches mujharisches Herrchen, das seine Possen trieb. Er wußte es besser. Er wollte ein Spiel und einen Kampf. Wie er dem Mujhar gesagt hatte, tat er nichts ohne Grund.

Das Wirtshaus, das er auswählte, lag am Ende einer schmalen, dunklen Straße, die kaum breiter war als der Jauchegraben in Homana-Mujhar. Das Wirtshaus war eine eingefallene Hütte mit einem wie zufällig recht schiefen Dach. Die niedrige, ramponierte Tür hing schief in den Angeln. Das Gebäude erinnerte an einen Betrunkenen, der von zuviel Alkohol sentimental geworden war.

Kellin lächelte angespannt. *Dies wird genügen.* Er ließ sich von seinem Pferd gleiten und wartete ungeduldig, daß die Wachhunde seinem Beispiel folgen würden. »Drei von euch bleiben hier«, sagte er kurz angebunden. »Einen nehme ich als Zugeständnis mit. Ich habe anscheinend keine andere Wahl.« Er warf einem der Wächter die Zügel zu. »Wartet hier, in den Schatten. Tut, was ihr der Ehren halber tun müßt. Ich beanspruche eure Treue nicht. Ihr folgt den Befehlen des Mujhar, aber folgt auch ein wenig meinen: Überlaßt mich heute nacht mir selbst.« Er deutete auf einen von ihnen. Der Mann war jung, groß, breitschultrig, mit hellblondem

Haar und blauen Augen. »Ihr werdet mit mir hineinkommen, aber ohne besondere Aufmerksamkeit zu erregen. Und zieht diese Tunika aus.«

Der junge Wächter war bestürzt. »Mylord?«

»Zieht sie aus. Ich will heute nacht keine königlichen Hunde an meinen Fersen.« Kellin betrachtete ihn genau. »Wie heißt Ihr?«

»Teague, Mylord.«

Kellin machte eine Geste. »Dann los.«

Teague legte zögernd seine karmesinrote Tunika mit ihrem schwarzen wilden Löwen ab. Er reichte sie widerwillig einem anderen Wächter und sah dann wieder Kellin an. »Noch etwas, Mylord?«

»Entledigt Euch Eures Schwertes. Ohne Widerspruch – Ihr habt noch immer ein Messer.« Seine Stimme klang spöttisch. »Das ist sicherlich eine mehr als ausreichende Bewaffnung für ein Mitglied der mujharischen Wache.«

Teague entledigte sich mit brennenden Wangen des Schwertgürtels und reichte ihn ebenfalls dem Mann, der bereits seine Tunika hielt.

Kellin musterte ihn erneut, während er sich auf die Innenseite der Wange biß. Schließlich seufzte er. »Sogar ein Pferd mit Winterfell zeigt noch seine Herkunft.« Er beugte sich hinab, hob eine Handvoll Schlamm auf, schmierte ihn bewußt über Teagues Kettenhemd, um die glänzenden Glieder matter werden zu lassen, und beschmutzte auch seine makellose Hose. Er achtete nicht auf die Steifheit und den zusammengepreßten Mund des jungen Mannes. Als Kellin fertig war, wusch er sich im matschigen Schnee die Hände und nickte dem verwirrten Wächter dann zu. »Nun werden sie Euch nicht sofort als das erkennen, was Ihr seid.«

Teague konnte seinen Widerwillen nicht ganz unterdrücken, obwohl er es versuchte. »Sie werden mich *überhaupt* nicht erkennen, Mylord.«

Kellin grinste. »Umso besser. Und jetzt meine Befehle.« Er wartete, bis erwartungsvolles Schweigen Teagues volle Aufmerksamkeit hervorrief. »Wenn wir durch diese Tür gegangen sind, dürft Ihr mich nicht mehr ›Mylord‹ nennen, und ich wünsche auch nicht Eure Einmischung in irgend etwas, was ich tue.«

Teague biß die Zähne zusammen. »Wir sind für Euer Leben verantwortlich, Mylord. Soll ich einem für Euch bestimmten Messer den Rücken kehren?«

Kellin lachte. »Ein Messer, das für *meinen* Rücken bestimmt wäre, müßte wirklich schnell sein. Ich bezweifle, daß ich zu Schaden komme –, obwohl die Götter wissen, daß ich die Herausforderung bereitwillig annehmen würde.« Er deutete auf die übrigen drei Wächter. »Nehmt die Pferde und zieht euch in die Schatten zurück.«

»Mylord?« Teague hatte den Titel noch nicht vergessen. »Es steht mir nicht zu, Euch zu rügen …«

»Nein. Es steht Euch nicht zu.«

»… aber ich denke, Ihr solltet wissen, daß dies nicht der angesehenste Ort ist, an dem Ihr Eure Zeit mit Trinken und Spielen verbringen könntet.«

»In der Tat«, stimmte Kellin ihm ernst zu. »Das ist genau der Punkt. Nun … geht hinein und wählt einen eigenen Tisch. Ich verlange von Euch nur zwei Dinge: daß Ihr getrennt von mir sitzt und – schweigt.«

Teague warf seinen in den Schatten wartenden Kameraden einen düsteren Blick zu und nickte dann widerwillig. »Ja.«

Kellin deutete mit einem Daumen auf die Tür, und der schlammverschmierte Wächter betrat das Wirtshaus. Kellin wartete, bis genug Zeit vergangen war, den Anschein der Bekanntschaft zu vermeiden, und betrat das Wirtshaus dann ebenfalls.

Als erstes traf ihn ein entsetzlicher Gestank. Der festgetretene Erdboden war mit allerlei übersät, das, wie Kellin sicher vermutete, alle Arten von Schädlingen beherbergte. Nur eine Handvoll traniger, spuckender Talgkerzen beleuchteten den Raum und strömten einen beißenden, ranzigen Geruch und fahles, ockerfarbenes Licht aus, das die Schatten mühelos beherrschten. Eine Stunde an einem solchen Ort würde seine Kleidung vollkommen verderben, aber Kellin beabsichtigte dennoch, länger zu bleiben. Er erwartete, daß daraus eine ganze Nacht würde.

Teague saß an einem kleinen, wackeligen Tisch in der der Tür am nächsten gelegenen Ecke des Raums. Ein grober Tonkrug stand neben seinem Ellenbogen, und er hielt einen auffallend plumpen Becher in der Hand, beachtete beides aber nicht.

Ihre Blicke trafen sich und trennten sich wieder. Kellin war etwas überrascht, daß Teague so überzeugend mitspielte. Das Gesicht des Wächters zeigte keinerlei Anzeichen des Erkennens, und nichts an seiner Haltung gab seinen wahren Zweck preis. Schlamm klebte an seinem Kettenhemd. Ein wenig Schlamm war auch auf einen Wangenknochen gespritzt und gab dem Gesicht einen anderen Ausdruck. Auch sein Haar war jetzt durcheinandergeraten, als sei er mit einer Hand hastig hindurchgefahren. Teagues Gesichtsaussdruck wirkte verschlossen, fast mürrisch, was zu Kellins Befehlen und der Umgebung gut paßte.

Kellin betrachtete den Raum und seine Gäste in aller Ruhe, wohl wissend, daß die Männer auch ihn sorgfältig musterten. Er ließ ihnen Zeit, seine Kleidung, seine Haltung, seine Größe und auch das schwere Messer an seinem Gürtel zu bemerken. Er wollte nicht unterschätzt werden, so daß ein Kampf zu gleichen Bedingungen stattfinden könnte.

Das Wirtshaus war, wenn es auch klein war, gut besucht. Die meisten der Männer sprachen in ruhigem Tonfall, nicht ärgerlich oder herausfordernd, als anerkenne hier jeder des anderen Stellenwert. Es gab sicherlich Rivalen, wie Kellin wußte, denn das entsprach der Natur des Menschen, aber mit der Ankunft eines

Fremden wurden alte Rivalitäten durch Eintracht ersetzt. Er und Teague mußten, getrennt oder zusammen, verdächtig wirken und daher Ziele bieten.

Er grinste und ließ sie das sehen. Er ließ sie alles sehen, während er zu dem einzigen leeren Tisch ging, sich hinsetzte und dem Schankmädchen zurief, sie solle ihm einen Krug *Usca* bringen.

Sie kam fast augenblicklich, bemerkte seine Kleidung und die Farbe seines Geldes. Kellin ließ ein Silberstück auf den Tisch fallen und klingen und schnippte es ihr dann mit einer geübten Fingerbewegung zu. Von seinem Ring war nur das Gold zu sehen. Der Rubin mit dem eingeritzten wilden Löwen ruhte in seiner Handfläche.

»*Usca*«, wiederholte er, »und Rindfleisch.«

Sie war ungewaschen und ungekämmt, mit schmutziger Kleidung und dreckigen Fingernägeln. Er sah eine verschmutzte Wange und ein Lächeln, das zwei Zahnlücken offenbarte. »Hammel und Schweinefleisch, Mylord.«

»Hammel«, sagte er leichthin, »und knausere nicht.«

Sie trug eine fleckige, zerschlissene Schürze über ihren schmutzigen grauen Röcken, und das tief ausgeschnittene Leibchen zeigte ihre Brüste. Sie beugte sich herüber, um ihn in den vollständigen Genuß ihrer Schönheit kommen zu lassen. Er sah mehr, als sie beabsichtigt hatte: viel Fleisch, ja, und große, dunkle Brustwarzen, die sich bei seiner Betrachtung aufrichteten, aber auch viele Insektenbisse. Dunkelbraunes Haar hing als geflochtener Zopf herab. Eine Laus lief über ihre Kopfhaut.

»Mylord«, sagte die Frau, »wir haben noch mehr als nur Hammel und Schweinefleisch.«

Sie war sich ihrer Anziehungskraft gewiß. Kellin wußte, daß sich hier niemand um ihre Schmuddeligkeit kümmern würde, sondern nur darum, daß er zwischen ihre kranken Schenkel paßte. »Später«, sagte er kühl. »Dränge mich nicht.«

Das kurze erschreckte Aufflackern in ihren Augen wurde augenblicklich von einem Ausdruck der Abneigung durchsetzt. Sie öffnete den Mund, als wollte sie etwas erwidern, schloß ihn dann aber wieder fest. Er sah sie seine Kleidung und sein Geld neu einschätzen – und ihre Feindseligkeit verschwand plötzlich. »Ja, Mylord. Hammel und *Usca*.«

Kellin beobachtete sie, als sie davonging. Ihre Hüften schwangen einladend, als wäre sie es so gewohnt. Die Starrheit ihrer Schultern offenbarte ihre verletzten Gefühle. Er lachte leise in sich hinein. Er hatte häufige Berührung mit Huren dieser Gegend, aber nicht mit einer wie ihr. Er hielt nicht viel von Läusen, wenn er leidenschaftlich in ausladende Weiblichkeit eintauchte.

Während er auf *Usca* und Hammel wartete, sah sich Kellin erneut in dem Schankraum um. Sein Eintreten war, wie erwartet, aufgefallen, aber das war jetzt vorbei. Die Männer spielten wieder weiter und achteten bis auf gelegentliche Seitenblicke nicht mehr auf ihn. Er drückte ungeduldig einen Fingernagel auf den Rand des Silberstücks und schnippte die Münze über den Tisch. Er tat dies wieder und wieder, so daß die Münze leise klimperte und das fahle Licht von den schmierigen Kerzen dumpf auf der Fläche reinen Silbers schimmerte.

Die Frau kehrte mit einer Lederflasche, aber ohne Becher, und einer Platte mit Hammelfleisch zurück. Sie setzte die Platte geräuschvoll ab, während er an der Flasche schnupperte. »Nun?«

Kellin roch den beißenden Alkohol durch das Leder. Er nickte und schnippte ihr dann die Münze zu. Sie fing sie geschickt auf und versuchte dabei herauszufinden, ob er seine Meinung über sie geändert hatte. Das war eindeutig nicht der Fall, aber sie machte als Dank für das Silber hastig einen Hofknicks. Sie war weit überbezahlt worden, nahm dies aber nur zu bereitwillig an, ohne Wechselgeld zu geben. Er hatte auch keines erwartet.

»Spielt Ihr?« fragte sie und deutete mit dem Kopf auf einen Nachbartisch.

Und so begann der Tanz. Kellin spürte, wie sich sein Magen erwartungsvoll verkrampfte. »Ich spiele.«

»Könnt Ihr gut wetten?«

Kellin zog das Cheysulilangmesser und schnitt in das Fleisch ein. »Genauso gut wie jeder andere.«

Smaragdgrüne Wolfsaugen schimmerten. Sie bemerkte sie und sah ihn an. »Würdet Ihr mit einem Fremden würfeln?«

Kellin biß in ein Stück Fleisch. Es war zäh, sehnig und schmeckte widerlich. Er aß es dennoch, weil es zu seinem Plan gehörte. »Wenn sein Geld gut genug ist, ist niemand ein Fremder.«

Sie kaute unschlüssig auf ihrer Lippe. Dann platzte sie mit der Warnung heraus. »Ihr Herren kommt gewöhnlich nicht hierher. Das Spiel geht manchmal rauh vonstatten.«

»Zahme Spiele langweilen mich.« Er schnitt noch mehr Hammelfleisch ab. Die Smaragdaugen blinzelten.

Ihre Augen glänzten habsüchtig. »Luce wird mit Euch würfeln. Seid Ihr einverstanden?«

Kellin trank einen herzhaften Schluck *Usca* und neigte die Flasche dann erneut. Er sagte wohlerwogen: »Ich kam weder wegen des Getränks noch wegen des Essens hierher. Also verschwende meine Zeit nicht mit müßigem Geschwätz.«

Sie atmete geräuschvoll ein. Ihr Rückgrat war starr, als sie sich umwandte, aber er merkte, daß sie das nicht davon abhielt, zum nächsten Tisch zu treten. Sie beugte sich herab, sprach leise mit einem der am Tisch sitzenden Männer und ging dann sofort in die hinter einem zerrissenen Vorhang liegende Küche.

Kellin wartete ab. Er aß einen großen Teil des Hammelfleischs und schob die Platte dann mit angewidertem Gesicht zurück. Der restliche *Usca* brannte schließlich den Nachgeschmack des Hammels fort.

Eine zweite Flasche wurde heftig auf dem Tisch abgesetzt, als Kellin die erste gerade beiseite schob. Die Hand, die diese Flasche hielt, war nicht die einer Frau. Sie wies eine breite Handfläche auf und war narbenübersät. Auf dem Handrücken war dichter Bewuchs zu sehen. »Eure Geldbörse«, sagte der Mann. »Ich würfle nur mit reichen, nicht mit armen Männern.«

Schließlich sah Kellin auf. »Dann passen wir gut zusammen.«

Der Mann lächelte nicht und zeigte auch keine anderweitigen Empfindungen. Er löste nur eine Geldbörse von seinem Gürtel, öffnete sie und schüttete einen Strom Edelsteine in seine Hand. Dann streute er seinen Reichtum mit einer verächtlichen Geste auf das narbige Holz. Sein Selbstbewußtsein war greifbar, als er dort am Tisch stand und keinerlei Regung zeigte, seinen Reichtum beschützen zu wollen. Niemand in dem Wirtshaus würde es wagen, ihn herausfordern, indem er einen der Edelsteine zu stehlen versuchte.

Sie waren echt, jeder einzelne. Rubine, Saphire, Smaragde und – der Ausgewogenheit wegen – ein oder zwei Diamanten. Alle hatten mindestens die Größe des Daumennagels eines Mannes, und einige waren sogar noch größer.

Kellin sah Luce erneut an. Der Mann war groß. *Ein Bulle,* kam Kellin in den Sinn. Und diesen Eindruck machte Luce auch tatsächlich mit seinem dicken Nacken und dem großflächigen, verdrießlichen, unter einem buschigen braunen Bart halbwegs verborgenen Gesicht. Seine Augen waren dunkel, fast schwarz, die abgebrochenen Zähne gelb – und ihm fehlte der linke Daumen.

Ein *Dieb.* Aber nur einmal erwischt worden, denn

sonst hätte die Gerechtigkeit des Mujhar mehr als nur einen Daumen gefordert.

Um die dicken Handgelenke trug Luce schwere, mit Metall beschlagene Lederarmbänder, die mit Schmutzrändern versehen waren. Sein Gürtel war auf gleiche Art gearbeitet und mit einer wuchtigen Gürtelschnalle aus schwerer grünlicher Bronze geschlossen. Seine Kleidung bestand aus einfachem Stoff, dunkel und unauffällig, aber als Zugeständnis an seine persönliche Eitelkeit – und als Zeichen seines Status – trug er eine dicke, bläuliche Perle im rechten Ohrläppchen. Hier wies ihn das als reichen Mann aus.

Also ein *guter* Dieb. Und zweifellos gefährlich.

Kellin lächelte. Er verstand, warum das Mädchen lieber zu Luce als zu den anderen gegangen war. Sie beabsichtigte dem eingebildeten Herrchen als Vergeltung für seine Grobheit eine sehr schmerzhafte Lehre zu erteilen.

Er löste seine Geldbörse, öffnete sie ebenfalls und schüttete ihren Inhalt auf den Tisch. Gold ergoß sich über das fleckige Holz und vermischte sich mit dem Schimmern von Luces Steinen. Auch Silber, eine Handvoll Kupfer und ein einzelner blutroter Rubin, den Kellin als Glücksbringer bei sich trug, fielen heraus.

Der Stapel Münzen und der einzelne Rubin kennzeichneten auch Kellin als reichen Mann, aber sie bedeuteten nicht annähernd Luces Reichtum. Er erkannte dies sofort und suchte hastig nach anderen Möglichkeiten. Nur eine bot sich ihm dar. Nur eine war das Wagnis wert.

Der bärtige Homaner brummte und begann, die Edelsteine wieder einzustecken. »Also ein armer Mann.«

»Nein«, sagte Kellin entschieden, und sein Tonfall durchschnitt das schwache Klimpern gegeneinanderprallender Steine. »Seht nur.« Mit einer anmutigen Geste stieß er das Langmesser in den Stapel.

Er hörte, wie alle den Atem anhielten. Luces Anwesenheit an Kellins Tisch hatte Publikum angelockt. Der große Mann befand sich hier unter Freunden, wo Kellin keine besaß. Sogar Teague, der angeblich dort war, um ihn zu beschützen, hockte im Hintergrund der Menge und schien sich nur am Rande um Luce und das Herrchen zu kümmern, das nun doch nicht so reich war – obwohl er die Einsätze jetzt höher getrieben hatte, als jedermann vielleicht erwartet hätte.

Die Finger an Luces rechter Hand zuckten einmal. Seine dunklen, undurchdringlichen Augen zeigten aber weiterhin keine Regung. »Ich werde es berühren.«

»Ihr wißt, was es ist«, sagte Kellin. »Aber ja, Ihr könnt es ruhig berühren – einen Augenblick lang.«

Eine wohlerwogene Beleidigung, die im Publikum, wie erwartet, leichte Unruhe bewirkte. Luce preßte in dem Gewirr seines Bartes die Lippen zusammen und entspannte sich dann wieder. Er nahm das Messer hoch, strich mit den Fingern über den wuchtigen Knauf, umfaßte das Heft und prüfte dann schließlich den reinen Stahl, wie ein Kenner es tut: Er riß sich ein Haar aus dem Bart und zog es langsam über die Klinge. Dann verzog er zufrieden den Mund, entspannte ihn wieder, und seine Zungenspitze wurde sichtbar, als er das Messer im schwachen Licht drehte. Seine smaragdgrünen Augen glitzerten.

Luce benetzte seine breiten Lippen. »Es ist echt.«

Kellins Hände ruhten entspannt auf der Tischplatte. Im Vergleich zu Luces großen Handflächen und spatelförmigen Fingern wirkten sie in ihrer schlanken Wohlgeformtheit fast mädchenhaft. »Ich trage keine falschen Waffen bei mir.«

Die fast schwarzen Augen warfen Kellin einen abschätzenden Blick zu. »Es ist ein Cheysulilangmesser.«

»Ja.«

Falten bildeten sich in Luces Augenwinkeln. »Ihr würdet es aufs Spiel setzen.«

Kellin zuckte bewußt gleichgültig die Achseln. »Wenn ich würfle, besteht kein Risiko.«

Damit war die Herausforderung ausgesprochen. Luce zog die Augenbrauen zusammen, aber dann glättete sich seine Stirn wieder. »Dies ist mehr wert, als ich besitze.«

»Natürlich ist es das.« Kellin lächelte flüchtig. »Man kann ein Cheysulimesser nicht kaufen, stehlen oder nachahmen... Man kann es sich nur verdienen.« Er rollte den Rubin auf dem gesplitterten Holz müßig hin und her. »Seid versichert, Homaner – wenn Ihr das Messer von mir gewinnt, werdet Ihr es Euch verdient haben. Aber wenn Ihr Euch darum sorgt, meine Wette nicht halten zu können, gäbe es noch etwas, was Ihr einsetzen könntet.«

Luces Augen verengten sich. »Was?«

»Wenn Ihr verliert«, sagte Kellin, »fordere ich Euren anderen Daumen.«

Das Wirtshaus hallte vom leisen, zornigen Grollen und überraschten Murmeln wider. Kellin hörte die unterschwellige Drohung darin, das Versprechen von Gewalt. Er hatte einen der ihren herausgefordert. Aber der gezeigte Wagemut war die zähneknirschende Bewunderung wert. Es war eine Wette, die den Mut jeden Mannes ermessen konnte, und Luce besaß mehr Stolz als die meisten, es zu riskieren. Kellin wußte, daß sie an ihn glaubten, und das allein hätte auch einen widerstrebenden Mann veranlaßt, eine Wette einzugehen, über die er sonst nicht einmal nachgedacht hätte.

Luce legte das Messer entschlossen neben Kellins Hand. Es war eine unterschwellige Geste der Gleichberechtigung, die Kellin in dieser Gegend für ungewöhnlich und daher um so verdächtiger hielt, aber sie bedeutete auch eine Anerkennung von Kellins List. Das gutaussehende junge Herrchen war nicht ihr Freund, aber eigentlich auch nicht mehr ein Feind. Er verstand die Beschaffenheit ihrer Welt.

Luce lächelte. »Eine Wette, die es wert ist, eingegangen zu werden, die aber auch zu schnell vorbei sein kann. Wir sollten das Messer – und den Daumen – bis zuletzt aufheben.«

Kellin unterdrückte ein Lächeln. »Einverstanden.«

»Noch eins«, warnte Luce, als Kellin die Münzen wieder einstecken wollte. »Wenn Ihr das Messer verliert, dann beantwortet mir eine Frage.«

Nur zu gern. »Wenn ich kann.«

Luces Blick schwankte nicht. »Ihr werdet mir erzählen, wie Ihr zu seinem solchen Messer gekommen seid.«

Das kam unerwartet. Kellin war es gewohnt, daß die Leute in den besseren Wirtshäusern ihn kannten und wußten, daß er ein Cheysuli war. Aber Luce wußte demnach überhaupt nichts über ihn, und am wenigsten über sein Volk, was ihm sehr zupaß kam. »Ist Euch das wichtig?«

Luce beugte sich vor und spie aus. »Ich mag die Gestaltwandler nicht«, sagte er gleichgültig. »Wenn Ihr einem von ihnen ein Messer abgenommen habt, kann es wieder geschehen. Ich will herausfinden, wie. Dann wäre ich ihnen ebenbürtig.«

Kellin war verwirrt. »Ebenbürtig? Den Cheysuli?«

Luce hob die wuchtigen Schultern. »Sie sind Magier. Ihre Waffen sind verhext. Wenn ich ein Messer hätte, könnte ich an der Macht teilhaben. Wenn ich zwei hätte, könnte ich sie beherrschen.«

Kellin lächelte. »Ihr seid recht ehrgeizig, für einen Dieb.«

Luce verengte erneut die Augen. »Ein Dieb, ja – im Augenblick. Aber diese Männer können Euch erzählen, was ihnen mein Ehrgeiz einbringt.« Eine fleischige Hand zeigte in den Raum. »Ohne mich können sie nicht leben. *Mit* mir können sie gut leben.« Sein Blick war feindselig. »Dieses Gebiet gehört mir, Herrchen, und ich werde dafür sorgen, daß es so bleibt. Mit Cheysulimagie wäre das leichter zu erreichen.«

Kellin grinste unverfälscht und machte dann eine einladende Geste. »Setzt Euch, Herr dieser Region, und wir werden genau feststellen, welche Macht es zu erringen gilt.«

Kapitel Vier

Als Kellin einige von Luces Edelsteinen und Luce einen Teil von Kellins Gold gewonnen hatten, hatte sich auch Teague der Menge angeschlossen, die den Tisch umstanden. Niemand achtete auch nur im geringsten auf ihn, einschließlich des Prinzen, den er beschützen sollte.

Schweißtropfen perlten auf Kellins Oberlippe. Außer durch die geborstene Tür und einige in die Mauern gebrochene Öffnungen drang keine Luft in den kleinen Raum. Jetzt, da so viele Gäste den Tisch umringten, um zuzusehen, konnte er keinen Atemzug tun, ohne auch den Gestank des Wirtshauses und vor allem den Geruch schmutziger, schwitzender Männer, die seit dem Sommer nicht mehr gebadet hatten, einzuatmen.

Kellin wischte sich ungeduldig den Schweiß vom Gesicht, wohl wissend, daß seine Unruhe sowohl durch die späte Erkenntnis ausgelöst wurde, daß Luce ein geübter Würfelspieler war, als auch durch die Beengtheit des Raumes. Er selbst war auch immer schon gut im Würfeln gewesen, aber Luce schien besser.

Das Glück hat sich gewendet. Kellin trank einen Schluck *Usca* aus der dritten Flasche und versuchte, das nagende Angstgefühl zu vertreiben. *Das nützt nur Luce, nicht mir – und ich habe fast kein Geld mehr.*

Nur zwei Silberstücke und eine Handvoll Kupfermünzen waren noch übrig, ein kläglicher Rest von Kellins zuvor prall gefüllter Geldbörse. Er hatte kurzzeitig einige von Luces Edelsteinen besessen, aber der Riese hatte sie – und noch mehr, auch den Rubin – nur allzu leicht zurückgewonnen.

Dort geht mein Glück dahin. Kellin betrachtete das blutrote Schimmern auf Luces Stapel. *Jetzt hat er ihn.*

Luce schlug mit einer fleischigen Hand auf den Tisch und ließ die Würfel und die letzten Münzen der laufenden Runde tanzen. Die dunklen Augen glitzerten. »Genug«, sagte er. »Bringt den Rest ein, *alles* – es ist Zeit für die letzte Wette.«

Kellin musterte ihn, um Zeit zu gewinnen. Der große Mann hatte einen Becher *Usca* nach dem anderen getrunken, ohne daß es ihm an den Augen oder am Verhalten anzumerken wäre. Es gab keinen Hinweis darauf, daß Luce weniger nüchtern war als zu dem Zeitpunkt, als das Schankmädchen zum ersten Mal zu ihm gekommen war. Nur der stärker werdende Wunsch, das letzte Tanzmuster zu beginnen, deutete darauf hin.

Kellin atmete langsam und tief ein und versuchte, den Kopf freizubekommen. Unerwartete Verzweiflung beunruhigte und ärgerte ihn, da sie die Wirkung seines übermäßigen *Usca*genusses noch verstärkte. Sein Magen schien genauso durcheinander wie sein Geist. Ihn quälte die Erkenntnis, daß er Blais' Messer sehr wohl verlieren könnte. Er hatte die Waffe nur aufs Spiel gesetzt, weil er sicher gewesen war, sie zu behalten.

Luce lächelte zum ersten Mal. Hinter ihm hörte Kellin das Murmeln der Homaner. Ihre Erwartungen waren, ebenso wie ihr großes Vertrauen in Luces Können, nur zu offensichtlich. Kellin fand dies sehr ärgerlich.

Er schob den verbliebenen Rest seines Reichtums in die Mitte des Tischs, wo er mit den Edelsteinen, Münzen und Würfeln durcheinandergeriet, und sah Luce dann schweigend, aber herausfordernd an.

Der große Mann lachte. »Das ist alles, nicht wahr?« Er schnippte einen schimmernden Diamanten auf den Stapel. »Er ist mehr wert als Eurer«, sagte er beiläufig, »aber ich werde ihn ohnehin zurückbekommen.« Und dann deutete er mit tiefster Verachtung auf Kellin. »Euer Wurf, Junge.«

Die Beleidigung traf Kellin wie beabsichtigt, aber doch nicht allzu sehr. Für Luce *war* er ein Junge, denn er selbst schien weitaus älter –, aber es war etwas anderes erforderlich, als sofort auf den Spott über seine Jugend und Unerfahrenheit zu antworten.

Wenn ich diesen Wurf gewinnen würde, könnte ich das Spiel noch eine Weile hinauszögern und es vielleicht vermeiden, das Messer einsetzen zu müssen. Kellin nahm die sechs Elfenbeinwürfel auf. Eingeritzte Markierungen bezeichneten ihren Wert. Er würfelte und zählte die erlangte Punktzahl bereits, bevor die Würfel zum Stillstand gekommen waren.

Leijhana tu'sai … Erleichterung vertrieb die Verzweiflung in Kellins Magen. Der Schweiß auf seinem Gesicht trocknete. Er behielt nur mühsam und auch nur, weil er wußte, daß es Luce ärgern würde, einen unbeteiligten Gesichtsausdruck bei. »*Euer* Wurf«, sagte er nachlässig und nahm eine entspanntere Haltung ein. Innerlich frohlockend, wartete er ab. Die den Tisch umstehende Menge regte sich. Nur eine Punktzahl konnte Kellins Wurf noch überbieten, und das war nicht leicht zu bewerkstelligen.

Luce brummte und ergriff die Würfel. Sein Mund bewegte sich schweigend, während er etwas flüsterte und die Würfel in der Hand schüttelte.

Jemand hinter Kellin rührte sich, so daß Luce gestört wurde. Eine Stimme sagte verärgert: »Nicht stoßen!«

Kellin ignorierte es, beobachtete nur, wie Luce Anstalten machte, die Würfel zu werfen, aber da drängte derjenige wieder heran und streifte Kellins Schulter. Kellin beugte sich vor, um der Menge zu entgehen. *Wenn sie nicht aufpassen, werden sie den Tisch umstoßen* …

Und das taten sie in dem Augenblick, als Luce würfelte. Jemand fiel gegen Kellin, der wiederum gegen den Tisch fiel. Münzen, Edelsteine und Würfel zerstreuten sich und regneten auf den schmutzübersäten Boden.

Als Kellin fluchend aufsprang, um verschüttetem *Usca* zu entgehen, erkannte er den Schuldigen. Teagues Augen zeigten einen berechnenden und zufriedenen Ausdruck, kein Bedauern oder Unwillen, obwohl er den Mann, der ihn gestoßen hatte, scharf zurechtwies.

Nur kurz erwachte Kellins Neugier. Dann wandte er sich wieder Luce zu, der wild fluchte und sich auf die Knie niederließ, um die Würfel aufzusammeln. Auch andere hatten sich hingekniet und strichen Münzen und Edelsteine ein.

Wie viele werden wohl in fremden Geldbörsen und Taschen landen? Aber dann überlegte Kellin, daß dies wahrscheinlich doch nicht der Fall sein würde. Luce hatte die Männer zu gut im Griff. Vielleicht mochte hier und da eine Kupfermünze verschwinden, aber nichts von Bedeutung.

Luce richtete sich wieder auf, das breite Gesicht düster vor Zorn. Feindseligkeit glitzerte in den fast schwarzen Augen. »Die Würfel«, grollte er. »Ich habe alle außer einem gefunden.«

Teague hielt den noch fehlenden Würfel hoch. »Den habe ich.« Er lächelte seltsam, während er den Würfel in seine linke Hand fallen ließ. Die Rechte ruhte sehr nahe an seinem Messer.

Luce streckte die Hand aus. »Gebt ihn her.«

»Ich denke nicht daran.« Teague legte seine nachlässige Haltung ab. Er sah Kellin offen an. »Der Würfel ist unausgewogen. Ihr seid betrogen worden.«

»Das ist eine *Lüge*«, polterte Luce.

Teague warf Kellin den Würfel zu. »Was sagt Ihr?«

Kellin ließ das glatte Elfenbein in seiner Hand rollen. Der Würfel fühlte sich wie üblich an. Diese List konnte sehr wohl Teagues Art sein, ihn vor einer schwierigen Lage bewahren zu wollen.

Er warf dem Wächter einen kurzen Blick zu und sah

nichts als kühle, ausgewogene Geduld. Gar nichts deutete darauf hin, daß Teague vielleicht gelogen hatte.

Kellin dachte nach. Eine zweite Überprüfung des Würfels zeigte ihm eine leichte Unebenheit an einer abgerundeten Ecke, aber das kam wohl eher durch die jahrelange Benutzung in dem Wirtshaus als durch einen gezielten Eingriff.

»Eine Lüge«, erklärte Luce erneut. »Gebt ihn her.«

Kellin sah ihn an. »Ihr leugnet die Behauptung?«

»In der Tat!«

»Dann werdet Ihr nichts dagegen einzuwenden haben, wenn wir es ausprobieren.« Kellin trat Schmutz und Abfälle beiseite. Er verzog angewidert das Gesicht, während er sich auf den festgetretenen Erdboden kniete. Es war eine gefährdete Haltung, da Luce über ihm aufragte, aber er nahm die Herausforderung mit aller ihm verfügbaren Gelassenheit an. Er wagte jetzt nicht zu zögern, nicht angesichts des Kreises feindseliger Gesichter.

»Eine Lüge«, wiederholte Luce.

Kellin legte einen Unterarm über ein gebeugtes Knie. Der Würfel lag locker in seiner rechten Hand. »Wenn er richtig rollt, sollt Ihr das Messer haben.« Er wußte es in Teagues Hand. Die smaragdgrüne Augen glänzten. »Sonst ist Euer verbliebener Daumen verloren.«

Luce atmete hörbar aus. »Dann werft ihn.«

Kellin öffnete die Hand und ließ den Würfel herausrollen. Er prallte auf, klapperte und kam dann zum Stillstand.

»Seht Ihr?« erklärte Luce.

Kellin lächelte. »Geduld gehört nicht zu Euren Tugenden.« Er nahm den Würfel wieder auf. »Wenn noch viermal dieselbe Punktzahl erscheint, ist die Behauptung bewiesen ...«

Luce brüllte einen Befehl.

Kellin schnellte vom Boden auf und ergriff mühelos das Messer, das Teague ihm in die Handfläche legte.

Die Klinge ruhte an Luces riesigem Bauch und kam damit jeglichem Angriff durch andere zuvor. »Ich biete Euch zwei Dinge an«, sagte Kellin deutlich. »Als erstes Euer Leben. Ich möchte Euch nicht ausweiden. Das würde den Gestank hier drinnen nur noch verschlimmern.« Er grinste den großen Mann an. »Und zweitens die Antwort auf Eure Frage. Seht Ihr, ich bekam dieses Messer...« – er preßte die Spitze stärker gegen Luces Bauch über der Bronzegürtelschnalle – »... bei einem geweihten Ritual. Nur wenige Homaner kennen es. Nur einer hat es je erlebt. Sein Name war Carillon.« Jubel machte sich in Kellins Geist breit. Er hatte sein Leben gewagt und gesiegt. »Es ist ein Brauch, bei dem Messer ausgetauscht werden, wenn ein Cheysuligefolgsmann den Blutschwur leistet, dem Prinzen von Homana zu dienen.«

Luces Unglaube und Zorn begannen sich in einem tief in ihm aufsteigenden Grollen bis zu einem lauten Brüllen Ausdruck zu verleihen. *»Prinz ...«*

Kellin unterbrach ihn mit festerem Druck gegen den mächtigen Bauch. »Und auch Cheysuli, Homaner. *Tahlmorra lujhalla mei wiccan, Cheysu.*« Er lachte erfreut, als er in Luces Augen sah, daß dieser begriff. »Nun sollten wir vielleicht über Euren Daumen sprechen.«

»Dann weidet mich doch aus!« brüllte Luce und hob jäh das Knie.

Durch diese Bewegung wurde das Messer fast zu seinem Ziel geführt, aber Kellins Stoß war augenblicklich vereitelt. Er hatte *beabsichtigt*, Luce den Stahl in den Bauch zu rammen, aber das erhobene Knie bereitete ihm einen unglaublichen Schmerzausbruch und das Wissen – noch während er zusammenbrach –, daß er einen tödlichen Fehler begangen hatte.

... zögere niemals ... Aber er hatte gezögert. Jetzt wand er sich auf dem schmutzigen Boden eines noch schmutzigeren Wirtshauses und fragte sich, ob er trotz des Schlages wohl lange genug überleben würde, um

herauszufinden, ob er wieder mit einer Frau schlafen könnte.

Er hatte Luce mit dem Messer getroffen, vielleicht sogar tief eingeschnitten, aber nicht tief genug, um ihn zu töten. Er hörte den Mann seinen Verbündeten Befehle zubrüllen. Hände schlossen sich um Kellin, noch während er stöhnte und den *Usca* hinunterzuschlucken versuchte, der aus seinem Körper herauszusprudeln drohte. Galle brannte in seiner Kehle.

Teague. Irgendwo. Aber sie waren nur zwei gegen zu viele.

Einen flüchtigen Augenblick lang wünschte Kellin, er wäre in seinem Entschluß, die übrigen Wachhunde vor dem Wirtshaus warten zu lassen, nicht so unnachgiebig gewesen, aber jetzt war keine Zeit für Schuldzuweisungen. Er hatte sein Messer auf dem Boden verloren und besaß nur noch Geist und Können, um sein Leben zu retten.

Hände zogen ihn hoch. Kellin wollte sich so gern wieder hinlegen, aber er wagte es nicht, wenn er sein Leben bewahren wollte. Also berührte er den Schmerz, nutzte ihn als Ansporn und bildete daraus eine Waffe.

Er entriß sich der ihn festhaltenden Hände, stieß mit den Ellenbogen um sich und trat mit den Stiefeln aus. Einen Mann traf er so fest unter dem Kinn, daß dessen Zähne knirschten. Etwas Scharfes schnitt mitten in der Bewegung über seine Hände, schabte über die Knöchel. Ein zweites Messer traf ihn in den Rücken. Aber seine Spitze konnte nicht durch die schwere Winterkleidung hindurchgelangen, als er sich fortdrehte.

Kellin trat mit einem Stiefel zu, zerschmetterte ein Knie und stieß dem Mann dann mit dem Ellenbogen ins Gesicht, während er sich erneut drehte. Blut schoß hervor, als die Nase brach, und bespritzte sowohl Kellin als auch den Homaner.

Teague. Kellin wußte, daß er in der Nähe war. Er konnte den Wächter beim Namen des Mujhar fluchen hören. Kellin hoffte, daß Teague mit mehr als nur Flüchen bewaffnet war. *Wenn ich die Tür erreichen könnte …*

Ein Tisch wurde ihm in den Weg geschoben. Kellin stützte sich ab, schwang sich hinauf, trat erneut um sich und erwischte den Kiefer eines weiteren Mannes. Sein Kopf flog in den Nacken. Der Mann fiel leblos zu Boden, während ein anderer seinen Platz einnahm.

Jemand griff sein Bein an. Kellin sprang hoch in die Luft und entging dem Messer, aber als er wieder landete, brach der wackelige Tisch zusammen. Er ging in einem Holzsplitter- und Flücheregen damit zu Boden.

Etwas Stumpfes bohrte sich in sein Rückgrat, als er sich abrollte. *Holz, keine Klinge …*

»Er gehört mir!« brüllte Luce. »Ich werde ihn töten!«

»Teague!« schrie Kellin.

»Mylord …« Aber der Antwortschrei wurde unterbrochen.

Kellin sprang auf. Arme schlossen sich um seine Brust und hielten ihn in tödlicher Umarmung fest. Sein Rückgrat wurde gegen die wuchtige Gürtelschnalle gepreßt. Sein Kopf lag unter Luces Kinn. Der Homaner besaß beachtliche Kräfte.

Ein heftiger, kurzer Druck preßte sofort alle noch verbliebene Luft aus Kellins Lungen. Der menschliche Ring um seine Brust verweigerte ihm einen weiteren Atemzug. Punkte tauchten in seinen Augenwinkeln auf und breiteten sich dann über sein ganzes Sichtfeld aus.

Kellin wand sich in Luces Griff. Er trat sinnlos um sich, und der große Mann lachte. »Junge«, sagte Luce, »Eure Götter können Euch jetzt nicht hören.«

Er hatte die Götter nicht angerufen. Aber jetzt tat er es – für alle Fälle –, während er ruckartig den Kopf nach hinten warf, um Luces Gesicht zu zertrümmern, was aber mißlang. Er traf nur den muskulösen Hals. Luces Griff wurde fester.

Kellin kämpfte rasend. Sein Atem und seine Kraft waren erlahmt, aber die Verzweiflung trieb ihn dennoch an. Er würde nicht aufgeben. Ein Cheysulikrieger gab niemals auf.

Luce lachte und schüttelte ihn. Eine Rippe schmerzte. »Kleiner Prinz«, höhnte er, »wo ist Euer Gefolgsmann jetzt?«

Blais würde dies nicht zulassen … Kellin bog seinen Körper in einem letzten Fluchtversuch durch und erschlaffte dann. Blut rann aus seinem Mundwinkel. Er hing leblos in den dicken Armen.

Luce quetschte ihn ein letztes Mal und warf ihn dann zu Boden. »Ich werde mir dieses Messer jetzt nehmen.«

Kellins Atem kehrte schlagartig zurück. Er hörte sich keuchen und schreien, während sich seine Lungen wieder füllten, und erkannte dann, was Luce vorhatte. »Kein Messer … *meines …*« Und es war da, unter zersplittertes Holz geschlittert. Kellin griff danach, berührte es, schloß die zitternden Finger gerade in dem Augenblick darum, als Luce seine Absicht erkannte. Aber Kellins Hand schloß sich endgültig um das Heft, bevor der große Mann etwas tun konnte.

Kellin richtete sich unbeholfen auf, rang noch immer keuchend nach Atem und spürte weiter den Schmerz an seinen gequetschten Rippen. Aber zu zögern oder sich nur zu schützen, hätte seinen sicheren Tod bedeutet. Kellin stieß wiederholt zu und schnitt sich dadurch Raum frei. Er sah eine Schwertklinge glitzern … *nein, zwei …* und erkannte, daß die Wachhunde schließlich hereingekommen waren. Teague hatte die Tür erreicht, oder sie hatten den Tumult gehört.

Luce?

Der Mann war da und ebenfalls bewaffnet. Das Messer, das er in der Hand hielt, schien nicht so kunstvoll gearbeitet wie Kellins Messer, aber seine Klinge war ebenso tödlich. Die fast schwarzen Augen blieben auf

Kellins Gesicht geheftet. »Ich werde dieses Langmesser trotzdem bekommen.«

Blut sickerte in Kellins rechtes Auge, während er einatmete. Er rieb sich mit einem Unterarm die Stirn, strich das feuchte Haar zurück und grinste den großen Mann dann an. Er winkte Luce mit einer Hand heran, denn er hatte nicht genug Atem, ihm mit Worten zu antworten.

Inzwischen hatten die meisten Kampfhandlungen aufgehört. Nur Kellin und Luce waren noch übrig. In dem Wirtshaus lastete erwartungsvolles Schweigen.

Luce beobachtete Kellin noch immer und beurteilte seine Verfassung. Kellin wußte es nur zu gut: Er war halb benommen vom *Usca* und dem Stoß von Luces Knie und seine Rippen waren gequetscht. Er war von einem halben Dutzend Kerben und Schnitten punktiert, und ein tiefer Schnitt über der Stirn blutete langsam und bedrohte seine Sicht.

Kellin zwang sich zu einem rauhen Lachen. »Seid Ihr wirklich der König dieser Gegend? Haltet Ihr Euch für fähig zu regieren? Dann *zeigt* es mir, kleiner Mann. Beweist einem Cheysuli, daß Ihr geeignet seid, sein Messer zu tragen.«

Luce kam, wie erwartet, heran. Kellin hielt stand, beobachtete die Haltung und die leichten Bewegungen des Mannes. Als Luces größter Schwung erreicht und seine Absicht deutlich war, glitt Kellin beiseite und streckte einen Stiefel aus. Luce stolperte darüber, fluchte und fiel dann gegen einen Tisch, während er die Hände ausstreckte, um sich abzustützen.

Mit einem einzigen, entschlossenen Streich mit Blais' Messer trennte Kellin den verbliebenen Daumen des Diebes ab. »So«, sagte er, »jetzt ist die Schuld beglichen.«

Luce schrie auf. Er barg die blutende Hand an seiner Brust. »Gestaltwandlermagie!«

Kellin schüttelte den Kopf, während er noch immer

um Atem rang. »Nur ein Messer in der Hand eines Mannes. Aber für Euch anscheinend genug.«

Der Sieg über Luce beendete die Kampfhandlungen. Kellin sah blutige Gesichter und staunende Münder, zerrissene Kleidung und blutbeschmierte Haare. Die karmesinroten Tunikas der Wachhunde leuchteten in den dunstigen Schatten des Wirtshauses wie unverfälschte Signalfeuer.

Er hatte Schmerzen. Seine mißhandelte Männlichkeit pochte. Er wollte sich nur noch in den matschigen Schnee legen und den brennenden Schmerz abkühlen, die Übelkeit vertreiben und im Biß des Winters die Gewalt über sich selbst zurückgewinnen, die er an eine verachtungswürdige Verzweiflung verloren hatte.

Kellin wollte, daß niemand – Dieb oder Wächter – sah, wie sehr es schmerzte. Ohne ein Wort, ohne Befehl, wandte er sich um, schritt durch die Menge, schob die beschädigte Tür auf, verließ das Wirtshaus und ging in die klare Kälte der Straße hinaus. Dort roch es nicht besser, aber das vertraute Schimmern der Sterne bedeutete im Vergleich zu der undurchdringlichen Feindseligkeit in Luces Blick eine gewaltige Verbesserung.

Kellin schaute zu den Pferden und schrak fast zurück. Er konnte den Gedanken zu reiten nicht ertragen.

»Mylord?« Es war Teague, der aus dem Wirtshaus trat. Er war blutverschmiert, voller blauer Flecke und wirkte sehr angespannt. »Wir sollten Euch nach Homana-Mujhar bringen.«

Er antwortete auf der Stelle. »Wenn ich dorthin gehen möchte.«

Teague zuckte weder mit einer Wimper, noch errötete er. Seine Stimme klang vollkommen nüchtern. »Habt Ihr für heute abend genug, Mylord?«

Kellin bedachte ihn mit einem finsteren Blick, während auch die anderen Wächter aus dem Wirtshaus kamen. »Wolltet Ihr noch etwas anderes unternehmen?« Teague zuckte die Achseln. »Ich dachte, Ihr würdet vielleicht noch ein Spiel wünschen.« Er hielt inne. »Mylord.«

Kellin sammelte Atem und Verstand und erwog alle möglichen Erwiderungen, die überwiegend Zorn oder Spott entsprungen wären. Aber nach dem, was Teague getan hatte, dachte er, daß der Wächter etwas Besseres verdiente.

Er atmete eine Dampfwolke aus, und atmete dann unter Schmerzen wieder ein. Er wollte sich hinlegen oder sich zumindest herabbeugen oder gegen die Mauer lehnen, aber er würde nichts davon tun, um sein Unbehagen nicht zu offenbaren. Er stellte statt dessen eine Frage: »*War* der Würfel gefälscht?«

Teague grinste. »Ich könnte nicht darauf schwören. Aber als Luce Hand an den Stapel Münzen legte und den letzten Wurf von Euch forderte, sah ich, wie ein Würfel durch einen anderen ersetzt wurde. Es schien auf der Hand zu liegen, daß der neue Würfel zu Luces Gunsten ausgewogen wäre.«

Kellin brummte zustimmend. »Aber er wurde nicht vorher ersetzt.«

»Nein, Mylord.«

»Seid Ihr sicher?«

»Mylord …« Teague unterdrückte mühsam ein Lächeln und sah seine Gefährten nicht an. »Ich fühle mich bemüßigt zu sagen, daß Euch das Glück heute abend nicht hold war.«

»Und meine Auswahl des Wirtshauses war zweifellos auch nicht glücklich.« Kellin seufzte und preßte eine Hand auf seine wunden Rippen. »Ich gehe nach Hause. Ihr könnt mitkommen oder woandershin gehen – wie immer Ihr wollt. Es ist mir gleich.«

Teague dachte darüber nach. »Ich denke, ich werde mitkommen, Mylord.« Seine Augen glänzten. »Ich würde gerne hören, was der Mujhar zu sagen hat, wenn Ihr vor ihm steht.«

Das lenkte Kellin einen Augenblick lang ab. »Zu mir oder zu Euch?«

»Zu Euch, Mylord. Ich habe meine Pflicht getan.«

Kellin runzelte die Stirn. »Der Mujhar bereitet mir keine Sorgen.«

»Wer denn?«

Es war eine Unverschämtheit, aber Kellin war zu müde und zerschlagen, um Teague zu rügen. »Die Königin«, murmelte er. »Sie ist Erinnierin, erinnert Ihr Euch? Und sie besitzt eine gewandte Zunge.« Er seufzte. »Meine Ohren werden heute abend noch glühen, obwohl sie mich ansonsten nicht mehr zum Erröten bringen kann.«

Teague brach in spöttisches Gelächter aus. Dann erinnerte er sich, wem er diente – das königliche Temperament war, wie Kellin wußte, berüchtigt –, und nahm schweigend die Zügel ihrer beider Pferde auf. »Ich werde mit Euch gehen, Mylord.«

Die Anmaßung schmerzte. »Und wenn ich reiten will?«

»Dann werde auch ich reiten.« Teague senkte den Blick. »Aber ich wage zu behaupten, daß *meine* Reise angenehmer sein wird als Eure.«

Kellin errötete. »Darauf wette ich.«

Der Prinz von Homana lief den ganzen Weg nach Hause, während ihm seine treuen Wachhunde folgten.

Kapitel Fünf

Die Königin von Homana drückte ein weingetränktes Tuch auf die Kopfwunde ihres Enkels. »Sitz still, Kellin! Es ist ein tiefer Schnitt.«

Er konnte nicht umhin, ihren erinnischen Akzent aufzugreifen, wenn er mit ihr sprach. »Du wirst ihn damit noch tiefer brennen! Willst du bis in mein Gehirn vordringen?«

»Das würde dich immerhin von weiteren Dummheiten abhalten, oder?« Sie drückte fest auf die Wunde, um das sickernde Blut zu stillen.

»Das bezweifle ich«, sagte Brennan. »Kellin hofiert Dummheiten.«

»Anscheinend«, stimmte Aileen ihm ruhig zu. Und als Kellin widersprechen wollte: »Sitz *still.*«

Sie werden mich zusammen in kleine Stücke zerlegen. Kellin saß kerzengerade auf einem Stuhl in seinem Raum – bis zur Taille nackt. Er war nicht im geringsten geneigt stillzusitzen, während sie Alkohol in die Wunde rieb. Es brannte höllisch. Die rechte Seite seiner Brust begann sich von Luces herzlicher Umarmung zu verfärben, aber Kellin war sich nicht sicher, ob Aileens Behandlung – oder ihre Worte – sanfter werden würden.

»Du könntest seine Rippen verbinden«, schlug sie Brennan vor, »anstatt hier herumzustehen und wie ein alter Wolf zu grollen.«

»Nein«, wandte Kellin ein, da er wußte, daß die Hände des Mujhar noch weitaus weniger sanft vorgehen würden als ihre. »Mach du es, Großmutter.«

»Dann hör auf zu zappeln.«

»Es tut *weh.*«

Aileen seufzte, während sie den Stoff zurückschälte und die sickernde Wunde darunter betrachtete. »Für einen Cheysulikrieger kannst du deine Schmerzen nicht sehr gut verbergen, mein Lieber.«

»Das ist das *Erinnische* in mir«, erwiderte er mit Nachdruck. »Außerdem – wie viele Cheysulikrieger müssen erleiden, daß eine Frau ihnen flüssiges Feuer in den Schädel gießt?«

Aileen drückte den Schnitt zu. »Bei wie vielen ist es *notwendig?*«

Kellin stieß einen Zischlaut aus. Er warf seinem Großvater einen Seitenblick zu. »Ich bin nicht der erste, der sich gegen die Beschränkungen, die sein Rang erfordert, wehrt.«

Die Stichelei beeindruckte Brennan nicht im geringsten. Er stand ruhig vor seinem zerschlagenen Enkel, die goldbeschwerten Arme gekreuzt – und sah zu, wie die Königin ihn verarztete. »Und du wirst auch nicht der letzte sein«, bemerkte Brennan. »Aber da diese Bemerkung ja mir galt, laß mich dir auf gleiche Art antworten: Zu sterben, bevor du erbst, verringert die Möglichkeiten etwas, dich meiner Macht zu entziehen.« Er wölbte eine Augenbraue. »Ist es nicht so?«

Kellin biß die Zähne zusammen. »Ich suche nicht den Tod, Großvater ...«

»Du zeigst alle Anzeichen dafür.«

»... ich suche nur Unterhaltung, etwas, womit ich meine Zeit ausfüllen kann, etwas, was meinen Hunger stillt ...«

»... den Hunger nach Auflehnung.« Brennan lächelte flüchtig. »Allem, was du mir erzählst, kann widersprochen werden, Kellin. Also könntest du dir deinen Atem, der dir durch die gequetschten Rippen im Augenblick ohnehin fehlt, genauso gut sparen ...« – der Mujhar bedachte ihn mit einem spöttischen Blick –, »... denn ich weiß ganz genau, was du sagen wirst. Ich weiß sogar, was *ich* sagen werde. Es wurde vor mehreren Jahrzehnten auch zu mir und meinen *Rujholli* gesagt.«

Kellin runzelte die Stirn. »Ich bin nicht du oder Hart oder Corin …«

»… oder auch Keely«, beendete Aileen seinen Satz, »und ich habe dies früher *auch* schon gehört.« Ihre grünen Augen funkelten. »Und jetzt seid beide still, während ich deine Rippen verbinde.«

Kellin verfiel in dumpfes Schweigen, das nur gelegentlich von einem heftigen Atemzug unterbrochen wurde. Er sah seinen Großvater nicht wieder an, sondern starrte beharrlich an ihm vorbei, um inmitten des äußersten Unbehagens keine weitere Bemerkung hervorzurufen.

Er erzählte ihnen nur wenig von dem Streit in dem Wirtshaus, sondern sagte bloß, daß ein Spiel schlecht ausgegangen sei, was zu dem Kampf geführt habe. Er betonte, daß niemand gestorben sei. Der Mujhar fragte seltsamerweise, ob es denn einen Brand gegeben habe, woraufhin Kellin verwirrt antwortete, dem sei nicht so, sondern es sei nur ein wenig Blut geflossen. Das hatte Brennan sonderbar zufriedengestellt. Danach hatte er bis auf wenige bissige Bemerkungen nichts mehr geäußert.

Kellin saß während Aileens restlicher Behandlung sehr still, biß vor Schmerz die Zähne zusammen – er würde *nicht* zulassen, daß sie ihn für unfähiger als jeden anderen hielt, den Mund zu halten – und schwieg. Aber er war sich auch einer eigenartigen Empfindung bewußt, die wenig mit Schmerz zu tun hatte.

»… ruhig«, murmelte sie, als sein Körper kurz erbebte.

Kellin runzelte die Stirn, während sie seine Rippen verband. *Was ist …?* Und dann erneut das Zittern, Aileens leiser Einwurf und seine unbeabsichtigte Erwiderung: Jeder Zentimeter seiner Haut brannte so stark, daß er schwitzte.

Brennan runzelte die Stirn. »Vielleicht sollte ich einen Arzt rufen.«

»Nein!« platzte Kellin heraus.

»Wenn du solche Schmerzen hast …«

»… es ist kein *Schmerz*«, stieß Kellin zähneknirschend hervor. »Bis … auf das …« Er atmete geräuschvoll ein, als Aileen den Verband über seiner Haut festzog. »Rufe niemanden, Großvater.«

Er blieb mit Mühe still sitzen. Es *war* kein Schmerz, sondern etwas vollkommen anderes, etwas, das er nicht übergehen konnte, das sich eigenwillig bis auf die Knochen durch seine Haut brannte und seiner Selbstkontrolle spottete. Seine Finger und Zehen kribbelten. Dann breitete es sich über Lenden und Bauch bis zum Herzen aus.

»Kellin?« Aileen hielt in ihrer Bewegung inne. *»Kellin …«*

Er hörte sie nur schwach, als habe er Wasser in den Ohren. Sein ganzes Dasein war auf eine einzige Empfindung gerichtet. Es war dem langsamen Anstieg bis zur körperlichen Erleichterung beim Beischlaf mit einer Frau sehr ähnlich, dachte er, aber mit einem entscheidenden Unterschied, den er nicht benennen konnte. Er fand die Worte nicht. Er wußte nur, daß ein gewaltiges, beharrliches *Etwas* seine Aufmerksamkeit forderte und seinen Körper und seine Seele beanspruchte.

»Ihlini?« murmelte er. »Lochiel?«

Er brauchte nur die Hand auszustrecken, hatte Corwyth gesagt, und Kellin würde sich darin befinden.

Seine Rippen waren jetzt fest verbunden. Er konnte nicht atmen.

… konnte nicht *atmen* …

»Kellin!« Aileens Hände schlossen sich um seine nackten Schultern. »Kannst du mich hören?«

Er konnte. Deutlich. Die dumpfe Empfindung war vergangen. Das Kribbeln ließ nach, wie auch das

Beben. Er spürte es weichen und ihn aller Kraft berauben. Er saß geschwächt und zitternd auf seinem Stuhl, während ihm der Schweiß das Gesicht hinablief. Feuchtes Haar hing ihm in die Stirn.

Götter … Aber er brach ab. Er würde keine Hilfe oder Erklärung von jenen fordern, die er nicht ehren konnte.

Kellin biß die Zähne so fest zusammen, daß seine Kiefer schmerzten. Eine Weile schwankte der Raum um ihn herum, und alles verschmolz zur Farblosigkeit. Alles schien dumpf grau und ohne Tiefe oder Dichte.

»Kellin?« Der Mujhar.

Er konnte nicht antworten. Er blinzelte und versuchte, sich zu sammeln, bis sich seine Sicht schließlich wieder festigte. Auch sein Hörvermögen kehrte plötzlich zurück – so unglaublich plötzlich, daß er das Seufzen der Falten von Aileens Röcken wahrnahm, als sie sich zu Brennan umwandte. Er konnte sie riechen, konnte *sich selbst* riechen: den bitteren Geruch seiner eigenen Angst, den scharfen Biß sich wehrender Haut.

»Heller …«, platzte er heraus, und dann übermannten ihn Trostlosigkeit und Leere und eine so mächtige Verzweiflung, daß er aufschreien wollte. Er war eine Hülle, kein Mensch, eine hohle, leere Hülle. Ein Schatten, kein Krieger, ein Mensch ohne Herz und Festigkeit – und daher für seinen Stamm wertlos.

Kellin wehrte sich gegen den Schmerz, indem er aufsprang. Er erschauderte. Das Beben begann erneut. Er spürte den Protest seiner Rippen, aber sie zählten nicht. Er trat einen Schritt vor und fing sich dann wieder. Er hielt jäh inne und fand dann irgendwie den Weg zum Nachtgeschirr, so daß er den Überdruck in das Steingut statt über den Boden speien konnte.

Als Aileen leise Mitleid äußern wollte, unterbrach Brennan sie barsch. »Er verdient es. Die Götter wissen, daß auch Hart und Corin – *und* Keely – es verdient hatten, als sie solch törichten Launen gefolgt waren.«

»Und was ist mit *deinen* Launen?« erwiderte sie. »Du hast nicht zuviel getrunken, aber du bist statt dessen Rhiannon begegnet.«

Kellin stand über das Nachtgeschirr gebeugt, einen Arm vor die Brust gelegt. Es schmerzte, sich vornüber zu beugen, schmerzte, all den *Usca* loszuwerden und schmerzte noch mehr, wieder einzuatmen.

Er richtete sich zögernd auf, auch von der belanglosen Unterhaltung seiner Großeltern verärgert, aber hauptsächlich durch die Bedürfnisse seines Körpers gedemütigt. Er fühlte sich nach der Entleerung seines Magens nicht besser. Die Übelkeit lauerte noch in ihm und wartete auf den Augenblick, in dem er ihre Rückkehr am wenigsten erwarten würde.

Brennans Stimme klang selten schroff, aber auch verteidigend, als er seiner *Cheysula* antwortete. »Rhiannon hat *hiermit* nichts zu tun.«

»Sie war genauso dein Untergang, wie das Spielen Harts und *ich* Corins Untergang gewesen sind!« fauchte Aileen. »Vergiß nicht, Brennan – wir alle tun Dinge, die besser ungetan blieben. Warum sollte Kellin anders sein?«

Er erbebte erneut, und dann beruhigte sich sein Körper. Die Ruhe bedeutete Erleichterung. Kellin suchte und fand ein Tuch und wischte sich damit den Mund ab. Es schmerzte zu sehr, sich zu bewegen. Er lehnte sich an die Wand. Das Mauerwerk berührte kühl seine erhitzte Haut.

Durch Kellins Bewegung aufgeschreckt, wandte sich Aileen von ihrem Mann ab. »Geht es dir wieder gut?«

»Wie kann es ihm gut gehen?« fragte Brennan. »Er hat sich halb bewußtlos getrunken und leidet jetzt darunter, wie auch unter dem Kampf, der ihm fast die Brust zerquetscht hätte.« Er verzog verächtlich den Mund. »Aber er ist immerhin jung. Er wird morgen weitermachen.«

»Nein«, gelang es Kellin hervorzubringen. »Nicht

morgen.« Der Raum schwankte erneut. Er hielt sich am Mauerwerk fest, um nicht hinzufallen.

»Kellin.« Die Verachtung war aus Brennans Stimme verschwunden. »Setz dich hin.«

Der Boden bewegte sich unter Kellins Füßen. Oder bewegte *er* sich?

»Er ist krank!« rief Aileen. »Brennan… *fang ihn auf*…«

Aber die Aufforderung kam zu spät. Kellin war sich eines kurzen, losgelösten Augenblicks der Verwirrtheit bewußt und fand sich dann auf dem Boden ausgestreckt wieder, der Kopf in den Armen des Mujhar.

Er fror so, fror so *sehr*… und ein äußerst verzweifeltes Stöhnen entrang sich den Tiefen seines Geists. »… leer…«, flüsterte er. *»… verloren…«*

Brennan richtete ihn auf, hielt ihn fest und betrachtete seine Augen. »Sieh mich an.«

Kellin tat, wie ihm geheißen. Dann verschwamm seine Sicht, und er stöhnte erneut. Ein Schluchzen löste sich aus seiner Brust. »Großvater…«

»Sei still. Sieh mich an.« Brennan barg Kellins Kopf in seinen Händen, hielt ihn ganz ruhig.

»Willst du einen Arzt?« fragte Aileen scharf.

»Nein.«

»Also Erdmagie.«

»Nein.«

»Dann…«

»*Shansu*«, sagte Brennan zu ihr. »Dies ist etwas anderes, *Meijhana*. Etwas, das weit über das Unbehagen hinausgeht, das von zuviel genossenem *Usca* herrührt.«

Das war es wahrhaftig. Kellin dachte, wenn die Hände des Mujhar ihn nicht festgehalten hätten, wäre er vielleicht durch den Boden und noch tiefer gefallen. »… zu schwer…«, flüsterte er. »Zu…«

»… leer«, beendete Brennan seinen Satz, »und kalt und allein, von der Welt und allem darin abgetrennt.«

»*… verloren …*«

»Und zornig und furchtbar ängstlich und sehr klein und wertlos.«

Kellin gelang es zu nicken. Qual und Trostlosigkeit drohten ihn zu überwältigen. »Wie kann … wie kannst du das wissen?«

Brennans Härte wich. »Weil ich es auch empfunden habe. Jeder Cheysuli empfindet es, wenn es an der Zeit ist, sich mit seinem *Lir* zu verbinden.«

»*Lir!*«

»Hast du wirklich geglaubt, du würdest niemals einen bekommen?« Brennan lächelte flüchtig. »Hast du geglaubt, du würdest keinen brauchen?«

»Ich habe ihm entsagt!« rief Kellin. »Als Blais ging, habe ich *geschworen …*«

»Manche Schwüre sind ungültig.«

»Ich habe einem *Lir* und den Göttern entsagt.« Es war unbegreiflich, daß er jetzt, nach so langer Zeit, einen *Lir* brauchen könnte, oder daß er gegen die Einmischung der Götter ankämpfen müßte, die er nicht ehrte.

»Die Götter haben *dir* offensichtlich nicht entsagt«, sagte Brennan trocken. »Jetzt ist die Zeit gekommen.«

Kellin sammelte all seine verbliebene Kraft. »Ich verweigere es.«

Der Mujhar lächelte. »Du kannst es gern versuchen.«

Aileen war bestürzt. »Du bist zu hart.«

»Nein. Er kann nichts dagegen tun. Es ist seine Zeit, Aileen. Er wird sich selbst in den Wahnsinn treiben, wenn er diese Torheit fortsetzt. Er muß gehen. Er ist ein Cheysuli.«

»Und Erinnier … und Homaner – und all die anderen Blutlinien …« Kellin erschauderte. »Nur darauf kann ich zählen, nicht wahr? Auf meinen Samen. Auf mein Blut. *Überhaupt* nicht auf Kellin!« Sein Geist fühlte sich genauso kalt und hart an wie der Boden. Er sagte verzweifelt: »Ich entsage meinem *Lir*.«

»Entsage ihm, so oft du willst«, sagte Brennan, »aber jetzt steh auf.«

Kellin biß die Zähne zusammen. »Du bist der Mujhar, von den Göttern gesegnet. Ich bitte dich, es von mir zu nehmen.«

»Was – den Schmerz? Du hast ihn verdient. Die Leere? Das kann ich nicht. Sie kann nur durch einen *Lir* erfüllt werden.«

»Nimm es von mir!« rief Kellin. »So kann ich nicht leben!«

Brennan erhob sich. Seine so strahlend gelben Augen blickten fest. »*Damit* hast du recht«, bestätigte er. »So kannst du nicht leben.«

»Großvater ...«

»Steh auf, Kellin. Es ist nichts daran zu ändern.«

Er stand auf. Er hatte Schmerzen. Er fluchte, sogar vor Aileen. Er fühlte sich zutiefst leer, all der sicheren Gleichgültigkeit beraubt und empfand eine erschreckende *Absonder*ung. »Ich entsage ihm«, sagte er. »Genauso wie ich den Göttern entsagt habe. Sie haben keine Macht über mich.«

Brennan wandte sich zu Aileen um. »Ich werde *Usca* bringen lassen. Er sollte seine Schmerzen lieber mit dem bekämpfen, was sie verursacht hat. Morgen früh wird es ihm besser gehen ...« Er warf einen Blick auf seinen Enkel. »Oder schlechter.«

Sie war darüber wenig erfreut. »Brennan.«

Der Mujhar von Homana streckte eine Hand zu seiner Königin aus. »Wir können *nichts* tun, Aileen. Ob es ihm gefällt oder nicht – Kellin ist ein Cheysuli. Der Preis ist immer hoch, aber kein Krieger weigert sich, ihn zu bezahlen.«

»Ich schon«, erklärte Kellin. »*Ich* weigere mich. Ich werde keinen *Lir* annehmen.«

Brennan nickte ernst. »Dann solltest du die nächsten Stunden vielleicht damit verbringen, es den Göttern zu erklären.«

Kapitel Sechs

»*Leijhana tu'sai*«, murmelte Kellin, als seine Großeltern die Tür hinter sich schlossen. Er fühlte sich durch Brennans Voraussagen und Aileens Streitsucht todelend. Konnten sie ihn nicht einfach in Ruhe lassen? *Sie versuchen, mich zu ihrem Bild von einem Prinzen zu machen.*

Oder vielleicht versuchten sie ihn auch zu einem Gegenbild seines Vaters zu formen, der seinem Rang und Titel entsagt hatte, wie Kellin seinem *Lir* entsagte.

Er atmete seufzend ein und wieder aus und versuchte auf diese Weise, den Schmerz genauso zu vertreiben, wie er den letzten Gedanken vertrieben hatte. Kellin wollte nicht darüber nachdenken, inwieweit sein Verhalten seine Großeltern betreffen könnte, oder darüber, daß der Grund für seinen Widerstand gerade Ansporn für die Erwartungen war, die er verabscheute. Solche Gedanken nützten niemandem, außer daß sich dabei vielleicht gelegentlich ein leichtes Schuldgefühl einstellte. Er hatte keine Zeit dafür. Seine Rippen schmerzten, und seine Männlichkeit erinnerte ihn noch immer an ihre Mißhandlung. Er sollte am besten einfach zu Bett gehen. Vielleicht würde er einschlafen und am Morgen körperlich und geistig weitaus erholter sein.

Aber eine Ruhelosigkeit unterband dieses Vorhaben noch auf dem Weg zum Bett. Er war entmutigt, verärgert und höchst beunruhigt. Sogar seine Knochen kribbelten. Sein Körper wollte nicht zur Ruhe kommen, sondern forderte *etwas* von ihm …

»Was?« stieß Kellin zähneknirschend hervor. »Was soll ich tun?«

Er konnte nicht *still*halten und begann daher in der Hoffnung, daß das Summen in Blut und Knochen dadurch ausgetrieben würde, entnervt auf- und abzugehen. Aber er konnte erst innehalten, als er die polierte Platte erreichte, die schief an der Wand hing.

Er starrte sein Spiegelbild düster an: ein großer Mann mit heller Haut – *ungewöhnlich für einen Cheysuli*, dachte er, *wenn auch dunkel genug für einen Homaner!* –, dunkel geweiteten grünen Augen und neuen Quetschungen im Gesicht.

Aileens Weinbehandlung hatte sein Haar starr werden lassen. Kellin rieb es mit einer Hand ungeduldig und mied dabei sorgfältig den verkrusteten Schnitt. Die rabenschwarzen Locken der Jugend waren verschwunden, vom Erwachsensein verdrängt, aber sein Haar hatte seine federnde Kraft behalten. Er kratzte sich müßig die Brust. Die fest darumgewickelten Leinenverbände, die sich deutlich von seinem nackten Oberkörper abhoben, störten ihn.

Kellin betrachtete sein Spiegelbild und grinste dann, als er sich an den Grund für die Quetschungen seiner Rippen erinnerte. »Und was ist mit dem daumenlosen Dieb?«

Aber das kurze freudige Aufflackern der Rechtfertigung schwand augenblicklich wieder. Luce war unwichtig. Luce zählte nicht. Es zählte *überhaupt* nichts außer der Verzweiflung, die so heftig aufwallte, um seinen Geist zu erdrücken.

Kellin wandte sich jäh von der Silberplatte ab. Er sollte besser nicht hinschauen. Er sollte besser nicht *sehen* …

Leere überwältigte ihn und das wilde Verlangen, alle Mauern, Stein für Stein, niederzureißen, um sich von ihnen zu befreien.

Dieses Verlangen brannte in ihm. Kellin taumelte schwach fluchend zu dem schmalen Fenster. Jenseits davon lag Homana mit den endlosen Himmeln und

Wiesen, der Freiheit der Lüfte. Er war von Mauern eingeengt, von Mauerwerk niedergedrückt. Jeder Nerv seines Körpers schrie seine Forderung nach Freiheit heraus.

»Ich muß raus …«, stieß er hervor.

Er mußte verzweifelt hinausgelangen, freikommen, sich *lösen* …

»Schatten«, murmelte er. »Halbmensch, Hohlmensch …« Und dann schloß er fest die Augen, während er die Finger in den Stein grub. »Ich werde *nicht* … werde nicht sein, was sie von mir zu sein erwarten …«

Kaltes Gestein drückte sich in seine Stirn, verursachte seinem geschundenen Gesicht Schmerzen. Er hatte sich neben dem Fenster an die Mauer gepreßt. Seine Haut glühte und ließ jede Kerbe, jeden Kratzer und jeden Schnitt brennen. Die Quetschungen schmerzten, wenn das Blut darin pochte – und drohte den dünnen Schutz seiner Haut zu durchbrechen.

Er schritt wieder auf und ab, weil er nicht anders konnte. Er konnte nicht stillstehen. Etwas sang in seinem Blut, hallte fordernd wider. Er blieb ständig in Bewegung, versuchte, das Singen zu unterdrücken, den überwältigenden Drang zu unterdrücken, sich durch das schmale Fenster zu quetschen und ins Nichts zu stürzen.

»… fallen …«, murmelte er. »Ich würde fallen und mir sämtliche Knochen brechen …«

Seine Hände ballten sich wiederholt zu Fäusten: wie eine Katze, die ihre Krallen bewegte, prüfte er die Macht in seinem Körper, den Drang, seine Haut aufzureißen.

Er schwitzte. Keuchte. Fluchte auf launische Götter. Er wollte die Tür öffnen, sie aus ihren Angeln reißen, das Holz ganz und gar zerschmettern und die Eisenbeschläge fortwerfen.

Kellin setzte sich auf den Stuhl und legte die bloßen

Arme fest um seine verbundene Brust, wobei er sich den Schmerz verbiß. Er wiegte sich vor und zurück: ein Kind, das Beistand brauchte; ein Geist, der der Erlösung bedurfte.

Tränen liefen sein Gesicht herab. »Zu viele ...«, sagte er. »Zu *viele* ... Ich werde es nicht riskieren, einen *Lir* zu verlieren ...« Er würde nur riskieren, sich an ein geheimnisvolles Cheysuliritual zu verlieren, das die Welt trotz seiner guten Gesundheit eines weiteren Kriegers berauben würde.

Man hatte ihn gelehrt, daß *lirlos* gewordene Krieger wahnsinnig wurden. Wahnsinnig vor Schmerz und Kummer und verzweifelter Leere.

»... ich bin *jetzt* wahnsinnig ...«, keuchte er. »Ist dies so anders?«

Vielleicht nicht. Vielleicht ging er jetzt genau in jenen Wahnsinn ein, den er nicht riskieren wollte, indem er sich mit einem *Lir* verband.

Das Mauerwerk bedrängte ihn. Die Mauern und das Dach erdrückten seinen Geist.

»Raus ...«, stieß er hervor. Aber hinauszugehen würde bedeuten, sich auszuliefern.

Er wiegte sich vor und zurück, bis er sich nicht mehr wiegen konnte, bis er es nicht mehr ertragen konnte, auf dem Stuhl sitzenzubleiben, so daß er aufstand und erneut auf- und abschritt, von Wand zu Wand lief, kurz am Fenster stehenblieb, um seinen Willen zu prüfen, das verzweifelte Bedürfnis herauszufordern, das ihn zum Weiterlaufen trieb, bis er die Tür erreichte.

Sie war unverschlossen. Nur eingeklinkt. Er brauchte nur den Riegel zu *heben* ...

»Nein.« Kellins Körper erbebte. Er unterdrückte es. Er wandte sich ab, in dem Sieg, in dem Glauben, daß er es bezwungen hätte, frohlockend – und dann spürte er seinen Willen unter dem einfachen körperlichen Verlangen schwinden.

Es dauerte nur einen Augenblick: Stiefel, Wams,

rostbrauner Umhang, Langmesser. Die Smaragde blinkten im Kerzenschein.

Kellin betrachtete das Messer. Seine Sicht verschwamm: Tränen. Tränen für den Krieger, der einst bei dieser Klinge, bei seinem Blut, bei seinem *Lir*, dessen Tod auch ihn getötet hatte, geschworen hatte.

Er dachte an die Worte, die Blais ihm vor einem Jahrzehnt gesagt hatte.

Es schmerzte. Es *erdrückte*, bis kein Platz mehr für sein Herz blieb, kein Platz mehr für seinen Geist.

»Y'ja'hai«, flüsterte Kellin, löste dann den Riegel und öffnete die Tür.

Er weckte den im Stroh schlafenden Pferdeknecht nicht. Er nahm einfach das Zaumzeug und ein Pferd – ohne Decken oder Sattel – und schwang sich auf den bloßen Pferderücken.

Schmerz pochte in Kellins Brust. Er saß starr aufrecht und wagte es dann, nachzugeben, während Schweiß seine Schläfen hinablief. Die Kratzer brannten durch den Schweiß, aber er achtete nicht darauf. Ein geringerer Schmerz, eindringlich, aber weniger tief, erinnerte ihn an seinen verletzten Unterleib, aber er verscheuchte, angesichts seines unwiderstehlichen Drangs, auch diesen Schmerz ins Nichts.

Das Winterfell des Pferdes bot ihm einen weicheren Sitz, als es im Sommer der Fall gewesen wäre, wenn das Pferdehaar glatter und das Reiten folglich manchmal gefährlich war. Es war auch jetzt gefährlich, aber nicht hinsichtlich des Pferdefells. Ein Reiter sollte sich den Bewegungen seines Tieres anpassen und vor allem geschmeidig bleiben, aber diese Fähigkeiten waren Kellin im Augenblick genommen. Er war durch seine gequetschten und fest verbundenen Rippen gezwungen, kerzengerade zu sitzen, ohne sein Rückgrat beugen zu können. Sonst hätte er erhebliche Schmerzen riskiert.

Er kannte den Weg nur zu gut: ein Seitentor in den Schatten der Mauer verborgen. Er hatte es schon früher benutzt. Er ritt auch jetzt hindurch, ließ den Außenhof hinter sich und dann auch Mujhara, während er durch die Stadt auf die dahinterliegenden Wiesen zuritt. Der enge Pfad bot in der Kälte und im blassen Licht des Mondes frostgesäumt einen schweren Untergrund.

Keine Mauern mehr … Kellin biß die Zähne zusammen. *Keine Steine, keine Straßen und Gebäude mehr …*

Tatsächlich, nichts mehr. Er war von der Stadt aufs Land gelangt, hatte Pflastersteine gegen die Erde und das Gras – und die Gefangenschaft gegen die Freiheit eingetauscht.

Aber die Leere blieb.

Wenn ich mich dem Lirbund überantworte, werde ich nicht anders sein als jeder andere Krieger, dessen Versprechen an Cheysula und Kinder, immer für sie zu sorgen, stets von eben jenem Bund bedroht wird.

Es schien Kellin ein seltsamer Zusammenhang. Wie konnte ein Versprechen ein anderes überwiegen und seinen Wert doch bewahren? Wie konnte sich ein Krieger so stark *Lir* und Familie verschwören, obwohl er sehr genau wußte, daß einer der Schwüre vielleicht ungültig werden könnte?

Und wie konnten eine *Cheysula* und ein Kind irgend etwas von dem glauben, was der Krieger versprach, wenn angesichts der Götter und des Stammes sehr deutlich gemacht wurde, daß ein *Lir* stets den Vorrang hatte?

Kellin schüttelte den Kopf. *Ein von selbstsüchtigen Göttern geforderter selbstsüchtiger Schwur …*

Das Pferd stolperte. Die wunden Rippen antworteten mit Schmerzen auf die Erschütterung. Neuer Schweiß brach auf Kellins Stirn aus und lief sein Gesicht herab. Die kalte Luft auf der Feuchtigkeit ließ ihn krampfartig erschaudern, wodurch neuerlich Schmerzen hervorgerufen wurden.

Er blickte zum sternenübersäten Himmel hinauf. *Rache für die Kränkung? Weil ich solch übertriebene Hingabe an euch in Frage zu stellen wage?*

Das Pferd stolperte nicht wieder. Wenn die Götter ihn hörten, zogen sie es vor, ihm nicht zu antworten.

Kellin lachte – bis Verzweiflung und Leere die düstere Komik seiner Zweifel zerschmetterten und ihn erneut daran erinnerten, daß er, wenn nichts sonst, den Launen unterworfen war, die die Götter ihm zukommen zu lassen gedachten.

Nur weil ich ein Cheysuli bin … Er hielt sich mit beiden Knien auf dem Pferd fest und umklammerte auch die Zügel. Er erinnerte sich deutlich daran, was sein Großvater über den Wahnsinn gesagt hatte. Und er erinnerte sich noch deutlicher an den wilden Kummer in Blais' Augen, als der Krieger etwas weitaus Wesentlicheres eingestand als die Tatsache, daß er sein Leben aufgeben mußte. Tannis Tod und das Trennen des *Lir*bundes waren in diesem Augenblick das einzige gewesen, woran Blais denken konnte, obwohl dies auch seinen Tod beinhaltete.

Spott keimte auf. *Er hat sicherlich überhaupt nicht an mich gedacht, dem er bei seinem Blut zu dienen versprochen hatte.*

Den Göttern verschworen.

Kellin ritt von den Wiesen zu den Außenbezirken des Waldes hinüber. Sein Vorüberziehen erweckte die Wälder zu neuem Leben, da Vögel aus den Zweigen und kleine Tiere aus ihren Erdbauten gescheucht wurden. Hier schien der Mond kaum bis auf den Boden, wurde von den Zweigen aufgesplittert. Kellin hörte die Geräusche seines Pferdes und seines eigenen Atems, den er in blassen Dampfwolken ausstieß. Er zog den Umhang fester um seine Schultern.

Das Pferd blieb stehen. Es stand mit aufgestellten Ohren vollkommen still. Seine Nasenflügel waren gebläht, bebten und schlossen sich dann wieder, als das Tier geräuschvoll und warnend schnaubte.

»*Shansu …*« Als Kellin die Zügel aufnahm, um ihm zuvorzukommen, erschauderte der Hengst von Kopf bis Fuß.

Aus den Schatten unmittelbar vor Kellin erklang das schwere, kehlige Husten eines Löwen.

Warte … Aber noch während sich Kellin mit den Beinen an den Pferderücken klammern konnte, sprang das Tier seitwärts und schoß davon.

Kapitel Sieben

Kellin spürte beim ersten unbeholfenen Sprung Pferdehaar an seiner Hose entlanggleiten und die seltsam unausgewogene Leichtigkeit eines Durchgängers. Damit ging zweifaches Entsetzen einher: erstens die Möglichkeit, im Ritt verletzt zu werden, und zweitens die Angst vor dem Löwen.

Er hatte schon früher Durchgänger geritten. Er war schon früher von Durchgängern heruntergefallen oder abgeworfen worden. Es war die unmittelbare Gefahr, der jeder Reiter ausgesetzt war, ganz gleich, wie gut er reiten konnte oder wie fügsam das Pferd war. Ein Reiter lernt einen Durchgänger mit verschiedenen Techniken zu halten, wenn der Untergrund es ermöglicht. Hier war der Untergrund trügerisch und es bestand keine Sicht. Dieses besondere Durchgehen – bei Nacht, im Dunkeln und die üblichen Wahrnehmungen durch Schmerz und Verwirrung ausgeschaltet – schien weitaus gefährlicher als sonst.

Kellin hatte Mühe, das Gleichgewicht zu halten. Er konnte nicht richtig sitzen. Er war gezwungen, fast aufrecht zu reiten, in gefährlicher Haltung auf dem Hengst zu kauern, das flüssige Miteinanderverschmelzen von Pferd und Reiter zu durchbrechen. Die durch die Flucht verursachten Erschütterungen hallten schmerzhaft in seinem Körper wider, während das Pferd durch verwachsenes Unterholz brach und über umgestürzte Baumstämme sprang.

Zweige verfingen sich in Kellins Haar, schlugen ihm ins Gesicht, rissen seinen Mund auf. Eine Dornenranke blieb an seinem Nasenrücken haften und verletzte die

Haut. Er spürte etwas in ein Auge eindringen, riß den Kopf zur Seite und fluchte dann hilflos. *Ein Fehltritt …*

Er versuchte sich wieder in die Gewalt zu bekommen, weil er bisher nicht auf sich selbst vertrauen wollte. Aber sein Rückgrat wurde erschüttert, als das Pferd eine Bodensenke nahm, so daß auch seine Rippen wieder schmerzten. Kellin sog geräuschvoll Luft ein und versuchte, sich entspannter zurechtzusetzen, eine geeignete Körperhaltung zu den Bewegungen des Pferdes zu finden – aber es gelang ihm nicht.

Das Pferd stolperte, sprang zur Seite und scheute dann vor einem unsichtbaren Schrecken. Kellin fluchte und biß sich auf die Wange. Er dachte daran, die Pferdenase mit der klassischen Technik ruckartig an sein linkes Knie zu ziehen, aber die Bäume standen zu nahe und das Laubwerk war zu dicht. Er hatte keinen Spielraum, konnte keine Hebelwirkung verursachen.

Das Pferd zögerte, sprang dann erneut zur Seite, wich einem wiederum unsichtbaren Hindernis aus. Dann schien es zu erkennen, daß es einen lästigen Reiter trug. Kellin spürte den Körper unter seinem Gesäß sich verlagern, von den umklammernden Beinen fort. Dann bäumte sich der Hengst auf, wand sich, hob Kellins Gesäß und warf seinen Reiter nach vorn.

Kellin glitt hilflos auf den Kopf des Pferdes zu und hing dann kurze Zeit quer über dessen Schulter. Seine Hände ergriffen panisch die Mähne, während er sich wieder hochzuziehen und die Zügel erneut zu fassen versuchte, die linke Ferse als Stütze benutzend – aber der Hengst tauchte unter ihm weg.

Kellin blieb sehr ruhig, als er plötzlich in der Luft hing. Er war sich der lastenden Dunkelheit bewußt, die die Rankgewächse und Zweige verhüllte. Und er konnte nicht begreifen, daß er nicht mehr mit seinem Pferd verbunden war – wobei ihm einfiel, daß es sehr schmerzen würde, wenn er gleich landete.

Er zog sich so weit wie möglich zusammen und verfluchte seine verbundenen Rippen. Zuerst traf eine Schulter auf dem Boden auf. Er rollte im Schwung weiter, schlug sich die Hüfte an abgebrochenen, von Farngestrüpp verborgenen Zweigen an und fiel dann auf den Rücken, wobei der Schmerz an seinen Rippen ihm die Kontrolle raubte. Er landete flach und sehr heftig, eine menschliche Beute für jede unsichtbar im Boden verborgene Niedertracht.

Eine Weile empfand er gar keinen Schmerz. Das erschreckte ihn. Er erinnerte sich nur zu deutlich des alten homanischen Soldaten, der im Schloßhof vom Pferd gestürzt war. Der Sturz war nicht schlimm gewesen, aber als sich die Kameraden – und auch Kellin – um ihn versammelten, um Scherze über ihn zu machen, wurde deutlich, daß der alte Tammis zwar noch lebte, sich aber das Genick gebrochen hatte. Er würde niemals wieder gehen können.

Das durch dieses Bild hervorgerufene Entsetzen entfesselte die bislang beeinträchtigte Kraft in Armen und Beinen. Kellin gelang eine gewaltige, ruckartige Drehung gegen die abgebrochenen Zweige und den Farn. Dadurch brach der Schmerz erneut auf, aber er hieß ihn jetzt willkommen, denn der Schmerz war ein Beweis dafür, daß er sich noch bewegen konnte.

Ich werde *wieder gehen können*. Aber im Augenblick war er sich nicht sicher, ob er das auch wollte. Jetzt, da er wußte, daß er sich bewegen *konnte*, tat er es nicht mehr, sondern lag kraftlos und sehr still in seiner schmerzhaften Wiege. Er zwang sich, nicht nach Luft zu ringen, sondern flach in seine angegriffene Brust zu atmen.

Als er schließlich wieder genug Luft bekam, stieß Kellin auf Homanisch, in der Alten Sprache und auf Erinnisch eine lange Reihe der wildesten Flüche aus, die er kannte. Dadurch verbrauchte er den Atem wieder, den er so mühsam zurückgewonnen hatte, aber er fand, daß es die Sache wert war. Tote Männer fluchten nicht.

Das Pferd war fort. Kellin kümmerte das jetzt nicht. Er konnte den Gedanken nicht ertragen, erneut aufsteigen zu müssen. Er wünschte dem Tier, daß es gut davonkäme, unterdrückte das Aufflackern einer erschreckenden Erkenntnis – ein langer und schmerzhafter Weg bis nach Mujhara – und versicherte sich dann, daß er selber heil war. Alles *schien* unbeschädigt zu sein, aber er würde es vermutlich nicht eher sicher wissen, bis er nicht vom Boden aufgestanden war.

Ein Geräusch erschreckte ihn und ließ ihn still werden. Aus einem oder zwei Schritten Entfernung kamen das hustende Knurren einer Bestie und der Gestank ihres Atems.

Er erfüllte Kellins Nase, und sofort wollte er sich schon zur Flucht aufmachen: Es könnte vielleicht ein Bär sein oder ein Rotluchs ... Er schrak zusammen und beruhigte sich dann wieder.

Ein Löwe?

Er trug Corwyths Stempel.

Kellin zog mühsam die Ellenbogen an und richtete seinen Oberkörper auf, hob die geschundene Brust, bis er nicht mehr zerschlagen und hilflos dalag. »Fort«, sagte er laut und mit königlicher Verachtung. »Ihr habt keine Macht über mich.«

Der Geruch schwand sofort und wurde von feuchten, kalten Winterdüften ersetzt. Aus den Schatten, die die Bestie abschirmten, erklang das leise Lachen eines Mannes. »Der Löwe vielleicht nicht«, sagte er dann, »aber *ich* gewiß.«

Kellin atmete zwischen zusammengebissenen Zähnen hindurch geräuschvoll aus, als Corwyth aus den Schatten in die sternenbeschienene Senke trat, in der der Prinz lag. Der Ihlini trug dunkle Lederkleidung und einen grauen Stoffumhang. Der Umhang, der an einer Schulter mit einer großen Silberspange geschlossen war, glühte in lebendigen Falten purpurfarben.

Die Erkenntnis minderte den Schmerz, machte ihn unwichtig. »Corwyth der Löwe. Aber die Verkleidung ist jetzt unwirksam. Ich habe erkannt, was Ihr seid.«

Corwyth zuckte nachlässig die Achseln. »Ich bin, was immer mir – und meinem Herrn – dienlich ist. Für Euch war es ein Löwe.« Der Ihlini schritt ruhig auf Kellin zu, wobei er keine Zweige zerbrach und nirgendwo hängenblieb. Seine Hände steckten in schwarzen Handschuhen. »Tatsächlich hatten wir von der Angst des kleinsten Prinzen vor großen Löwen gehört. Das erlaubte uns gewisse Freiheiten, auch wenn wir im Palast selbst keine Macht besaßen. Angst kann sich als recht wirkungsvoll erweisen – wie es in Eurem Fall auch war. Ihr glaubtet. Dieser Glaube hat Euch geformt, Kellin, er hat Euch zu dem geprägt, was Ihr im Herzen und im Geist seid, und hat Euch meinem Zugriff entgegengeführt.«

Kellin wollte es leugnen, aber er konnte nicht sprechen. Corwyth hatte recht. Seine eigene Schwäche hatte dem Ihlini eine Waffe verschafft.

Die behandschuhten Hände spreizten sich und zeigten winzige weiße Flammen, die zu Säulen wurden. Sie tanzten auf Corwyths Handfläche. »Ians Tod war mit Abstand der wichtigste. Euer fester Glaube, daß der Löwe ihn getötet hatte, war unbegründet – es war nur die verzerrte Phantasie eines Kindes, die etwas Flüchtigem ein Bild verlieh –, aber dieses Bild, dem Ihr Leben eingehaucht habt, hat Euch fast verschlungen.« Die Flammen in seiner Handfläche badeten Corwyths lächelndes Gesicht in unheimlichem Licht. Seine Augen waren schwarze Höhlungen in einer weißbemalten Maske. »Auch das hat uns gedient, obwohl es nicht unser Werk war. Ians Tod geschah zufällig. Wir hätten es uns nicht besser wünschen können.«

Kellin regte sich abwehrend und unterdrückte dann

ein durch die Schmerzen hervorgerufenes Stöhnen. Er wollte gern aufstehen und dem Ihlini gegenübertreten, wie er einem Mann gegenübertreten würde, aber der Schmerz nagte an seinen Knochen. »Lochiel«, sagte er.

Corwyth nickte. »Die Hand wurde letztlich doch ausgestreckt. Sie winkt, Kellin. Ihr seid herzlich eingeladen, Euren Verwandten in den Hallen Valgaards zu besuchen.«

»Verwandten!«

Corwyth lachte. »Ihr zuckt zusammen, als hätte man Euch verletzt, Mylord! Aber was seid Ihr sonst? Soll ich Euer Erbe nennen?«

Kellins Schweigen klang laut.

Der Ihlini fuhr dessenungeachtet fort. »Lochiel war Strahans Sohn. Strahan war Tynstars Sohn, der ihn mit Electra von Solinde gezeugt hatte. Sie war zu dieser Zeit mit Carillon verheiratet und daher Königin von Homana. Aber ihre Vorliebe galt eher ihrem wahren Herrn als dem Mujhar, der es zu sein vorgab.« Er lächelte. »Strahan war ihr Sohn. Er war Aislinns Bruder – *Rujholli?* Sie gebar Niall, der wiederum Brennan zeugte – sowie eine Vielzahl anderer. Brennan zeugte Aidan. Euren ureigenen *Jehan.*« Corwyth nickte. »Die Erblinie verläuft gerade, Kellin. Ihr und Lochiel seid tatsächlich Verwandte, ob es Euch gefällt oder nicht.«

Etwas sickerte langsam und warm in Kellins Augen. Er blutete – der von Aileen behandelte Schnitt? Oder ein anderer, neuerer?

Corwyth lachte. »Armer Prinz. So zerschlagen, so verletzt … und so vollkommen hilflos.«

Kellin sprang schmerzerfüllt auf und riß das Langmesser aus seiner Scheide. Es paßte sich seinem Griff so gut an, als wäre es für ihn bestimmt. *Blais kann es nicht gewußt haben …* Er drehte es sofort in der Hand um und schleuderte es von sich, woraufhin es einen sauberen Bogen durch die Dunkelheit auf den Ihlinimagier zu beschrieb. *Meine Art Zahn!*

Aber Corwyth streckte seine Hand aus, in der jetzt keine Flammen mehr tanzten. Das Messer hielt mitten in der Luft inne. Smaragdgrüne Augen färbten sich schwarz.

»Nein!« platzte Kellin weniger aus Angst, als aufgrund der Entweihung heraus. *Nicht Blais' Langmesser!*

Corwyth pflückte die Waffe aus der Luft. Er betrachtete sie einen Augenblick und steckte sie dann in seinen Gürtel. Seine Augen glänzten. »Ich begehre eine solche Waffe schon seit einem Jahrhundert. Ich danke Euch für Euer Geschenk.« Der immer jung wirkende Ihlini lächelte. »Ohne Euch hätte ich vielleicht niemals eine bekommen. Cheysulikrieger sind durch ihre *Lirs* immerhin gut geschützt.« Corwyth hielt nachdenklich inne. »Aber Ihr habt keinen *Lir* und daher keinen Schutz. *Leijhana tu'sai,* Mylord.«

Kellin schwankte. Seine Kraft war durch Entsetzen und Zorn verbraucht. Ihm blieb nichts, nicht einmal Wut oder Angst. Er streckte die Hand aus und griff nur ins Leere, fand keinen Halt. Die Finger schlossen sich, und dann sank die Hand kraftlos herab, während sich Kellin auf die Lippen biß, um einen Zusammenbruch zu verhindern. Er würde dem Ihlini gegenüber keine – *keine* – solche Schwäche zeigen.

»Ergebt Euch«, schlug Corwyth sanft vor. »Ich bin nicht hier, um Euch gegenüber grausam zu handeln, Kellin … Ich weiß, Ihr behauptet es von uns, und das ist ein persönlicher Kummer. Aber es hat keinen Sinn, nur aus Stolz solch starre und schmerzliche Kontrolle zu bewahren.«

Die Dunkelheit verdichtete sich. Magie? Oder eine Erschöpfung infolge des Schmerzes? »Ich bin ein Cheysuli. Ich werde in keiner Weise – weder durch Worte, noch durch Taten, noch durch meine Haltung – einräumen, daß ich einem Ihlini unterlegen bin.«

Corwyth lachte. »Unterlegen, nein. Niemals. Wir sind uns *gleich,* Mylord, in jeder Bedeutung des Wortes.

Von den Göttern gezeugt, sind wir jetzt kaum mehr als kleine Kinder, die um ein Spielzeug streiten.« Seine Hand schloß sich um den Wolfskopfknauf des Messers in seinem Gürtel. »Einst waren wir vielleicht Brüder. *Rujheldi,* wie *wir* sagen – kommt das dem Begriff *Rujholli* nicht nahe?« Corwyth blieb ernst. »Unangenehm nahe, wie ich sehe – zumindest Eurem Gesichtsausdruck nach zu urteilen. Aber jetzt ist es zu spät für etwas anderes als Feindschaft. Die Cheysuli sind der Erfüllung zu nahe. Die Prophezeiung muß aufgehalten werden, bevor sie erfüllt werden kann. Bevor *Ihr,* mein Cheysuli*rujheldi,* ein Kind mit einer Ihlinifrau zeugen könnt.«

Kellin hätte am liebsten ausgespien. Er tat es aber nicht, weil er die Zeit für gekommen hielt, Selbstbeherrschung zu zeigen. Er, der so wenig davon besaß. Er fragte verhalten verächtlich: »Glaubt Ihr, ich würde meine Männlichkeit dadurch entehren, daß ich ihr Einlaß in den Schoß der Unterwelt gewährte?«

Corwyth lachte. Es war ein ehrliches Lachen, das in die Dunkelheit aufstieg. Es scheuchte Vögel in einem nahestehenden Baum auf und weckte nochmals Kellins Verstand. »Ein Mann ist ein Narr, wenn er in einer solch wichtigen Angelegenheit dem Geschmack und den Vorlieben vertraut. Ich erinnere Euch an Eure eigene Geschichte, Kellin: Rhiannon, Lilliths Tochter, von Ian persönlich gezeugt…«

»Ian wurde überlistet. Er wurde verhext. Er war *lirlos* und daher hilflos.«

»…und Brennan, Euer Großvater, der mit Rhiannon geschlafen und eine Mischlingsihlinifrau gezeugt hat, an deren Brust Ihr einst getrunken habt.«

Kellins Magen zog sich zusammen. »Mein Großvater wurde verführt.«

»Aber *Ihr* steht über solchen Dingen?« Corwyth schüttelte den Kopf. »Eine einzige Geburt, Kellin… Ein einziger Eurer Samen, in fruchtbarer Ihlinierde ausgesät, und es ist vollbracht.« Seine Augen wirkten in der frostigen Nacht schwarz und unbarmherzig. »Wir sind nicht alle Asar-Suti verschworen. Es gibt auch Ihlini, die alles daransetzen würden, sicherzustellen, daß das Kind empfangen würde, um uns zu vernichten. Die Prophezeiung hängt nicht davon ab, *wessen* Blut mit Eurem vermischt wird, sondern nur davon, daß es Ihliniblut ist.«

Kellin sammelte seine letzten Kräfte. Zusätzlich zu seiner gequetschten Brust schmerzten jetzt auch eine Hüfte und eine Schulter. Schnitte und Kratzer stachen. Es war schwierig, weiterhin Tapferkeit vorzutäuschen. »Also werdet Ihr mich hier töten?«

Corwyth lächelte. »Ihr werdet Lochiel übergeben.«

Kellin fand mühsam Verachtung für ihn. »Wenn Ihr mich nach Valgaard bringen wollt, werdet Ihr es gegen meinen Willen tun müssen. Das könnt Ihr mir nicht nehmen, auch wenn ich *lirlos* bin.«

»Das stimmt vielleicht«, räumte Corwyth ein, »aber es gibt noch andere Mittel. Und sie sind alle gleich wirkungsvoll.«

Er machte eine Geste. Zwei mit Umhängen bekleidete Männer traten mit einem gesattelten Pferd aus den Schatten. Kellin betrachtete sie, betrachtete das Pferd und wußte, was sie vorhatten.

»Ein langer Ritt«, sagte Corwyth, »und so schmerzvoll, wie ich ihn nur einrichten kann.« Er schaute zu dem Pferd und dann wieder zu Kellin. »Was glaubt Ihr, wie lange Ihr durchhalten könnt?«

Kapitel Acht

Kellin erwachte mit dem Mund voller Blut. Er würgte, spie es aus und spürte, wie daraufhin noch mehr Blut aus dem Schnitt in seiner Wange sickerte. Sein Kopf pochte drückend. Das weckte ihn vollständig, so daß er schließlich die Bedenklichkeit seiner Lage erkennen konnte.

Corwyths Begleiter hatten ihn mit dem Bauch nach unten über den Sattel geworfen, so daß er nach kaum mehr als einem zerschlagenen Leichnam in Gestalt eines Menschen aussah. Seine Knöchel waren an den rechten Steigbügel gebunden, die Handgelenke an den linken. Diese Haltung war äußerst unbequem. Die Verbände um seine Rippen hatten sich durch die Mißhandlung gelöst und boten keinen Halt mehr.

Er erinnerte sich seiner trotzigen Herausforderung: Cheysuli gegen Ihlini. Er erinnerte sich, diesen Kampf verloren zu haben, sonst aber an nichts. Der Schmerz hatte ihm das Bewußtsein geraubt. Jetzt war es zurückgekehrt. Er wünschte, es wäre anders.

Kellin würgte und hustete erneut und unterdrückte ein schmerzhaftes Stöhnen, indem er es mühsam hinter fest zusammengebissenen Zähnen zurückhielt. Ungeachtet seines Unbehagens und trotz der beginnenden Auflehnung seines gequälten Magens würde er sich nicht entwürdigen, seinen Inhalt vor einem Ihlini zu entleeren.

Er dachte: *Hätte ich nur auf meinen Großvater gehört …* Aber er ließ schnell wieder von diesem Gedanken ab. Selbstbeschuldigungen würden nur noch zu seinem Unbehagen beitragen.

Das Pferd lief mit seiner Cheysulilast stetig weiter.

Jeder Schritt des Tieres erneuerte Kellins Übelkeit. Er wollte sich so gern aufsetzen und dann von dem Pferd absteigen, sich ruhig hinlegen und seinen Kopfschmerz vergehen lassen. Aber er konnte nichts von alledem tun.

Ein Krachen im Unterholz warnte ihn, daß er Gesellschaft bekommen würde. Ein Pferd tauchte neben ihm auf. Kellins – da er kopfüber hing – begrenzte Sicht ließ ihn nicht mehr von der Welt erkennen als einen Steigbügel und das Pferdefell.

Dann sprach Corwyth zu ihm. »Seid Ihr schließlich aufgewacht, Mylord? Ihr habt den größten Teil der Nacht geschlafen.«

Geschlafen? Ich habe schon in bequemeren Betten gelegen. Kellin hob den Kopf. Sein Schädel fühlte sich schwer an, zu schwer. Es kostete Mühe, ihn aufrecht zu halten. Es wurde jetzt schon heller. Er konnte den Ihlini deutlicher sehen. Die Dämmerung wartete ungeduldig vor der Tür.

Corwyth lächelte. Seine Stimme enthielt keinen Spott, sein Gesichtsausdruck keine Verachtung. »Man erkennt Euch kaum wieder. Ein Bad wäre zweifellos nützlich. Würdet Ihr gern einen Fluß zum Baden aufsuchen?«

Der Gedanke daran, in einen eiskalten Fluß geworfen zu werden, ließ die Haut über Kellins Knochen sich zusammenziehen. Er unterdrückte mühsam ein Schaudern und schwieg.

Das Lächeln des Ihlini wurde breiter. »Nein, das wäre kaum hilfreich. Ihr könntet davon krank werden und sterben … Und dann wäre mein Herr sehr zornig auf mich.« Blaue Augen schimmerten. »Ihr tut mir leid, Kellin. Ich habe Lochiels Zorn und seine Folgen schon häufiger erlebt.«

Kellins Mund schmerzte. »Lochiel hat mein Haus schon früher zu stürzen versucht.« Es klang eher wie ein Krächzen. Dann festigte er seine Stimme, damit sie nicht mehr so wimmernd klang. »Warum glaubt Ihr, daß er dieses Mal Erfolg haben wird?«

»Er hat Euch«, antwortete Corwyth einfach.

»*Ihr* habt mich«, verbesserte Kellin ihn. »Und ich würde einen Cheysuli nicht hilflos nennen, solange sein Herz noch schlägt.«

Rostbraune Brauen hoben sich. »Soll ich es also anhalten? Um meine Sicherheit zu wahren? Um Euch vielleicht davon zu überzeugen, daß Ihr trotz Eurer gespielten Tapferkeit tatsächlich hilflos seid?«

Kellin öffnete den Mund zu einer Erwiderung, aber ihm fehlten die Worte. Corwyth hatte die Finger in seinem Handschuh entspannt ausgestreckt und krümmte sie dann zur Faust.

Er empfand keinen Schmerz. Nur eine Atemlosigkeit, die zunahm, als sich die Finger schlossen, und eine Enge in der Brust, die den Schmerz der Rippen verdrängte, weil sie viel schlimmer war. Gequetschte und sogar gebrochene Rippen stellten kaum noch eine Gefahr dar, wenn das Herz eines Menschen bedroht wurde.

Kellin regte sich abwehrend, aber seine Fesseln hielten ihn fest. Das Pferd lief, von Corwyths Günstlingen geführt, weiter. Die Finger des Ihlini schlossen sich fester.

Er spürte jeden einzelnen: vier Finger und einen Daumen, jeden für sich. Sie befanden sich alle in seiner Brust. Sie berührten ihn tief innen, liebkosten genau den Muskel, der ihn lebendig erhielt.

Kellin dachte, daß es eine sehr andere Art von Vergewaltigung war.

Kellin wollte sich so sehr wehren, schreien, fluchen, Verwünschungen herausbrüllen. Aber sein Mund wollte nicht gehorchen. Hände und Füsse waren taub. Er dachte, daß der Druck in seinem Kopf seine Augen und Ohren platzen lassen würde.

Er konnte nicht *atmen*.

Corwyths Hand drückte zu.

Kellin bäumte sich einmal auf und spie in einem letzten, sinnlosen Versuch, der Hand in seiner Brust zu entkommen, Atem und Blut aus.

»Eure Lippen sind blau«, sagte Corwyth. »Das ist keine schmeichelnde Farbe.«

Nichts war mehr übrig. *Ein Stück Fleisch …*

Kellin empfand es als äußerst grobe Art zu sterben.

Dann hielt die Hand sein Herz an, und er *war* tot.

Kellin erwachte, als Corwyth eine Handvoll seines Haars ergriff und seinen Kopf hochriß. »Seht Ihr?« fragte der Ihlini. »Versteht Ihr jetzt?«

Er verstand nur, daß er tot gewesen war, oder doch beinahe. Er atmete keuchend ein, versuchte die kraftlosen Lungen zu füllen. Der Versuch wirkte unbeholfen und krampfartig, so daß er nur das gedämpft gehauchte Keuchen eines ängstlichen Menschen hörte, der mühsam zu atmen bemüht war.

Ich habe *Angst …* Und er war ebenso verzweifelt. Er fühlte sich zutiefst hilflos und war noch verärgert darüber. Lochiels Gesandter hatte ihn auf die entblößendste Art erniedrigt: indem er einem Cheysuli Freiheit, Kraft und Stolz genommen hatte.

»Sagt es noch einmal«, forderte Corwyth. »Sagt erneut, daß Lochiel Euer Haus nicht stürzen kann.«

Kellin schwieg. Er konnte nichts hervorbringen.

Die Hand riß grausam an seinem Haar. Die Nackensehnen protestierten. »Ihr habt nichts gelernt. *Nichts*, Kellin. Ich bin stolz, aber auch ich kann handeln. Ich gestehe meinen geringeren Platz ohne Zögern oder Bedenken ein. Im Vergleich zu seiner Macht ist die Macht, die ich befehlige, unbedeutend.«

Unbedeutend genug, um Kellin mit kaum mehr als einer Geste zu töten.

Corwyth ließ sein Haar los. Kellins Hals war zu schwach, seinen Schädel zu tragen. Er fiel wieder herab, so daß sein Gesicht an das Winterfell des Pferdes gepreßt wurde. Er atmete seinen Geruch ein und war dankbar, es zu können.

»Denkt darüber nach«, riet Corwyth. »Bedenkt Eure Lage und erinnert Euch daran, daß Euer Leben vollkommen von Lochiels Geduld abhängt.«

Kellin dachte eher, daß sein Leben, ungeachtet Lochiels Absichten, vollkommen von seiner Fähigkeit zu atmen abhing. Er dachte nur an seine Ein- und Ausatmung, während er über dem Sattel hing. Lochiel konnte warten.

Als sie Kellin von dem Pferd schnitten und herabzogen, fragte er sich ernsthaft, ob der Tod wohl weniger schmerzhaft wäre. Er biß sich auf die Zunge, um sich nicht noch mehr zu entwürdigen, indem er zu flehen begann. Aber der plötzlich spürbare Schweißfilm auf seiner Haut verriet seine Schwäche dennoch. Corwyth sah es, dachte darüber nach und nickte dann vor sich hin.

»An den Baum«, befahl der Ihlini seinen Begleitern.

Die beiden Männer hievten Kellin zu dem angezeigten Baum und setzten ihn an seinem Fuß ab, während er sich verzweifelt bemühte, bei Bewußtsein zu bleiben. Der reichlich herabströmende Schweiß befeuchtete sein Haar. Er lag hauptsächlich auf einer Seite. Seine Handgelenke waren jetzt zwar von dem Steigbügel befreit, aber noch immer zusammengebunden. Er hing nicht mehr wie frisch geschlachtetes Fleisch über dem Pferderücken, aber die Umstände schienen auch jetzt nicht wesentlich besser.

Kellin pustete Dreck von seinen Lippen. Er hatte einen schlechten Geschmack im Mund, aber ihm wurde kein Wasser angeboten.

Die Sonne hatte ihren höchsten Stand erreicht. Sie waren stundenlang ohne einen einzigen Halt vorangeritten. Zusätzlich zu den von dem Wirtshausstreit und dem unbequemen Ritt herrührenden Schmerzen drückte jetzt auch noch Kellins Blase. Es war ein kleiner, aber bemerkenswerter Reiz, der sein Elend noch verstärkte.

Kellin richtete sich an dem Baumstamm in eine sitzende Haltung auf. Dann sackte er wieder ein wenig zusammen, überprüfte seine Rippen in den gelösten Verbänden sowie die gequetschte Haut – und lehnte sich dann haltsuchend an das Holz. Er hatte kaum noch eigene Kraft.

Ich bin jung, stark und in guter Verfassung... Dies ist nur eine unbedeutende Unpäßlichkeit. Aber er hatte Schmerzen.

Corwyth trat von seinem Pferd zu Kellin, der ein Schaudern nicht unterdrücken konnte, als der Ihlini die Fesseln um seine Handgelenke berührte. »So, Mylord: Freiheit.« Die Fesseln fielen ab. Corwyth lächelte. »Prüft uns, wenn Ihr wollt.«

Kellin wollte ihm in sein überhebliches Gesicht spucken. Corwyth wußte, daß *er* wußte, daß es sinnlos war, etwas zu versuchen. Kein Mann, ob Cheysuli oder nicht, würde sein Herz ein zweites Mal der Ihlinimagie aussetzen wollen.

»Seid Ihr hungrig? Durstig?« Corwyth gab einem seiner Begleiter ein Zeichen. Dieser brachte Kellin daraufhin sofort ein eingewickeltes Päckchen und eine Lederflasche. »Brot und Wein. Eßt. Trinkt.« Corwyth hielt inne. »Und wenn Ihr Euch weigert, seid versichert, daß ich Euch zwingen werde.«

Kellin hatte sofort die Vorstellung, wie seine eigenen Hände ihm durch Magie den Mund voller Brot stopften, bis er fast daran erstickte. Sein Herz war einmal angehalten worden. Also sollte er besser, wie befohlen, essen und trinken, als weitere Scheußlichkeiten zu riskieren.

Er wickelte das Päckchen mit Händen aus, die durch das gestaute Blut steif und unbeholfen waren. Darin befand sich ein Klumpen hartkrustiges homanisches Brot. Er legte es vorsichtig beiseite, wobei er auf Corwyths neugierigen Blick nicht achtete, und entkorkte zunächst die Flasche. Ohne Zögern – er würde dem Ihlini nichts gönnen, nicht einmal Argwohn – setzte er die Flasche an seine aufgeplatzten Lippen und goß Wein in seine Kehle.

Er brannte in seinem Mund. Kellin trank noch etwas und verkorkte die Flasche dann wieder. »Ein schlechter Jahrgang«, bemerkte er. »So mächtig Ihr auch sein mögt – von Wein versteht Ihr nichts.«

Corwyth grinste. »Fordert mich heraus, Mylord, aber Ihr tut es auf eigene Gefahr.«

Kellin erwiderte seinen Blick fest. »Wenn Ihr mich nicht heilt, könnte Lochiel sich sehr wohl fragen, was Ihr getan habt, um seinen wertvollen Verwandten so zuzurichten.«

Corwyth erhob sich. »Lochiel kennt Euch besser. Jedermann in Homana – *und* in Valgaard – hat von den Wirtshaustaten des Prinzen von Homana gehört.«

Wirtshaustaten. Diese Bezeichnung gefiel Kellin nicht. Und noch weniger gefiel ihm die Tatsache, daß Lochiel davon wußte. Er steckte sich schnell etwas Brot in den Mund, um nichts Unbedachtes zu erwidern.

»Eßt schnell«, riet Corwyth. »Wir reiten gleich weiter.«

Kellin sah ihn an. »Warum haben wir dann überhaupt angehalten?«

»Nun, um zu verhindern, daß Ihr oder sonst jemand mich als unmenschlich bezeichnet!« Der so jung wirkende Ihlini wandte sich mit aufblitzenden blauen Augen seinem Pferd zu, hielt dann inne und drehte sich wieder um. »Wollt Ihr, daß ich Euch aufstehen helfe, damit Ihr Euch erleichtern könnt?«

Kellins Gesicht loderte. Alle ihm bekannten Schimpfworte erfüllten seinen Mund derart, daß er auch nicht eines hervorbringen konnte.

»Kommt jetzt«, sagte Corwyth, »das ist ganz natürlich. Und da Ihr verletzt seid ...«

»Nein«, erklärte Kellin.

Die blauen Augen blitzten erneut auf. »Haltet Euch an dem Baum fest, Mylord. Vielleicht könnt Ihr dann allein aufstehen.«

Kellin hätte den Vorschlag am liebsten vollkommen unbeachtet gelassen. Aber angesichts seines Bedürfnisses wäre es töricht gewesen. Der Stolz drängte ihn –, aber auch seine Blase.

»Ich werde mich umdrehen«, bot Corwyth an. »Eure Verfassung wird Euch wohl an einer Flucht hindern.«

Diese Bemerkung löste natürlich den Wunsch aus, Corwyth zu beweisen, daß er sich irrte, aber Kellin war zu klug, als daß er es versucht hätte. Wenn dieser Ihlini mit seinem Herzen spielen konnte, wollte Kellin nicht riskieren, noch etwas anderes in Gefahr zu bringen.

»Beeilt Euch«, riet Corwyth. Er wandte sich mit schwingendem Umhang ab.

»Ku'reshtin«, murmelte Kellin.

Nur Schweigen antwortete ihm.

* * *

Corwyths Begleiter führten Kellin, als sie weiterreiten wollten, zu seinem Pferd. Corwyth wartete dort auf ihn. »Ihr könnt aufrecht reiten, wenn Ihr wollt. Es ist sicherlich bequemer, als wenn Ihr auf dem Sattel festgebunden seid.«

Kellin knirschte mit den Zähnen. »Was wird mich das kosten?«

»Ich vermute, überhaupt nichts – außer vielleicht die Achtung vor meiner Magie.« Corwyth nahm Kellins Handgelenke, bevor er sich wehren konnte. Der Ihlini griff fest zu, legte ein Handgelenk über das andere und drückte, bis die Knochen schmerzten. »Haut in Haut, Kellin. Nichts ist so gewöhnlich wie ein Seil, nichts so schwer wie Eisen, aber ebenso bindend.« Er nahm seine Hände fort, und Kellin sah, daß die Haut an seinen Handgelenken nahtlos aneinandergeschweißt war.

Götter ... Er versuchte sie sofort voneinander zu lösen, aber es gelang ihm nicht. Seine Handgelenke waren auf Befehl des Ihlini aneinander*gewachsen*.

Er konnte nicht umhin den Mund aufzusperren. Wie ein betrogenes Kind starrte er seine Handgelenke, aufs äußerste überwältigt, ungläubig an und konnte an nichts anderes mehr denken.

Meine eigene Haut ... Ein Schauder des Abscheus rann durch seinen Körper. *Mein Herz, jetzt dies ... was wird Lochiel erst tun?*

»Eine einfache Sache«, sagte Corwyth. Dann machte er seinen Begleitern ein Zeichen. »Helft ihm, auf sein Pferd zu steigen. Ich bezweifle, daß er sich wehren wird.« Corwyth trat fort, zögerte dann, als käme ihm plötzlich ein Gedanke, und fuhr wieder herum. »Wenn er es doch tut, werde ich seine Augenlider zusammenschweißen.«

Sie ritten nordwärts, auf den Blauzahnfluß zu, wo sie in die Nördlichen Einöden hinüberwechseln, dann über den Molonpaß nach Solinde, dem Geburtsort der Ihlini, hinabsteigen und nach Valgaard selbst weiterreiten würden. Kellin hatte Erzählungen über die Ihlinifestung gehört und wußte, daß sie das Tor Asar-Sutis beherbergte. Es war, wie Brennan gesagt hatte, die Ihlinispielart des Schosses der Erde – tief in den Grundmauern Homana-Mujhars.

Kellin ritt in fester, vorsichtiger Haltung aufrecht und versuchte, seinen Oberkörper sehr ruhig zu halten. Seine Beine paßten sich Sattel und Pferd an, aber er lenkte es nicht mit den Händen. Die Zügel waren geteilt worden, damit beide Begleiter – *Günstlinge?* – Corwyths das Pferd des Gefangenen führen konnten. Corwyth ritt voraus.

Sie hielten sich auf Waldwegen und vermieden Hauptstraßen, wo sie mit Leuten zusammentreffen könnten, die den Prinzen von Homana vielleicht kannten. Kellin bezweifelte allerdings, daß ihn jemand wiedererkennen würde. Sein Gesicht war verschrammt und voller blauer Flecke und seine Unterlippe aufgeplatzt und angeschwollen. Er stank nach getrocknetem Schweiß, Dreck und Erde, und Blätter hatten sich in seinem Haar verfangen. Wenig an ihm zeugte jetzt noch von seinem Rang.

Schnee knirschte in tiefen Schatten und brach unter den beschlagenen Pferdehufen auf. Als der Nachmittag in den Abend überging, sank die Temperatur. Kellin kauerte sich fester in seinen Umhang, während sein Atem in der Luft Dampfwolken bildete.

Als sie schließlich rasteten, war es bereits fast vollkommen dunkel. Kellin war so wund und erschöpft, daß er dachte, er könnte vom Pferd fallen, wenn er auch nur den Kopf wandte. *Laß es sie nicht merken.* Er löste seine Füsse langsam aus den Steigbügeln, schwang ein Bein über den Sattel und glitt von seinem Pferd, bevor der Ihlini ein Zeichen geben konnte. Eine schwache Auflehnung – aber erfolgreich.

Er unternahm keinen Fluchtversuch, weil es die reinste Torheit gewesen wäre. Er wollte diese Lage lieber erdulden, bis seine Kräfte zurückgekehrt waren, und dann einen besseren Augenblick abwarten. Jetzt konnte er nur stillhalten.

Kellin lehnte sich einen Augenblick an sein Pferd, um Kraft zu sammeln, während sich seine Haut unter neuem Schweiß kalt anfühlte. Er erschauderte. Verwirrung beeinträchtigte sein Bewußtsein. Vielleicht Müdigkeit… *Oder…?* Er hielt inne. *Magie? Corwyths Versuch, mich zu quälen?*

Einer der Günstlinge legte seine Hand auf Kellins Schulter. Er wehrte sie sofort ab. Es war ein deutlicher

Verweis. »Es ist niemandem gestattet, den Prinzen von Homana ohne dessen Erlaubnis zu berühren.«

Corwyth stieg von seinem Pferd, und lachte gut gelaunt. »Wir fühlen uns besser, nicht wahr?«

Kellin fühlte sich von der Berührung des Günstlings beschmutzt. Er konnte den Drang, wild knurrend die Zähne zu zeigen, nur mühsam unterdrücken. Er wandte sich mit starrer Schulter jäh von dem schwarzäugigen Mann ab.

Corwyth deutete auf eine bestimmte Stelle. »Dorthin.«

Kellin verweilte noch einen Augenblick länger neben seinem Pferd. Sein Kopf fühlte sich seltsam zusammengepreßt und starr an, so daß die Befehle des Ihlini nur gedämpft zu ihm zu dringen schienen. Ein zweiter Schauder erschütterte seinen Körper und seine Knochen. *Nicht nur kalt … mehr …*

»Setz ihn hin«, sagte Corwyth, aber bevor der Günstling gehorchen konnte, setzte sich Kellin selbst. »So ist es besser.« Corwyth kümmerte sich um sein Pferd, während die Günstlinge Kellins Pferd versorgten.

Kellin verspürte ein Jucken. Es hatte nichts mit den Quetschungen und Kratzern zu tun, weil es nicht von seiner Haut, sondern aus seinem Blut rührte. Die mit Haut verbundenen Hände beugten sich, die Finger bogen sich zur Handfläche und streckten sich dann jäh wieder aus.

Er konnte nicht essen, obwohl sie ihm Brot gaben, und er konnte auch nicht trinken, weil seine Kehle sich weigerte zu schlucken. Er lehnte sich erneut gegen einen Baum, und jetzt brauchte er dessen Unterstützung noch mehr als zuvor. Er fühlte sich, als seien alle seine Knochen weich geworden. Und sein Geist war ebenso kraftlos.

Er änderte seine Stellung an dem Holz, verzog mißmutig das Gesicht und setzte sich dann erneut um. Er konnte nicht stillhalten.

Genau wie in Homana-Mujhar. Er sah Corwyth an, der ruhig an einem kleinen Feuer saß. »Habt Ihr mich aus dem Palast getrieben?«

»Euch getrieben?«

»Mit Magie. Wart Ihr es?«

Corwyth zuckte die Achseln. »Dazu waren weder Magie noch Können nötig. Ich kenne Eure Gewohnheiten. Ihr spielt, Ihr trinkt, Ihr hurt. Nur der richtige Zeitpunkt war erforderlich.«

Kellin änderte seine Lage wieder, verbarg die durch Haut verbundenen Handgelenke unter seinem Umhang, weil es ihn zu sehr beunruhigte, sie anzusehen. »Ihr habt die Falle errichtet. Ich bin hineingelaufen.«

Der Ihlini lächelte. »Ein glücklicher Zufall. Er hat Zeit gespart.«

»Zufall? Oder mein *Tahlmorra?*«

Damit forderte er eine Antwort. »Ihr glaubt, daß die Götter dies vielleicht geplant haben könnten? Dies?« Corwyth war ehrlich überrascht. »Würden die Cheysuligötter das letzte Glied der Prophezeiung so bereitwillig aufs Spiel setzen?«

Kellin runzelte die Stirn. »Wer weiß, was die Götter tun würden? Ich verachte sie … Sie haben mir wenig Gutes gebracht.«

Corwyth lachte und legte dann ein neues Scheit auf die Flammen. »Dann *ist* dies vielleicht ihr Werk, wenn Ihr und die Götter so schlecht miteinander steht.«

Kellin erschauderte erneut. »Wenn Lochiel so viel über mich weiß, dann weiß er sicher auch, daß ich bereits Kinder gezeugt habe. Warum sollte er mich dann jetzt töten? Vorher, sicher – um zu verhindern, daß der kostbare Same ausgesät werde –, aber jetzt ist es zu spät. Der Same *ist* bereits ausgesät.«

»Drei Kinder«, bestätigte Corwyth. »Aber alles Mischlinge, und keines hat das richtige Blut. Es sind Mischlingsbälger von homanischen Huren.« Er zuckte nachlässig die Achseln. »Lochiel fürchtet nur das Erstgeborenenkind.«

Kellin wurde still. War das eine Waffe? »Lochiel hat Angst?«

Corwyths Gesicht zeigte einen ernsten Ausdruck. »Nur ein Narr würde leugnen, daß er den Ausgang dieser Angelegenheit fürchtet. Ich fürchte ihn. Lochiel fürchtet ihn. Sogar der Sucher fürchtet die Erfüllung.« Flammen beleuchteten sein Gesicht. Es wirkte in diesem Licht starr und weiß, mit schwarzen Höhlungen. »Habt Ihr niemals darüber nachgedacht, was die Erfüllung mit sich bringen wird?«

Kellin lachte. »Einen Anfang für die Cheysuli. Das Ende für die Ihlini.«

Die Flammen verschlangen das Holz. Ein Kiefernscheit krachte und ließ Funken sprühen. Corwyth schien jetzt sehr ernst. »Ihr seid Euch in Eurem Unwissen sicher.«

»Natürlich bin ich mir sicher. Es wurde uns schon vor Jahrhunderten versprochen.«

»Von genau den Göttern, die Ihr verachtet.« Corwyth lächelte nicht und kleidete seine Worte auch nicht in Verachtung. »Wenn das stimmt – wie könnt Ihr ihre Prophezeiung dann ehren?«

Kellin benetzte seine empfindungslosen Lippen. Sein Körper klang vor Anspannung wider, als sei er eine zu straff gespannte Harfensaite. »Ich bin ein Cheysuli.«

»*Das* ist Eure Antwort?« Corwyth schüttelte den Kopf. »Vielleicht seid Ihr mehr Cheysuli, als Ihr glaubt, auch wenn Ihr *lirlos* seid. Nur die Narren Eueres Volkes verschreiben sich der Erfüllung eines Auftrags, der alles zerstören wird, was sie kennen.«

Kellin verzog den Mund. »Ich habe diese alte Geschichte schon früher gehört. Wenn die Ihlini nicht durch Mord oder Magie siegen können, verlegen sie sich auf Worte. Ihr wollt unsere Bräuche untergraben.«

»*Natürlich!*« fauchte Corwyth. »Und wenn Ihr nur

ein wenig Verstand hättet zu erkennen, würdet Ihr auch verstehen warum. Die Prophezeiung wird in der Tat Ihlini wie mich vernichten…, aber sie wird auch die Cheysuli vernichten.« Er streckte eine leere Hand aus. »Die Prophezeiung der Erstgeborenen wird die Faust um das Herz der Cheysuli schließen, wie ich sie um Eures geschlossen habe, und es zum Stillstand bringen.« Er schloß seine Hand. »Genau so.«

Kellin antwortete sofort. »Nein.« Er zuckte zusammen und schüttelte dann den Kopf. »Ihr spielt mit Worten, Ihlini.«

»Dies ist kein Spiel. Dies ist die Wahrheit. Ihr seht mich, wie ich bin: ein Mann, kein Ihlini, sondern einfach ein *Mensch,* der das Ende seines Volkes unter der Vorherrschaft eines anderen fürchtet.«

»Meinem«, bestätigte Kellin.

»Nein.« Corwyth legte ein weiteres Scheit aufs Feuer. Seine behandschuhte Hand zitterte. »Die Erstgeborenen werden die Vorherrschaft haben.« Seine Augen waren durch den Feuerschein in tiefen Schattentaschen verborgen. »Euer Kind. Euer Sohn. Wenn er den Löwen annimmt, wird eine neue Ordnung die alte ersetzen.«

»*Eure* Ordnung.«

Corwyth lächelte flüchtig. »Sagt es mir«, forderte er Kellin auf. »Ist Eure Prophezeiung vollkommen? Nein – ich meine nicht die Worte, die Ihr alle sagt.« Er klang spöttisch. »›Eines Tages wird ein Mann allen Blutes vier kriegführende Reiche und zwei magische Völker in Frieden vereinen.‹ Ich spreche von der Prophezeiung *selbst* in ihrer Geschlossenheit. Sie wurde Jahrhundert für Jahrhundert weitergegeben, nicht wahr?«

»Das haben die *Shar Tahls* sichergestellt.«

»Aber wissen sie alles darüber? Haben sie Zeugnis davon?«

»Niedergeschriebenes?« Kellin runzelte die Stirn. »Solche Dinge können verlorengehen, wenn sie den

Shar Tahls nicht nach mündlicher Überlieferung weitergegeben werden.«

Corwyth nickte. »Solche Dinge *sind* verlorengegangen, Kellin. Ich weiß sehr gut, daß das, was die *Shar Tahls* lehren, nur Bruchstücke sind … Fäden, die zu einem einzigen Strang verwoben werden. Weil sie nur das wissen. Bei der Spaltung, die die Erstgeborenen in Cheysuli und Ihlini geteilt hat, blieben nur wenige von den Grundsätzen bewahrt, von denen Eure Zukunft abhängt.« Er schüttelte den Kopf. »Ihr wißt nichts über das, was vielleicht kommen wird, und doch dient Ihr blind. *Wir* sind keine solchen Narren.«

Kellin schwieg.

Der Ihlini zog den dunklen Umhang fester um seine Schultern. »Es nützt nichts. Ich werde es meinem Herrn überlassen, die Wahrheit meiner Worte zu beweisen.« Corwyth schaute zu seinen Begleitern. »Ich werde es Lochiel und Asar-Suti überlassen.«

Kellin erschauderte. *Lochiel wird mich töten. Nicht aufgrund meiner selbst. Wegen dem Kind. Wegen dem Samen in meinem Lenden.*

Es schien, daß *er* in dem Plan der Götter, den er verabscheute, nur sehr wenig zählte.

Kapitel Neun

Kellin beobachtete, wie die drei Ihlini sich zum Schlafen bereitmachten. Obwohl seine Handgelenke miteinander verbunden blieben, war er sicher, daß noch mehr unternommen würde, um seine Flucht zu verhindern. Vielleicht würde Corwyth *tatsächlich* seine Augenlider verschweißen oder sein Herz erneut anhalten.

Aber Corwyth sah seinen Gefangenen nicht einmal an. Der Magier kümmerte sich ruhig um seine Angelegenheiten, schritt Strecken ab. Jedes Mal, wenn er stehenblieb, skizzierte er etwas in die Luft. Die jeweilige Rune glühte kurz purpurfarben auf und erlosch dann.

Wachvorrichtungen, wie Kellin wußte. Um ihn darin- und andere fernzuhalten.

Er beobachtete, wie sich die Männer in ihren Umhängen niederlegten. Drei dunkel verhüllte Gestalten, alles Magier, die einem mächtigen Gott dienten, den wahrscheinlich kein vernünftiger Mensch ehren konnte.

Es sei denn, es wäre etwas an dem, was Corwyth gesagt hat. Aber Kellin schob den Gedanken beiseite. Corwyths Behauptungen über eine gesonderte Ihlini-prophezeiung galten nur einer geschickt ausgesprochenen Täuschung, um Kellins Vertrauen zu erschüttern.

Aber eine bezeichnende Frage war dadurch aufgeworfen worden. *Wie rechtfertige ich es, einer Prophezeiung der Götter zu dienen, die ich nicht ehren kann?*

Kellin erschauderte. Er versuchte gar nicht erst zu schlafen. Er saß an den Baum gelehnt, die Handgelenke noch immer durch Haut miteinander verbunden, und versuchte sich vorzustellen, daß er geborgen sei, versuchte, seinen Geist zu beruhigen, damit er sich nicht damit beschäftigen mußte, Cheysulibräuche in Frage zu stellen.

Aber warum nicht? Ein Cheysulibrauch hat Blais getötet. Es war kein Ihlini.

Ketzerei.

Tatsächlich?

Kellin atmete vorsichtig ein, hielt den Atem kurz an, während er die verkrampften Lungen weitete, und stieß den Atem dann in einem beständigen Strom geräuschvoll wieder aus. Er betrachtete über das ersterbende Feuer hinweg die drei verhüllten Gestalten. Besonders Corwyth. Kellin wußte sehr wohl, daß der Ihlini nur seine Überzeugungen zu schwächen versuchte, was wiederum einen Geist untergraben würde, der vielleicht noch gegen seine Gefangenschaft angehen könnte. Er war nicht einfältig genug zu glauben, daß es keinen Grund für Corwyths Behauptungen gab. Aber sein Geist war hellwach, seine Gedanken zu ruhelos. Auch wenn er an gar nichts zu denken versuchte, erfüllte ein Übermaß an *Etwas* seinen Kopf.

Es ist eine lange Reise nach Valgaard. Die einzige Möglichkeit ist, sie zu dem Irrglauben zu führen, daß ich nichts versuchen werde.

Ein Rotluchs schrie. Das Geräusch schien beunruhigend nahe. Kellin setzte sich eilig kerzengerade auf und bedauerte sofort, es getan zu haben. Er griff nach seinem Messer und erkannte dann, daß er keines besaß und seine Hände nicht frei genug waren, um eines zu benutzen.

Der Schrei erklang erneut aus noch kürzerer Entfernung, durchschnitt die Dunkelheit und das Laubwerk. Auch Corwyth und seine Männer waren aufgeschreckt und streiften jetzt die Umhänge von Schultern und Armen. Corwyth sagte leise etwas zu den Anderen – Kellin hörte, daß der Name Lochiel fiel – und malte dann einen Umriß in die Luft. Runen flammten kurz auf und erloschen bald wieder. Corwyths Männer waren frei, um sich auf die Jagd zu begeben.

Kellin konnte nicht sitzenbleiben. Er stand unbeholfen auf, blieb aber bei dem Baum stehen. Der Stimme der Katze fehlte dieser tief aus der Brust kommende Ton des Löwen, aber das Entschlossene und Fremdartige daran erinnerten an die Bestie, die Kellins Leben so häufig heimgesucht hatte.

Corwyth warf Kellin einen Blick zu, als wollte er jedem Fluchtversuch von seiner Seite zuvorkommen. Aber Kellin war ebensowenig geneigt, eine Begegnung mit der Katze zu wagen, als Corwyth zu veranlassen, weitere Magie bei ihm anzuwenden.

Der Ihlini beugte sich herab, legte neue Kienspäne aufs Feuer und wedelte dann mit der Hand. Die Flammen erwachten zum Leben. »Das Geräusch ist ein wenig beunruhigend«, bemerkte er, »aber auch ein Rotluchs ist wehrlos gegen Magie. Ich werde meinem Herrn ein hübsches Fell bringen können.«

Das schien Kellin angesichts seines Wertes für Lochiel und dessen Wunsch, ihn sofort zu sehen, ein seltsames Ziel zu sein. »Ihr würdet Euch die Zeit nehmen, eine Katze zu töten und zu enthäuten?«

»Lochiel liebt Rotluchse. Er sagt, sie seien die hübschesten und gefährlichsten aller Raubtiere. Sie sind flink, wo ein Bär langsam ist, verschlagener als der Wolf, entschlossener als der Keiler. Und weitaus besser ausgerüstet als jeder lebende Mensch.« Corwyth lächelte. »Er hält sie in Valgaard – in Käfigen unter der Erde.«

Ein vierter Schrei erklang – noch näher. Sogar Corwyth sprang auf.

Ein Schaudern erfaßte Kellin. »Was ist...« Er biß, sich gegen einen weiteren Anfall wehrend, die Zähne zusammen. »... *Ku'reshtin* ...«, stieß er hervor. »Welche Bedrohung biete ich?«

Corwyth warf ihm einen Blick zu. »Welchen Unsinn redet Ihr?«

Ein dritter Schauder erfaßte Kellin. Er keuchte. Seine Knochen brannten. »Was bist du …«

Lir, sagte eine Stimme, *die Wachvorrichtungen sind unwirksam. Ich habe mein möglichstes getan, die anderen in die Irre zu führen. Jetzt liegt es bei dir.*

Da verstand Kellin. »Nein!« schrie er. »Ich will nichts mit dir zu tun haben!«

Ich bin deine einzige Fluchtmöglichkeit.

Corwyth lachte. »Ihr wollt vielleicht nichts mit mir zu tun haben, aber Ihr habt mir dennoch zu folgen.«

Kellin antwortete nicht. Er erkannte jetzt, daß sein *Lir* nahe war. Wenn er nachgab, würde der *Lir* siegen, und er wäre nicht freier als jeder andere Cheysuli, der durch Schwüre und den Dienst gebunden war.

Er schwankte. *Ich habe deiner entsagt. Ich will nichts mit dir zu tun haben.*

Möchtest du lieber nach Valgaard gehen und dich von Lochiel vernichten lassen? Seine Stimme klang fest. *Er wendet keine sehr feinfühligen Mittel an.*

Sein Geist schrie das Verlangen heraus. Der *Lir* war nahe, so nahe – er mußte nur nachgeben, den Kanal sich öffnen lassen, der eine beständige Verbindung bilden würde.

Er wehrte sich dagegen. *Ich werde es nicht zulassen.*

Dann stirb. Gewähre dem Ihlini den Sieg. Entferne Kellin, den Prinzen, aus der Erbfolge und vernichte die Prophezeiung.

Er knirschte mit den Zähnen. *Ich werde deinen Preis nicht zahlen.*

Es gibt keine andere Fluchtmöglichkeit.

Kellin wurde zornig. Er hielt seine in der Haut verbundenen Hände ins Mondlicht. *Also prüfen wir es,* forderte er den *Lir* heraus.

Der *Lir* seufzte. *Du glaubst zu leicht, was der Ihlini dir erzählt. Seine Kunst ist die Täuschung. Vertreibe diese Täuschung, wie du auch den Löwen vertrieben hast.*

Kellin betrachtete seine Handgelenke angestrengt. Die Haut verwandelte sich, glitt auseinander, und seine Handgelenke waren voneinander befreit. Corwyth bemerkte die Bewegung. Er wandte sich jäh um, erkannte die Wahrheit und riß das Messer aus seinem Gürtel.

»Die Wachvorrichtungen sind unwirksam«, sagte Kellin, »und Eure Günstlinge vertreiben sich ihre Zeit woanders. Jetzt geht es nur noch um Euch und mich.«

Du wirst ihn töten müssen, Lir. Er wird dich niemals gehen lassen.

»Verschwinde«, sagte Kellin. »Ich will nichts mit dir zu tun haben.«

Corwyth lachte. »Ist das Euer Fluchtversuch? Mich mit gestammeltem Unsinn zu plagen?«

Du mußt ihn töten.

Kellin wollte den *Lir* anschreien. *Er ist bewaffnet,* sagte er scharf. *Und er ist ein Ihlini.*

Und hat jetzt, da ich hier bin, keinen Zugriff mehr auf seine Künste.

Wir haben uns nicht miteinander verbunden. Ich werde es nicht zulassen.

Die Stimme klang unerbittlich. *Dann stirb.*

»Komm heraus!« schrie Kellin. »Bei den Göttern, ich werde gegen euch beide kämpfen!«

Corwyth lachte rauh. »Seid Ihr verrückt geworden? Oder wollt Ihr mich damit herausfordern?«

Durch den an zwei Fronten zu bestreitenden Kampf verwirrt, sah Kellin ihn nur an. »Ich brauche für Euch keinen *Lir*. Ich werde Euch als Mensch besiegen.«

»Versucht es«, forderte Corwyth ihn auf. »Oder soll ich Euer Herz erneut anhalten?«

Das kann er nicht tun, erklärte der *Lir*. *Solange ich hier bin, ist solche Macht unwirksam.*

Warum höre ich dich dann? Die Verbindung soll doch in der Nähe eines Ihlini geschwächt sein.

Du vergißt, wer du bist. In dir ist etwas, was die Regeln bricht.

»Mein Blut?« spottete Kellin. »Ja, immer das Blut!«

Das Alte Blut ist mächtig. Du besitzt es im Übermaß. Die Stimme hielt inne. *Hast du nicht kürzlich die Geburtslinien gelesen?*

»Wollt Ihr, daß Euer Blut vergossen wird?« fragte Corwyth. »Das kann ich für Euch erledigen ... Lochiel wird mich nicht dafür bestrafen.«

Töte ihn, sagte der *Lir. Du bist müde und verletzt. Er wird dich auch ohne Magie besiegen.*

Kellin lachte. *Womit soll ich ihn töten? Mit meinen Zähnen?*

Das sind, unter anderem, deine Waffen. Die Stimme klang trocken und heiter. *Aber hauptsächlich ist es dein Blut. Wenn dir die Gestalt eines Menschen nicht dienlich ist, dann nimm eine andere an.*

Deine? Aber ich weiß nicht einmal, welches Tier du bist!

Du hast mich gehört. Jetzt höre mich erneut. Der Schrei eines Rotluchses erfüllte die Dunkelheit in nur wenigen Schritten Entfernung.

Corwyth erbleichte. »Ich bin ein Ihlini!« schrie er. »Du hast hier keine Macht!«

Zeig es ihm, sagte der *Lir. Laß ihn erkennen, wer du bist.*

Kellin war verzweifelt. »Wie?«

Vergiß, daß du ein Mensch bist. Werde statt dessen zu einer Katze.

Kellin sah Corwyth an. Das Messer in den Händen des Ihlini hatte Blais gehört. Kellin wollte es zurückbekommen.

Corwyth lachte. »Also – Ihr und ich.«

Kellin war wütend, so wütend, daß er kaum stillstehen konnte. Seine Knochen summten vor neuentdeckter Kraft, und die Haut festigte sich über angespannten Muskeln und Sehnen. Er erschauderte unter dem

Drang, den Ihlini zu einem Haufen zerschmetterter Knochen und blutiger Haut zu zerfetzen.

Ein Anfang, sagte der *Lir.*

Und dann verstand Kellin – um auszuführen, was notwendig war, mußte er alles Wissen um die menschliche Gestalt, alle menschlichen Instinkte ablegen. Der Zorn konnte ihm dabei helfen. Der Zorn konnte ihn unterstützen.

Ich will Corwyth tot sehen. Ich will das Messer zurück.

Es gibt nur eine Möglichkeit zu bekommen, was du willst. Ich habe dir den Schlüssel gegeben. Jetzt mußt du die Tür öffnen.

Zu welcher Zukunft?

Zu der von dir selbst gestalteten.

»Dann kommt«, sagte Corwyth. »Ich werde Euch alle Knochen brechen und sie dann wieder zusammenfügen. Lochiel braucht es niemals zu erfahren.«

Kellin lächelte. Er vergaß seine Rippen und alle anderen nagenden Schmerzen. Er dachte statt dessen an die *Lir*gestalt. Er dachte an Rotluchse und die Instinkte, die ihnen dienlich waren.

»Ihr könnt es nicht tun«, erklärte Corwyth. »Es ist ein Trick.«

Kellin lachte. »Habt Ihr vergessen, wer ich bin? Ihr wißt so viel über mich und die anderen Mitglieder meines Hauses – also erinnert Ihr Euch sicherlich auch, daß wir das Alte Blut besitzen.« Er hielt inne. »Mit allen seinen besonderen Gaben.«

Corwyth sprang vorwärts. Er war schnell, sehr schnell, und außerordentlich beweglich. Kellin duckte sich mühsam und schmerzerfüllt unter dem ausgestreckten Messer hindurch und wich auch einem zweiten Streich aus.

Sammle dich, befahl der *Lir. Finger und Zehen sind Krallen. Die Haut wird zu einem dichten Fell. Der Körper ist hager und in guter Verfassung. Die Kiefer sind schwer und kraftvoll, mit Zähnen und Zunge. Du willst nur den*

Geschmack seines Fleisches in deinem Mund, daß sein Blut von seiner Kehle in deine fließe – und den heißen, süßen Geruch seines Todes.

Das Messer erwischte ihn fast an der Seite. Kellin drehte sich und verzog das Gesicht, als seine Rippen schmerzten.

Rotluchs, sagte er. *Jedem anderen von einem Gott oder Dämon geschaffenen Wesen überlegen.*

Er rollte sich ab, als Corwyth ein drittes Mal zustach. Er keuchte hörbar, versuchte seinen Geist von seinem Körper zu trennen, die Instinkte die Bewegung lenken zu lassen.

Jetzt.

Der Zorn unterstützte seine Kraft. Kellin sah das Messer in Corwyths Hand aufblitzen – *Blais' Messer* – und dann verschwand alles für kurze Zeit. Die Welt stülpte sich um, und als sie wieder aufrecht stand, schien sie ein vollkommen anderer Ort zu sein.

Kellins Mund öffnete sich, um den Ihlini zu verfluchen, aber statt dessen drang ein ansteigendes, zorniges Heulen daraus hervor. Er spürte, wie sich seine Schenkel anspannten. Er spürte das Peitschen eines geschmeidigen Schwanzes und die Anspannung in seinem leeren – *zu leeren!* – Bauch. Er zog sich zusammen und sprang.

Das Messer blitzte erneut auf. Kellin streckte mitten in der Luft einen Hinterlauf aus und schlug Corwyth die Waffe aus der Hand. Er hörte den Ihlini schreien, und dann war Kellin über ihm.

Corwyth ging sofort zu Boden. Dem Trieb, zu töten, verfallen, dachte Kellin nicht über sein Verhalten nach. Er schloß einfach die mächtigen Kiefer um die zerbrechliche Kehle des Mannes und riß sie heraus.

Er verspürte keinen Triumph, keine Genugtuung oder Erleichterung. Nur Sättigung, da sich die Katze am Körper der Beute gütlich getan hatte.

Kapitel Zehn

Was bin ich…? Kellin begriff sofort. Er stieß sich von dem Körper, der am Boden lag, hoch. Keine Katze mehr, sondern ein Mensch, der über das, was geschehen zu sein schien, entsetzt war. *Götter – ich habe DAS getan?*

Corwyth war auf widerliche Weise getötet worden. Er lag ausgestreckt am Boden, der blutgetränkte Umhang bauschte sich um ihn, und die zerfetzte Kehle war dem Schein des Mondes preisgegeben.

Ich habe das getan.

Er zitterte. Am ganzen Körper. Er war bis zu den Ellenbogen blutverschmiert. Blut tränkte auch sein Wams. Blut schmeckte er in seinem Mund. *Überall Blut* – und der Geschmack von Corwyths Fleisch.

Kellin richtete sich auf die Knie auf, beugte sich dann herab und umfaßte seine wunden Rippen, während er seinen Magen entleerte. Er verspürte das dringende Bedürfnis, auch seinen Geist zu entleeren, um vergessen zu können, was er gesehen hatte, um vergessen zu können, was er *getan* hatte – aber die Erinnerung war nur allzu lebendig. Sie brandmarkte ihn.

Er rieb sich immer wieder das Gesicht, versuchte sich von dem Blut zu befreien, aber auch seine Hände waren blutverschmiert. Kellin nahm panisch zwei Händevoll Erde und feuchte Blätter auf, rieb seine Hände damit und hielt noch zweimal inne, um erneut auszuspeien.

Lir.

Kellin zuckte zusammen. Er fuhr auf den Knien herum, keuchte, umklammerte einen starren Arm und suchte gierig nach dem Rotluchs, der ihn dazu gebracht hatte, außer sich zu geraten. Kein Laut war zu hören. Keine Katze war zu sehen. Er sah nichts außer sternenübersäter Dunkelheit und einem ausgezackten Umriß dichten Laubwerks.

Fort. Sein Atem beruhigte sich wieder. Er strich sich mit dem Handrücken übers Kinn. Die Finger zitterten.

Lir. Die Stimme klang sanft. *Dieser Tod war nötig. Genauso wie die Tode der Günstlinge nötig waren.*

»Du hast sie getötet?«

Sie sind tot.

Er stieß ein rauhes, bellendes Lachen aus. »Dann hast du eine der bindendsten Regeln des *Lir*bundes gebrochen. Du sollst keinen Ihlini töten.«

Jetzt klang die Stimme eigenartig. *Wir spiegeln einander wider.*

»Was soll *das* bedeuten?«

Du tust das, was du nicht tun sollst. Und ich tue dies jetzt ebenfalls.

Das verblüffte ihn. »Du hast die Regel für *mi*ch gebrochen?«

Wir sind uns sehr ähnlich.

Er dachte darüber nach. Er wußte selbst, daß er ein Rebell war. Konnte ein *Lir* es ebenso sein? Wenn ja, dann paßten sie wirklich gut zusammen.

Er verdrängte diesen Gedanken sofort wieder. »Ich will nichts mit dir zu tun haben.«

Es ist vollbracht. Die Männer sind tot.

Kellin erstarrte. Er weigerte sich, Corwyths Körper zu betrachten. »Du hast mich nicht gewarnt – du hast nichts darüber gesagt, wie ich empfinden würde!«

Du hast empfunden, wie eine Katze empfindet.

»Aber ich bin ein *Mensch.*«

Mehr, sagte der *Lir. Du bist ein Cheysuli.*

Kellin spie erneut aus und wünschte, er hätte die Willenskraft, seinen Mund genauso auszuscheuern wie seine Haut. Ein schneller Blick über das kleine Lager erleichterte ihn: Die Ihlinivorräte lagen sauber aufgestapelt da.

»Wasser.« Er stemmte sich vom Boden hoch und trat unbeholfen zu dem Stapel. Er fand eine Lederflasche, entstöpselte sie, spülte sich gründlich den Mund und spie solange aus, bis Blut und Fleisch beseitigt waren. Dann goß er genauso sorgfältig den Inhalt einer zweiten Flasche erst in die eine Hand und dann in die andere und befreite die Haut von klebrigem Blut und kalten, feuchten Blättern.

»I'toshaa-ni«, murmelte er und erkannte dann, daß das Ritual nur das Erbe betonte, das ihn dazu gebracht hatte.

Kellin erhob sich tropfend wieder. Er zwang sich hinzusehen. Der Anblick war jetzt nicht angenehmer als vorher: ein ausgestreckter, totenstiller Körper, an dem nur die Blässe der Wirbel in der zerstörten Kehle glänzte.

Er erschauderte. »Ich entsage dir«, erklärte er. »Ich habe es bereits sehr deutlich gesagt. Es ist jetzt noch zwingender denn je, mich nicht mit einem *Lir* zu verbinden. Wenn es *das* bedeutet ...«

›Das‹ war notwendig. ›Das‹ war gefordert.

»Nein.« Er würde jetzt nicht im Geist sprechen, sondern sich als Mensch äußern, damit kein Zweifel daran bestand, wer – und was – er war. »Es war Metzelei, mehr nicht.«

Es geschah, um dein Leben zu retten. Die Stimme klang gedrängt, als unterdrücke der *Lir* starke Empfindungen. *Die Ihlini tun das, was sie tun, um ihre Macht zu bewahren. Lochiel hätte dich getötet. Oder dich kastriert.*

»Kastriert ...«

Denkst du, er würde zulassen, daß du Nachwuchs zeugst? Du bedeutest sein Ende. In dem Augenblick, in dem dein Sohn geboren wird, fängt die Welt noch einmal an.

Kellin wischte sich mit feuchten Händen das Gesicht, verzerrte es, als würde die gegen sich selbst gerichtete Gewalt das Eingeständnis vergessen helfen. »Ich will nichts damit zu tun haben.«

Es ist zu spät.

»Nein. Nicht wenn ich dir entsage, wie ich es bereits getan habe. Nicht wenn ich mich weigere, mich mit dir zu verbinden.«

Zu spät, wiederholte der *Lir*. Jetzt klang die Stimme gedämpft.

Ein Verdacht kam in Kellin auf. Er war gelehrt worden, alle *Lirs* zu ehren, aber in diesem Augenblick, während er mit diesem *Lir* sprach, hatte er Angst, es einfach so anzunehmen. »Warum?« Die Furcht vertrieb den Verdacht. »Was hast du getan?«

Es war notwendig.

Er ahnte etwas. »Was hast du getan?«

Ich habe dir ein Stück von mir gegeben.

»Du!«

Es war nötig, beharrte der *Lir*. *Ohne diesen Teil von mir hättest du den Gestaltwandel niemals vollziehen können.*

Ein Schauder ergriff Kellins Körper von Kopf bis Fuß. Seine Kopfhaut juckte, als stünden alle Haare aufrecht. »Sag es mir«, forderte er angespannt. »Sage mir, was ich geworden bin.«

Nur Schweigen war die Antwort.

»Sag es mir!« schrie Kellin. »Bei den Göttern, du Bestie, *was hast du mir angetan?*«

Der Lir antwortete mit seltsamer Stimme: *Warum schwört ein Mann auf Götter, die er nicht ehren kann?*

Die Sinnlosigkeit erstaunte ihn. »Wenn ich dich sehen könnte ...«

Dann sieh mich an. Ein Schatten bewegte sich am Rande der Bäume. *Sieh mich, wie ich bin. Erkenne, wer Sima ist.*

Ein leises Rascheln, dann nichts mehr. Goldene Augen leuchteten in der Widerspiegelung ersterbender Flammen.

Kellin hätte fast gekeucht. »Du bist noch ein Junges!«

Ich bin jung, räumte Sima ein. *Aber alt genug, ein Lir zu sein.*

»Aber ...«, platzte Kellin lachend heraus und brach dann ab. »Ich will nichts mit dir zu tun haben. Weder mit dir, noch mit irgendeinem anderen *Lir*. Kein *Lir*, keine Verbindung, kein Gestaltwandel. Ich will ein vollständiges Leben – kein Zerrbild davon, das ständig durch ein geheimnisvolles, den Krieger sinnlos verschwendendes Ritual bedroht wird.«

Sima blinzelte. *Ich werde sterben, wenn du stirbst. Der Preis ist gleichmäßig aufgeteilt.*

»Ich *will* ihn nicht teilen! Ich will ihn überhaupt nicht riskieren.«

Simas Schwanz zuckte. Sie war schwarz, so schwarz wie Sleeta, der wunderbare *Lir* des Mujhar. Aber sie war klein, noch unreif und schlaksig wie ein halb erwachsenes Kätzchen. Ungeeignet, dachte Kellin angesichts ihrer Unnachgiebigkeit.

Ich bin leer, sagte Sima. *Ich bin nur ein Schatten. Verurteilst du mich dazu?*

»Kann ich das? Ich dachte, du sagtest, es wäre zu spät.«

Die goldenen Augen schlossen sich und öffneten sich dann wieder. *Wenn du mir entsagen willst, dann kannst du das tun. Aber dann wird der Ihlini siegen, weil wir beide sterben werden.*

Sie klang gar nicht jung. Sie klang unbeschreiblich alt. »Sima.« Kellin benetzte seine Lippen. »Was hast du mir angetan?«

Der schwarze Kopf senkte sich. Die Pinselohren wurden angelegt. Der Schwanz peitschte einen Ast.

»Sima!«

Ich habe dich veranlaßt gestaltzuwandeln, bevor du das Gleichmaß erlernt hattest.

Kellins Mund fühlte sich trocken an. »Und das ist schlecht?«

Wenn das Gleichmaß verlorengeht und nicht wiedererlangt wird, wenn es nicht beibehalten wird, riskiert ein Krieger in der Lirgestalt seine Menschlichkeit.

Seine Stimme klang rauh. »Er wäre in der Tiergestalt gefangen?«

Wenn er sein Gleichmaß verlöre und zu lange Zeit in der Lirgestalt bliebe, könnte er auch das Wissen dessen, was er gewesen ist, verlieren. Die Kenntnis seiner selbst ist unbedingt erforderlich. Wenn der Mensch sie vergißt, wird er ein zwischen zwei Arten seiner selbst gefangenes Scheusal.

Nach einer Weile nickte Kellin. »*Leijhana tu'sai*«, sagte er grimmig, »daß du mir die Chance gegeben hast, zum Alptraum eines Kindes zu werden.«

Ich habe dir die Chance gegeben zu überleben. Corwyth hätte dich nicht getötet, aber er hätte dir Schmerzen zugefügt. Und Lochiel hätte noch Schlimmeres getan.

Kellin stritt nicht darüber. Er würde nicht mehr mit ihr sprechen. Er würde ihr keine Gelegenheit geben, ihn noch tiefer in dieses Wirrwarr zu ziehen, das sie aus seinem Leben gemacht hatte.

Da Kellin nicht mit dem verstümmelten Körper auf der Lichtung bleiben mochte, nahm er Corwyths Pferd im Austausch für seines. Er band die anderen Pferde los. Er hatte keine Zeit, sich um sie zu kümmern.

Sima gefiel seine Weigerung zu sprechen nicht. *Sie hätten mich getötet.*

Er wußte sofort, worauf sie sich bezog. Er überlegte zum ersten Mal, wie es wohl für einen *Lir* war, Schuld zu empfinden. Er verstand, daß sie keine andere Wahl gehabt hatte, als die Günstlinge zu töten. Sie hätten sie gehäutet und ihr Fell in Valgaard Lochiel übergeben.

Genauso wie sie mich ausgeliefert hätten. Kellin sagte grimmig: »Das würde ich niemandem wünschen, auch nicht einem Tier.«

Leijhana tu'sai. Sima schwang ihren Schwanz.

Kellin warf ihr einen scharfen Blick zu, während er den Sattelgurt festzog. »Du kennst die Alte Sprache?«

Besser als du.

Er brummte. »Von den Göttern eingeweiht, hm? Begünstigter als die meisten anderen?«

Natürlich. Das gilt für alle Lirs. Die Katze hielt inne. *Du bist ein zorniger Mann.*

»Erwartest du nach dem, was du aus mir gemacht hast, Dankbarkeit?«

Nein. Du bist immer zornig.

Er ließ die Finger zwischen Sattelgurt und Pferdebauch gleiten, um einen Lieblingstrick der Pferde auszuschließen: ein tiefes Luftholen, um den Gurt locker zu halten. »Woher willst du wissen, *was* ich bin?«

Ich weiß es.

»Unklarheit ist keine Empfehlung für dich.«

Sima schlug mit dem Schwanz. *Eine schwierige Verbindung, wie ich merke.*

»Überhaupt keine Verbindung.« Als das Pferd nach einem Ellbogenstoß wieder ausatmete, zog Kellin den Sattelgurt endgültig fest. »Geh wieder dahin, woher auch immer die *Lirs* kommen.«

Ich kann nicht.

»Ich will dich nicht bei mir haben.«

Du kannst mich nicht NICHT haben.

»So?« Kellin warf ihr einen listigen Blick zu. »Willst du mich mit Gewalt hindern?«

Natürlich nicht. Ich bin verschworen, dich zu beschützen und nicht, dich zu verletzen.

»Das ist wenigstens etwas.« Er schlang die Zügel über den Hals des Wallachs. »Geh zurück zu den Göttern, Katze. Ich will dich nicht bei mir haben.«

Du hast keine Wahl.

»Nein?« Kellin knirschte mit den Zähnen, während er einen Fuß in den linken Steigbügel stellte. Er fluchte einfallsreich, schwang sich in den Sattel und setzte sich vorsichtig zurecht. »Ich glaube, ich habe jede Wahl, Katze.«

Nein. Nicht wenn du überleben willst.

»Es hat auch früher schon *lirlose* Cheysuli gegeben.«

Keinen, der überlebt hätte.

Kellin nahm die Zügel auf. »Rowan«, sagte Kellin kurz. »Rowan hat mich meine Geschichte peinlich genau gelehrt. Rowan war einer von Carillons engsten Vertrauten. Er war ein *lirloser* Cheysuli.«

Er hat keinen Lir verloren. Er besaß niemals einen Lir. Er wurde von den Ellasiern, die nicht wußten, wer er war, an der Verbindung gehindert.

»Ich weiß, wer ich bin. Ich weiß, wer du bist.« Er lenkte das Pferd in Richtung Südwesten. »Geh zu den Göttern zurück, die dich sandten. Ich will weder von ihnen noch von dir etwas wissen.«

Lir …

»Nein.« Kellin warf einen letzten Blick auf den neben dem Feuer ausgestreckten Körper. Die Tiere würden ihn beizeiten auffressen. Im Gegensatz zu ihm selbst. Er hatte seinen Teil bereits getan. *»Tu'halla dei«*, sagte er. »Oder wie auch immer die Fachausdrücke eines Kriegers seinem verabschiedeten *Lir* gegenüber lauten.«

Die geschmeidige Katze erhob sich. *Ich bin Sima. Ich bin für dich bestimmt.*

Kellin trieb das Pferd an. »Such dir einen anderen *Lir*.«

Es GIBT keinen! rief sie.

Kellin hörte zum ersten Mal die Furcht in ihrer Stimme. Er zügelte das Pferd jäh. Er wandte sich im Sattel um und sah die Katze verärgert an. »Ich habe gesehen, was mit Tanni geschehen ist. Ich weiß, was aus Blais geworden ist. Ich soll den Löwenthron einnehmen und einen Erstgeborenensohn zeugen – glaubst du, ich wage, das alles für dich zu riskieren? In dem Wissen, daß auch die Prophezeiung stirbt, wenn du stirbst?«

Ohne mich stirbst du. Ohne dich sterbe ich. Wenn wir beide tot sind, wird die Prophezeiung nicht mehr gebraucht.

Kellin lachte. »Die Götter müssen den Wahnsinn in alledem doch erkennen! Ein *Lir* ist der Schwachpunkt eines Kriegers, nicht seine Stärke. Ich glaube allmählich, daß der *Lir*bund nicht mehr als ein göttlicher Scherz ist.«

Ich bin für dich bestimmt, sagte sie erneut. *Ohne dich bin ich leer.*

Das machte ihn zornig. »Erzähle das jemandem, den es kümmert!«

Aber als er aus dem Lager herausritt, folgte der Rotluchs ihm.

Kellin war erschöpft, als er den Stammeskeep erreichte. Er hatte kurz erwogen, gleich nach Homana-Mujhar zu reiten – Brennan und Aileen fragten sich zweifellos, was mit ihm geschehen war –, aber er entschied sich dagegen. Der Stammeskeep war die Antwort. Seine Schwierigkeiten hatten überhaupt nichts mit dem homanischen Anteil in seinem Blut zu tun, sondern waren ganz eine Angelegenheit der Cheysuli.

Ich werde ihnen erzählen, was geschehen ist. Ich werde erklären, was zu sein ich gezwungen wurde und was daraus folgte – sie werden sicherlich keinen Krieger dulden, der in Lirgestalt auch den letzten Rest seiner Menschlichkeit ablegt. Er übersah standhaft den Schatten, der mit goldenen Augen, die auf seinen Rücken gerichteten waren, hinter ihm herschlich. *Sie werden verstehen, daß diese Art von Bund nicht bestehen bleiben darf.*

Kellin seufzte erleichtert. Er fühlte sich bereits besser. Wenn er seine Misere erst erklärt hätte, würde alles verstanden werden. Er hatte einige Zeit seiner Kindheit im Stammeskeep verbracht und wußte, daß die reinrassigen Cheysuli sehr eigensinnig und überheblich sein konnten – er war von den Schloßjungen in der Kindheit seiner eigenen Überheblichkeit bezichtigt worden –, aber sie mußten seine schwierige Lage anerkennen. Kellin wußte sehr wohl, daß seine Bitte weder üblich war, noch bereitwillig gewährt würde, aber wenn sie erst vollkommen verstünden, was geschehen war, würden die Cheysuli sie ihm nicht verweigern. Er war immerhin einer ihrer eigenen Leute.

Ich werde mit Gavan sprechen. Gavan war der Stammesführer, ein Mann, den Kellin achtete. *Er wird erkennen, daß mir dies ernst und nicht nur eine Unannehmlichkeit ist. Er wird wissen, was zu tun ist.*

Kellin tastete nach seinem Nasenrücken. Er war heil, aber stark zerkratzt. Sein linkes Augenlid war angeschwollen, so daß seine Sicht teilweise eingeschränkt blieb. Seine Kleidung war von getrocknetem Blut verkrustet. *Ich kann mich riechen.* Es beschämte ihn, sich Gavan und den anderen so zu zeigen, aber wie konnte er die Umstände besser erklären, als indem er mit dem blutigen Beweis vor sie trat.

Er hatte keinen Hunger, obwohl sein Magen leer war. Der Gedanke an Essen widerstrebte ihm. Er hatte die Kehle eines Menschen gegessen. Auch wenn er den Geschmack nicht mehr im Mund spürte, erinnerte er sich doch daran. Kellin wollte nichts mit Essen zu tun haben.

Er lauschte und hörte das leise Rascheln hinter sich. Sima verbarg ihre Anwesenheit nicht und versuchte auch nicht, sich leise zu bewegen. Sie trottete weich voran, folgte ihrem *Lir*.

Kellin biß die Zähne zusammen. *Gavan wird erkennen, was geschehen ist. Er wird wissen, was zu tun ist.*